여수의 추억 追憶

여·순사건을 회고하는 노시인의 눈물

여수의 추억追憶 여·순사건을 회고하는 노시인의 눈물

초판 1쇄 인쇄 2022년 9월 5일
초판 1쇄 발행 2022년 9월 7일

저 자 김용필
발행인 박지연
발행처 도서출판 도화
등 록 2013년 11월 19일 제2013－000124호

주 소 서울시 송파구 성내천로 39
전 화 02) 3012－1030
팩 스 02) 3012－1031
전자우편 dohwa1030@daum.net
인 쇄 유진보라

ISBN ㅣ 979－11－90526－90－6*03810
정가 15,000원

도화道化, fool는
고정적인 질서에 대한 익살맞은 비판자,
고정화된 사고의 틀을 해체한다는 뜻입니다.

여수의 추억追憶

여·순사건을 회고하는 노시인의 눈물

김용필 장편소설

도화

여수의 추억. 그 사람이 보고 싶다.

그녀가 그립고 보고 싶어서 미칠 것만 같다. 부용산 오리길에 잔디만 푸르러 푸르러 솔밭 사이사이 길로 회오리바람 불고… 피어나지 못한 채 병든 장미는… 그녀의 고운 노랫가락이 가슴을 후빈다. 추억을 찾아 푸른 물결 넘실대는 남해의 아름다운 섬 섬 섬, 물빛 고운 여수에 와서 보일 듯 말 듯, 들릴 듯 말 듯 아련한 얼굴과 고운 소리로 어렴풋이 다가와서 그려지는 환상적인 자태, 스마트한 몸매에 심성 고운 그녀가 보고 싶다.

여수에 가고 싶다. 그리운 그녀. 여수에 가면 그리운 그 사람을 꼭 만날 것만 같다. 너무나 오랜 세월 떠나 살아서 여수에서 맺은 낭만과 사랑과 인연들이 거의 사라졌지만 아련한 추억들이 파도처럼 밀려오고 그리움이 바람처럼 불어오는데 그곳에 갈 수 없었던 지난 세월이 한탄스러웠다. 자꾸만 기억은 잊혀져 가는데 그나마 아름다운 추억의 잔상들이 살아서 그리움에 애태운다. 고향 잃은 망향자의 슬픈 고뇌였다.

1948년, 순천 사범학교 교사였던 박동근 시인이 여·순사건의 불온한 사고로 고향을 떠났다가 돌아와서 애타게 연인을 찾는다. 신월리 14연대에서 반란이 일어났다. 그때 반란군 옆에 서 있었다는 이유로 진압군은 무조건 고향을 떠나라고 하였다. 그래서 조국을 떠났다. 그리고 70여 년간 외로운 지구촌을 떠돌며 무국적 나그네로 살았다. 가고픈 고향, 그리운 사람들이 보고 싶어도 돌아갈 수 없는 경계인이었다. 그러나 세월이 흘러 여수 해양엑스포 때 뜻있는 복지가가 고향을 떠난 사람들을 모두 고향으로 불렀다. 유색 분자라고 낙인찍혀 여수를 떠난 사람들이 돌아왔다. 가해자란 죄의식 때문에 두려웠는데 피해자의 용서와 화해로 고향에 돌아왔다.

사람들은 왜 70년이 지난 지금 왔느냐고 물었다. 나가라고 해서 나갔고 돌아오지 말라고 해서 돌아오지 않았다. 그런데 돌아와 보니 내게 아무런 죄가 없었다. 떠날 이유도 돌아오지 못할 이유도 없었는데 혼자 조아린 정직한 양심은 70년을 보냈다. 고향 사람들이 반갑게 맞아주어서 얼마나 고맙고 감격스러웠는지 모른다. 지난날 많고 많은 추억과 사연들이 물결쳐온다. 그립고 보고픈 사람들의 이야길 들었다. 모두 다 잘 살고 있었다. 그런데 진정 내가 그리고 보고픈 사람은 없었다.

그러나 고향을 찾은 환상도 잠시, 화가 난 것은 덧없는 세월을 떠돌았다는 것이다. 나를 고향에서 나가라고 했던 자는 누구인가? 그 이유를 속 시원히 말해주면 좋겠다. 죽일 거야. 살고 싶으면 조국을 떠나라, 진압군이 총칼을 들이대고 이른 말이다. 무서워서 떠났다. 미칠 것만 같았다. 떠나자. 그래서 난 조국과 고향을 떠났다. 그런데 70년을 무국적으로 떠돌던 세월이 한탄스럽다. 박동근 노시인의 절규였다.

시인은 첫사랑 연인의 손을 놓고 여수를 떠났다. 고향에 돌아와서 사랑하는 그녀를 찾아 섬과 바다를 헤매고 다녔다. 환상적인 바다와 섬, 여수는 그때나 지금이나 파라다이스였다. 그러나 세월은 흔적뿐 나의 그녀는 실체 없는 그리움이었다.

추억의 여수, 사랑하였던 사람들을 찾으려고 바다와 섬을 돌아다녔다.

오동도의 빨간 동백이 진초록 잎사귀 사이에서 반짝거린다. 동백섬 뚝방을 거닐다가 해상 케이블카를 타고 돌산에 이른다. 해파랑길을 따라가며 내 고향 무술목이 낯설다. 열네 살 소년은 일본 유학을 떠나고 향일암 기도처에서 그녀는 날 위해서 기원을 했다. 잠시 금오도 비렁길을 걸으며 그녀를 떠올린다. 답답하다. 여객선을 타고 거문도로 떠난다. 신지끼 인어 공주와 백도의 선녀가 반갑게 맞아준다. 그녀 소식을 물었다. 안타까워라. 좀 일찍 오지 그랬어요. 그녀가 왔다가 갔죠. 어디로 간다고 했어요? 그건 몰라요.

조발도 일출을 맞으며 와온 해변에서 석양을 등지고 걷던 여인은 여자도島로 사라졌단다. 그 여인은 소리도 등대 아래서 오지 않은 사람을 기다리다가 떠났단다. 그리운 여수, 참으로 보고픈 것들과 추억되는 곳이 많은데 그녀는 없었다. '돈 자랑 말고 사람 잘남을 자랑하라.' 아버지 말씀이었다. '가라면 가야지, 팔자인 걸 어찌하나.' 어머니의 말씀이었다.

이순신대교 시발 고양이 섬 묘도에서 정유재란 종말의 노량해 전을 본다. 황금에 눈멀어 독에 갇힌 왜군의 퇴로를 열어주고 뇌물을 받은 명나라 유정 총사령관이 반항하는 권율과 진린에게 곤장을 치고, 이순신과 등자룡 장군은 노량해전에서 거룩한 죽음을 맞았다. 전쟁은 끝나고 명나라로 돌아간 유정은 후금의 누루하치의 화살을 맞고 죽는다.

여수 밤바다, 구성진 노래를 들으며 낭만포차에서 서대회, 장어탕에 소주를 마시고 서호의 해상테크 길을 걸으며 추억을 회상한다. 어디로 갔을까? 마지막 발길은 내가 태어나고 유년 시절을 보냈던 돌산의 무술목으로 다시 간다. 갯바람을 맞으며 경도의 그린 필드에서 공을 날려본다.

그리운 그대, 당신은 여수에 없는 사람이었다. 비로소 내가 환상을 좇고 다녔다는 것을 알았다. 이제 모든 것이 홀가분하다. 여수의 추억이었다. 아름답고 보석 같은 추억, 아름다운 사람들, 잃어버린 세월 속에서 그나마 환상 같은 그리움이 남아 있는 아, 사랑하는 그대, 어머니였다….*

차례

작가의 말

등장인물

김선후-소설가

박철-형사

수잔.벨리-건축학 박사

하인수-바다목장 사장

리만.데이비드-보석 밀매상.

이수임-빨치산 여전사

김경섭-해양경찰

김동민-대조산업 회장

박동근-망명시인

장동원-홍콩의 밀수왕

기타-장인석. 김태삼. 노학년. 한채연. 박인숙. 하멜.
　　김해녕. 하미녕. 노명신. 마린 장. 하석주. 미노에.

여수의 추억追憶

여·순사건을 회고하는 노시인의 눈물

카인의 후예들

카인의 후예들, 1948년 여·순사건의 후유증은 보복으로 연생
되고 있었다. 이유 없이 당했던 죽음, 불명예의 고통에서 숨죽여
왔다. 빨갱이에게 당하고 국가 권력에 당했던 슬픈 눈물이 마를
날이 없었다. 욕망과 욕정의 굴레에 휘둘려 형제를 죽인 카인처럼
원초적인 살인의 이유조차 몰랐다. 학살자가 불의를 정의인양 당
당하게 주장하는 모습이 안타까웠다. 절망의 도시에서 자행되는
군상들이 안개같은 미궁 속에서 악마의 발톱을 드러내고 있었다.
피해자가 가해자로 가해자는 피해자가 되는 연생의 범죄는 더 큰
피해를 낳고 있었다. 안갯속을 흐르는 비수의 칼날이 절제 없이
휘둘러지는 참극을 막으려는 김동민 대조大朝 그룹 회장과 박철
형사의 노력은 눈물겨웠다.
　끝나지 않은 전쟁이었다. 후손들은 선조가 당한 만큼 응징하려
는 오기에 차 있었다. 지금은 잠잠해졌지만 20년 전만 해도 이웃

간에도 원수 지척을 지고 있었다. 원한은 안개 속에 묻혀 있을 뿐 사라지지 않았다. 그들의 생각을 바꾸어야 용서와 화해가 이루어지는데 화해의 빛은 전혀 보이지 않았다.

김선후 작가는 일과를 마치고 디오션리조트로 돌아와 샤워를 하고 창가에 앉아 푸른 바다를 바라보며 와인을 마시고 있었다. 지난여름 황홀했던 여수해양 엑스포의 열기가 아직도 아름다운 추억 속에서 생생하게 그려지고 있었다. 물론 파티는 끝나고 막이 내려진 전시장이지만 아직도 그 여름의 열광이 곳곳에 남아 있었다. 오동도 해변에 정박한 크루즈에선 수많은 다국적 관광객들이 선상 파티를 벌이고, 디오션 전시장에선 해상 쇼가 전개되고 있었다. 세차게 내뿜는 환상적인 빛과 물의 조화가 찬란하게 교차하고 하늘엔 엑스포 문화 상품을 광고하는 다채로운 모빌들이 내걸리면서 쇼는 절정에 이르렀다. 지구촌 국가들은 자국을 알리는 애드벌룬을 내걸어 밤하늘을 다채롭게 수놓았다.

선후는 자유로운 속옷 차림으로 창밖 풍경을 바라보며 와인을 홀짝홀짝 마시고 있었다. 거리의 유락장과 호텔, 줄지은 고급 레스토랑에서 다도해의 풍치를 즐기는 유락객들이 아름다운 사랑에 빠져 풍미를 만끽하고 있었다. 그때 그녀의 방문을 노크하는 소리가 들렸다.

"누구세요?"

"하인수입니다."

그녀는 속옷 차림으로 문을 열었다. 하인수가 꽃다발을 안고 들어섰다.

"갑자기 웬일이에요?"

"오늘 사업이 잘돼서 한잔하려고 왔지."

그는 속옷 차림의 그녀의 모습을 위아래로 훑어보며 말했다.

"뭘 봐요, 민망하게…?"

"눈이 부시도록 아름다워, 몸매가 비너스 같아."

"농담 말고 앉아요. 마침 와인을 마시고 있었어요."

하인수는 그녀를 힘껏 포옹했다. 그녀는 얼굴을 붉히며 그의 끌림에 몸을 맡겼다. 그리고 그의 입술을 받아들였다. 둘은 포옹을 풀고 탁자에 마주 앉아 술잔을 기울였다. 그녀가 그를 베드로 끌어들였다. 오랜만에 만난 연인의 육체 언어는 자연스럽게 일어났다. 사랑하는 연인들이었다.

하인수는 꽃섬에서 가두리 양식장을 경영하면서 해양생물을 연구하는 학자였다. 그의 꽃섬 가두리 양식장은 해양 연구실을 겸한 사업장으로 어부만도 100여 명을 거느린 기업가였다. 하인수는 영국에서 해양양식학 박사를 취득한 인텔리젠트였다.

선후는 꽃섬에 작업실을 내고 소설을 쓰다가 그를 만났다. 시간이 흘러 두 사람은 사랑하는 사이가 되었고 자유롭게 침실을 드나드는 관계였다.

"바빠진 것 같은데 천천히 해요."

"엑스포 홍보대사를 맡았어요. 눈코 뜰 새가 없네요."

"무슨 일을 하나요?"

"관광 안내 홍보입니다. 그리고 오빠 일을 돕고 있어요."

"해외에 사는 여수 출신 실향민의 고향 초청일 말인가?"

"그래요, 생각보다 많아요. 그들에게 고향의 정을 듬뿍 안겨주려고요."

"그분들, 우리 양식장으로 모시고 와요."

하인수는 그녀의 침실에서 늘어지게 자고는 꽃섬으로 돌아갔다.

선후는 엑스포 관광 홍보대사 일이 너무 벅찼다. 진종일 외국 관광객을 모시고 전시장과 여수의 비경을 돌아보느라고 초죽음이 되어 있었다. 주로 외국에서 온 바이어들을 모시고 관광 안내 봉사를 하였다.

누가 언제 보아도 엑스포 전시장은 아름다운 명품 건축물이었다. 선후는 이 조형물을 만든 영국 아트비조사의 수석 건축가 수잔 벨리를 떠올리고 있었다. 그녀는 여수 출신으로 영국에서 자란 천재적인 건축가였다. 저 거대한 건축물이 그녀의 머리에서 이루어졌다고 생각하니 그녀의 놀라운 창의력에 고개가 숙여졌다. 그녀는 일생일대의 조형물을 오로지 그녀의 어머니를 위해 만들어 냈다는데 자부심을 갖고 있었다.

오동도에 정박한 씨월드 엘리자벳 크루즈에선 환상적인 디너 쇼가 벌어지고 있었다.

－고향을 찾는 사람들을 환영합니다.－

크루즈에 커다란 애드벌룬이 하늘 높이 펄럭이고 있었다. 화해와 용서의 장이란 주제 플래카드가 걸리고 선상 파티장에선 '여수의 추억'이란 파티가 걸판지게 열리고 있었다. 세계 각국에서 흩어져 살던 여수에 혈혼을 가진 사람들이 초청되었다. 고향에 온 사람들은 즐겁고 흥겨운 표정으로 파티장에 모였다. 대부분 젊은 이였다. 모두 밝은 표정으로 고향에 온 기쁨에 젖어 있었다.

김선후 작가는 크루즈 파티장의 여기저길 둘러보고 있었다.

1948년, 여·순사건의 가해자와 피해자들의 자손이었다. 피치 못할 사정으로 조국에 돌아올 수 없는 사람들이 오랜만에 귀국을 한 것이다. 김동민 대조구룹 회장이 역사적인 거사를 도모한 것이다. 여수 해양엑스포를 계기로 지구촌에 흩어져 살고 있는 여수 사람들을 불러들였다. 생각하면 생각할수록 잘한 일이었다. 1948년 여·순사건으로 고향 여수를 떠날 수밖에 없었던 사람들의 후손들이 고향 여수에 와서 자신의 정체성을 알게 하는 계기를 만들었다. 돌이켜보면 여·순사건은 선량한 민간인이 학살당한 탓에 친족과 이웃 간의 보복과 증오가 점철되어 수많은 사건을 유발하였다. 피해자의 복수, 가해자의 방어, 가해자가 피해자가 되고 피해자가 가해자가 된 형국이었다.

국가 폭력에 당한 여수의 비극이며 슬픔이었다. 국가가 저지르고 피해는 여수 순천 주민이 봤는데, 국가는 마치 여·순 사람들이 반란의 가해자인 것처럼 만들어 학살을 가하고 책임을 부가했다. 시대적인 이념의 혼란에 휩쓸려 국가가 무수한 양민을 죽여 빨갱이로 낙인찍었으니 얼마나 사무친 아픔인가. 무고한 양민을 죽이고도 국가는 침묵으로 책임을 회피하였다.

김선후 작가는 슬픈 가족사를 안고 있었다. 과연 이번 모임이 계기가 되어 화해와 용서가 이루어질까, 아니며 몰랐던 사실들이 드러나면서 또 다른 사건을 유발할지 의구심이 앞섰다.

'엑스포 축제에 당신을 고향으로 모십니다. 환영합니다. 고향은 당신을 찾습니다'란 광고를 보고 여수를 떠날 수밖에 없었던 슬픈 사연을 가진 사람들이 고향 여수를 찾아왔다. 그때의 잘못이 뭔지, 왜 고향을 떠나야 했던지, 숙명적인 가해자와 피해자로 과거의 혼돈 속에서 살아왔다. 여수 해양엑스포를 기회로 화해와 용서의 장을 열려는 취지의 초청이었다. 파티장은 여·순사건이란 잃어버린 자아를 되새기는 중대한 기회가 되었다.

대조해운 김동민 회장은 어떻게 그들의 연고지를 알았는지 모르나 돌아올수 없었던 사람들을 여수 엑스포 파티에 초대하였다. 그들은 타고온 씨월드 크루즈 선상 레스토랑에서 저녁 식사를 하면서 화해와 용서의 시간을 보냈다. 대부분 이름 있는 분들의 자손이 자릴 잡았다. 크루즈 선상에 초대된 사람들은 여수 전경련 회장 노동식과 딸 노명신 양, 하멜 선장, 리만 데이비드와 수잔 벨리, 김해녕, 미에노와 그녀의 아들 하인수. 박철 형사, 김선후, 그리고 특별 손님은 경계인으로 살아온 박동근 시인이었다.

김동민 회장은 전 여수 한일고무 공장 사장인 김영일의 손자이며 여수 밀수 소탕을 했던 김경섭 경장의 아들이었다. 그리고 김회장은 바로 김선후 작가의 오빠였다.

김동민 회장의 조부 김영일은 여·순 군부 반란 사건 때 부르조아란 죄명으로 남로당의 지령을 받은 빨치산 친구들에게 죽임을 당했다. 그때의 주역은, 노학년, 김태삼, 장인석, 이수임이었다. 그들은 혁명 동지였으나 반란이 진압되자 서로서로 죽이는 비극을 맞았다. 그리고 후예들은 고향을 떠났다. 김태삼의 아들 김주원과 노학년의 아들 노동식, 장인석의 아들 장동원, 김영일 회장의 아들 김경섭은 어릴 때 깨복 친구였다.

김경섭 경장의 아들 김동민 회장은 1948년, 피치 못할 운명의 저주로 고국을 떠난 분들의 자손을 수소문하여 여수로 불러들였다. 그가 이렇게 그들을 초청한 것은 그들의 가슴 속에 응어리진 한 맺힌 원한을 풀어주고 얼룩진 상처와 고통을 치유하는 화해의 장을 마련하기 위함이었다. 준엄한 역사 앞에 죄인이 된 그들의 한을 풀어주기 위한 축제이며 여·순사건의 한을 용서와 화해로 푸는 엑스포 축제였다.

화해의 장은 씨월드 크루즈 한국 레스토랑에서 디너쇼를 구경하면서 성대하게 가졌다. 넓은 레스토랑에 남녀노소를 막론하고 사랑하는 사람들이 와인을 즐기며 노래하고 춤추며 담소로 즐거운 시간을 보내고 있었다. 고급 한정식 요리와 와인을 즐기는 파티였다. 은은한 가야금 소리가 울려 퍼졌다. 어여쁜 아가씨들이 노래를 부르며 가야금을 뜯고 있었다. 손님들은 음악에 취해 몸을 흔들었다.

초청받은 손님들은 여·순 군부 반란 사건 때 가해자와 피해자의 후손들이지만 서로가 누군지를 몰라 약간 서먹한 분위기였다.

이들을 초청한 김동민 회장이 단상으로 올라왔다. 잠시 흥겨운 무드는 정지되고 좌중은 엄숙하게 가라앉았다. 김동민 회장은 인사말로 만남의 목적을 진지하게 열변하였다.

'여러분, 만나서 반갑습니다. 여기 모인 여러분은 서로가 누군지 모릅니다. 그러나 과거 우리 조부들과 아버지들이 친밀한 우정을 나눴던 후손들입니다. 비극적인 역사의 희생물로 고국을 떠나 힘든 여생을 살았을 줄로 압니다. 여러분들은 고국에 살지 못하고 외국에서 살아야 했던 부모님들의 슬픈 사연을 모를 것입니다. 난 여러분에게 그 슬픈 사연을 알게 하고 여러분의 고통을 치유해 주려고 모셨습니다. 여러분의 조부와 부모님을 대신하여 조국이란 따뜻한 품을 선사합니다. 오래전부터 여러분에게 이런 자릴 마련해 드리려고 했으나 기회를 놓쳤는데 이번 엑스포를 통하여 여러

분을 모셨습니다.'

좌중에서 우레와 같은 박수가 터져 나왔다. 김 회장은 다시 말을 이었다.

'여기 모인 분들은 서로에게 상처 주었거나 상처를 받은 사람들입니다. 서먹하지만 짜릿한 고국애와 따뜻한 고향의 포근한 가슴을 느끼는 기회가 되었으면 하고요. 이 자린 서로의 아픔을 토로하고 용서하며 사과하는 자리가 되었으면 합니다.'

그의 열변은 눈시울을 뜨겁게 하였다. 모두 자신이 누군지 알지 못한 상태에서 정체성을 알게 된 후 서로를 알고 이해하려는 분위기가 되었다. 음식을 먹으면서 각자 자기 소개를 하였다.

선상 파티가 무르익고 있었다. 마치 이산가족이 모인 그런 자리 같았다. 김동민 회장은 흐뭇한 표정으로 오늘의 주요 인물을 소개하였다.

"여러분, 오늘 이 자리엔 제일 나이가 많은 박동근 시인이 호주에서 오셨습니다. 박동근 선생님 나오십시오."

90대 고령의 박동근 옹이 자리에서 일어나서 단상으로 올라왔다. 시인은 너그러운 표정으로 고향에서 쫓겨난 이야길 하였다.

"박동근 시인입니다. 우린 조국에 한이 많은 사람들입니다. 자의 아닌 타의에 의해서 어쩔 수 없이 조국을 떠났는데 어떻게 조국과 고향에 좋은 감정을 가질 수 있겠습니까? 저나 여러분은 조국으로부터 추방을 당한 사람입니다. 꿈같은 일이죠. 우리가 고향에 올 기회를 마련해 주신 김동민 회장님께 감사드립니다. 그러나 우린 역사의 증인으로 나왔습니다. 머무는 동안 서로를 이해 하도록 노력합시다."

박동근 시인이 울먹이며 말했다.

"자, 차려놓은 음식이니 먹으면서 이야기합시다."

박철 형사가 손뼉을 치며 분위길 쇄신했다. 모두 감탄을 연발하며 맛있게 음식을 먹고 마시며 즐겼다. 선상 파티는 고급 음식을 먹으면서 자유롭게 진행되었다. 파티가 한창 무르익고 있는데 김동민 회장은 박철 형사를 조용히 불렀다. 그는 김동민은 친구였다.

"박철 형사, 부탁드릴 말씀이 있네."

"무슨 부탁인데…?"

"저분들의 신변 보호를 잘해 주게. 어떤 사고가 일어날지 불안해. 각별하게 신경 써서 감시하게나."

"그렇잖아도 주시하고 있네. 내가 할 임무니까 걱정 말게."

"저들은 아직 고국과 고향의 의미를 모르는 소외받는 이방인일 뿐이야. 스스로 외국인이라고 생각한단 말일세."

"거의가 우리 조부님 친구의 자제분이라며."

"그렇지. 가해자와 피해자의 자손들이야."

선상 공식 파티는 끝나고 다시 자리를 옮겨 끼리끼리 2차 만남이 시작되었다. 해변으로 나와서 여수 밤바다 낭만포차에서 서로 안면을 익히는 술자릴 마련하였다.

"오빠, 오빠가 존경스러워요."

선후가 다가와서 김동민 회장의 팔짱을 끼며 말했다.

"부모 때문에 고국을 잃은 자들에게 자리를 만들었을 뿐이야."

"그래서 훌륭하다는거예요."

"조심해라. 그렇지만 저들은 서로가 원한 관계에 있는 사람들이야."

"나 말에요. 저들을 소재로 소설을 쓰고 싶어요."

"좋지, 훌륭한 소설 자료를 제공한 셈이네. '여수의 추억' 제목이 어떠니?"

"글쎄요."

김동민 회장은 유복자로 태어난 누이동생 김선후를 누구보다 사랑했다. 선후가 '끝나지 않은 전쟁'이란 소설을 쓴다고 하기에 말렸다. 그것은 어쩌면 가문의 비극을 들추는 것이기 때문이었다. 그러나 곰곰이 생각하니 그 전쟁을 끝내려면 내막이 밝혀져야 한다는 결론을 얻었고 누이동생의 소설 구상을 돕기로 하였다.

"선후야, 잘못하면 뇌관을 건드릴 수 있어. 신중해야 한다."

"걱정마요, 오빠. 여수의 추억, 아주 좋은데요."

선후는 오빠와 해변에서 술자리를 잡고 앉았다. 그때였다.

"김선후 작가님, 자리 같이 할까요?"

조금 전 파티에서 만났던 리만 데이비드란 홍콩 청년이었다.

"좋아요. 리만 데이비드 씨."

"감사합니다."

그가 그녀 옆에 앉았다.

"회장님, 술은 제가 사겠습니다." 리만이 말했다.

"홍콩에서 오셨다면서요?" 김회장이 물었다.

"네, 홍콩에서 보석상을 하고 있습니다."

"그래요, 김 작가는 어떻게…?"

"사실은 관광 안내를 도와 달라는 부탁 말을 하려고 왔어요."

"네, 돕겠습니다."

"선후야. 엑스포 기간 동안 리만 데이비드 씨를 위하여 관광 봉사를 해주렴"라고 말하고 김 회장이 일어섰다. 선후와 리만이 오붓한 자리 가질 수 있었다.

그가 선후를 안 것은 그녀가 엑스포 VIP 손님을 담당하는 안내자였기 때문이었다. 리만 데이비드는 개인 가이드를 찾던 중에 김선후를 선택했는데 안내해 준다니 흡족한 미소를 띠웠다. 부드러운 인상을 가진 그는 영국과 홍콩을 오가며 무역을 하는 젊은 보석 상인이었다. 그때 저쪽 테이블에서 수잔 벨리와 박철 형사가 커피를 마시며 담소를 하고 있다가 선후를 보고 자리 옮겨 다가 왔다.

"김선후씨, 리만 데이비스와 언제 그렇게 친해졌어요?" 박 형사가 물었다.

"친하긴요. 여기서 만났어요."

"안녕하세요. 선후씨, 자릴 같이해요." 수잔 벨리가 미소를 지으며 말했다.

"그래요, 수잔 벨리씨 이리로 앉으세요. 수잔씬 참 예뻐요."

"선후씨 이분은 누구인가요?"

"리만 데이비드씨 인사해요. 수잔벨리씨는 건축 디자이너예요. 여수 엑스포 주 전시장을 설계한 건축 공학 박사님이시고 신월리 해양 리조트도 건설하는 분이세요." 선후가 그녀를 소개하였다.

"네, 반갑습니다. 전 영국에서 온 무역상 리만 데이비드입니다. 홍콩에서 일하고 있지요."

"저도 영국인이에요. 앞으로 자주 만날 수 있겠네요. 선후씨 완 친구거든요." 수잔은 반가운 표정을 지었다.

"그럼 두 분, 즐거운 모두 시간 보내세요."

박철 형사가 바쁘다며 자리를 떴다.

"박 형사님, 꼭 알아봐 주세요." 수잔이 말했다.

"무슨 일이 있어요?" 선후가 수잔에게 물었다.

"저의 외할머닐 찾아달라고 했어요."

"외할머닐⋯?"

"네, 어머닌 영국으로 입양된 한국 여인이거든요."

"아버지가 아니고 어머니가 한국 분이셨군요?"

"네, 선후씨, 우리 어머니 인생에 관한 소설을 쓰면 베스트셀러가 될 터인데요. 사연이 많은 여인이랍니다."

"언제 한번 어머니 이야길 들려주세요."

"기회 봐서요."

"수잔씨, 내가 리만씨 가이드를 해주기로 했어요. 우리 같이 바다 구경가요."

"그래요. 같이 가요. 여수에 와 있으면서 섬 구경을 못 했어요."

"좋은 추억이 될 거예요."

그때 전화가 왔다. 수잔이 스마트 폰으로 전화를 받았다.

"하멜 선장님, 해변에서 지인들과 술을 마시고 있어요. 이리로 오세요."

"해변이라고요?"

"네. 잠깐 다녀가세요."

"누군데요?" 선후가 물었다.

"하멜 선장이에요. 일본 유람선을 끌고 왔어요."

"하멜 선장? 그럼 오시라고 해요." 리만이 말했다.

"혹시 잘 아는 분이세요?" 수잔이 물었다.

"네. 이곳에 와서 알았어요."

잠시 후 하얀 마도로스 복장을 한 건장한 사나이가 그들 앞에

다가섰다. 젠틀하고 멋있는 선장이었다. 수잔은 하멜 선장을 소개하였다. 그는 영국인인데 일본에서 무역선을 운항하는 선장이었다.

"수잔씨, 엑스포 전시장이 참 훌륭해요. 역시 수잔씨 작품은 명품이에요. 불후의 명작이 될겁니다." 하멜 선장이 수잔을 칭찬하였다.

"선장님, 인사하세요. 이분 리만 데이비드씬 영국의 무역상이고, 이분은 관광 안내를 맡은 소설가 김선후양 입니다."

"반갑습니다. 하멜입니다. 한국명은 김경호랍니다."

"조부님이 누군가요?" 선후가 물었다.

"아버진 김주원, 할아버진 김태삼씨예요."

"김태삼씨 손자군요?" 선후의 질문에 하멜은 불안한 표정을 지었다.

"어쩌죠. 전 지금 바쁜 업무 중이라서 가봐야 해요. 다음에 시간 내겠습니다"라고 말하고 하멜은 돌아갔다.

해변에서 세 사람은 간단한 술을 마시고 크루즈로 돌아왔다.

"우리 수영할까요?" 리만이 제의하였다.

"좋아요." 수잔이 응했다.

세 사람은 수영장으로 가서 수영복으로 갈아입고 나왔다. 수잔의 각선미가 눈에 띄게 아름다웠다. 선후 역시 아름다운 몸매를 가졌지만 동양인의 아담한 체격이었다. 수잔의 풍만한 체형에 비하면 미약했다. 리만은 두 여인을 번갈아 보면 어쩔 줄을 몰랐다. 수영장을 헤엄쳐서 한 바퀴 돌고 나서 비치 파라솔 벤치에 누웠다. 수잔과 선후는 너무나 아름다운 몸매을 가졌다. 뚜렷한 서양의 윤곽과 부드러운 동양의 미가 조화를 이룬 미녀들이 누워 있었다. 선후는 수잔의 몸매에서 빈약한 자신의 몸매를 내려다보았다. 리만은 수잔의 아름다운 몸매를 훔쳐보고 있었다. 선후는 그녀에게 다가가서 앉았다.

"수잔씨, 저기 엑스포 전시장 말예요. 아름다운 예술 작품이예요."

"저도 저의 일생일대의 역작이라고 생각합니다."

"그런데 외할머니를 찾는다고 했잖아요?"

"네, 영국에 계시는 어머니가 찾고 있어요. 어머니의 소원을 풀어주려고요."

"그런 아픈 사연이 있었군요."

"박철 형사님께 할머닐 찾아달라고 부탁을 했어요."

그때 리만씨가 풀에서 나와 그녀들 앞으로 왔다.

"전 아버지가 누군지도 몰라요. 여수는 내 외할아버지의 고향이니 내 고향이나 마찬가집니다." 리만이 숙연하게 말했다. 선후는 혈육을 찾는 두 분의 애탄 심정을 외면할 수가 없어서 해결사가 되어주기로 하였다.

"두 분 다 한국에 대해선 잘 모르시는 것 같아요?"

"한국이 어머니의 고향이라 내 조국 같은 생각이 들어요." 수잔
이 말했다.

"한국인의 피를 받은 외국인이지만 조국이잖아요."

"네. 그래서 애틋한가봐요." 둘이 동시에 말했다.

"수잔씨와 리만씨 영국인이잖아요. 잘 어울릴 것 같아요. 사귀
어 봐요." 선후가 번갈아 보며 말하였다.

"네, 전 영국에서 사생아로 태어났어요." 리만이 말했다.

"사생아…!"

"저의 외삼촌은 장동원이라는 분입니다. 세계적인 무역왕이
죠."

선후는 그의 말을 듣고 깜짝 놀랐다. 장동원은 아버지의 친구
였다. 1970년대 홍콩의 법정에서 마약단 수괴범으로 사형을 받은
분이다. 그러니까 그분의 누이동생이 리만 데이비스의 어머니였
다.

"리만씨도 한국인의 3세군요."

"네, 어머닌 한국인이지만 아버진 영국인이에요. 그러나 아버
지 얼굴은 몰라요."

수잔은 동지를 만났다는 듯 반색을 하며 동정의 눈빛으로 그를
바라보았다.

"저의 어머니도 늘 고향에 가지 못하는 고통을 내게 말했지요."

'대한민국 여수는 너의 할아버지 고향임을 절대 잊어선 안

된다.'

영국인인 그에게 어머니 말씀은 늘 부담이었다는 것이다. 아버지가 영국 사람이니 내 조국은 영국이다. 그런데 어머니는 늘 할아버지 고향 여수를 잊지 말라고 하셨다. 수잔의 눈엔 슬픔이 가득 고여 있었다. 어머니를 생각하는 것 같았다.

"수잔씨도 저와 같은 가족사를 갖고 있었군요. 왜 우리 어머니들이 고향에 갈 수 없었을까요?"

"죄인이래요." 수잔이 답했다.

"저의 어머닌 여수 세계박람회가 열린다니까 꿈에 고향을 갈수 있다고 좋아하셨죠. 어머니를 모시로 유람선을 타고 여수로 가자고 약속했는데 어머닌 고향 여수를 그리는 향수병에 자리에 눕더니 돌아가셨어요." 리만이 먼 산을 보며 울먹이고 있었다.

선후는 두 사람의 대화를 들으면서 그들의 슬픔을 이해할 수 있었다. 고국을 떠나 외국에서 정신없이 살아온 고통이 슬픈 잔해로 나타난 것이다. 아무튼 성공한 사업가로 성장한 것이 대견스러웠다. 그들이 여수를 찾은 것은 살아있는 바다, 숨 쉬는 연안, 호수같이 잔잔한 바다 밑에 생명이 꿈틀대는 갯벌, 황금 조개가 활짝 웃는 여수에서 세계인의 해양 축제를 보려 함이었다. 지구촌 사람들은 황금조개가 노래하는 여수의 바다에서 무한한 꿈을 보았다. 먼 훗날 동방의 역사를 변화시킬 희망봉이라는 것을 의식했다. 한국은 세계의 중심국가로 부상했고 여수는 엑스포를 통하여 지구촌이 선호하는 휴양지가 되었다.

일찍이 서양인들은 대륙의 동방에 이상향이 있다고 말했다. 그곳이 어디인가 했더니 한국이었다. 남반구를 북으로 올려놓고 세계지도를 거꾸로 그려보면 대륙의 중앙에 한국이 있다. 유라시아 대륙의 중심이 되는 곳이다. 중국의 역서인 주역엔 동방의 그곳에 모든 힘이 모여 있다고 기록하였다.

수잔은 한국에 와서 그것을 보았다. 한반도는 유라시아 대륙의 중앙에 있는 나라로 대륙 문화와 해양문화가 접촉하는 요지라는 것이다.

지난해 엑스포장의 환상이 절정을 이루고 있었다. 엑스포 홍보 대사인 김선후 작가는 외국인 관광객을 모시고 엑스포장과 다도해 여수의 섬 관광 안내를 맡았다. 선후가 관광 해설자로 나선 배에 수잔과 리만이 동행하였다. 선후는 엑스포의 주제관으로 외국 손님을 모시고 가서 DVD 영상을 보여주었다. '살아있는 바다, 숨 쉬는 연안'의 바다와 인간을 주제로 한 영상이 화려하게 펼쳐졌다.

내용은 '듀공과 소년의 대화'였다.

—청정해역 여수에 듀공이 나타났다. 해양오염과 포획으로 멸종 위기에 처한 듀공이 살아있는 바다, 숨 쉬는 연안이 있다는 소문을 듣고 멀리 인도양에서 여수까지 시속 8km의 속도로 일 년을 걸려서 헤엄쳐 왔다.

역시 여수의 바다는 살기 좋은 낙원이었다. 듀공이 여수바다에 와서 처음 만난 사람은 어린 소년이었다. 소년은 바닷가에 나왔다가 파도 속에 들려오는 어떤 비명 소릴 들었다. 새가 우는 것 같기도 하고 강아지가 우는 소리 같은 비명이 파도 소리와 같이 들려오는 것이었다. 대체 이 소린 어디서 들려오는 소리일까? 가만히 귀 기울여 보니 그 소린 바다 밑에서 들려오는 소리였다. 구원을 요청하는 비명이었다.

　　"살려줘요. 살려줘요. 살려주세요."

　　소년은 바다로 뛰어들었다. 소리를 감지하며 바다 밑으로 한참 내려가니 흰고래 한 마리가 그물에 걸려 있는 것이었다. 소년은 헤엄쳐 가서 그물에 갇힌 흰고래를 탈출시켰다. 그리고 소년은 물 밖으로 나왔다. 그때였다. 흰돌고래가 물가로 헤엄쳐 왔다. 큰 눈을 뜨고 입을 합죽거리며 미소를 짓고 있었다.

　　"고맙다. 생명을 구해줘서…"

　　"흰고래야, 가라, 멀리 깊은 바다로 가란 말이야."

　　"알았어, 넌 내 생명을 구해준 은인이야. 그런데 네 이름이 뭐니?"

　　"내 이름, 용석이라고 해, 김용석."

　　"내 이름은 듀공이라고 해. '시레니아 듀공' 우리 친구하면 어떨까?"

　　"좋아, 넌, 내 친구야. 흰고래 듀공."

"난 고래가 아니고 듀공이야. 멸종당한 듀공. 고래와 닮긴 해도 난 고래가 아니야." 듀공은 웃으며 말했다.

"그래. 자세히 보니 넌 세상에 없는 물고기 같아. 어디서 왔니?"

"응, 난 인도양에서 왔어. 세상에서 사라진 물고기인데 오직 살아남은 한 가족 듀공이란다. 사람들이 우리 종족을 다 잡아먹어서 멸종되었어."

"오직 너의 가족만 살아 있다고… 이를 어쩌나."

"용석아, 내 등에 타, 내가 바다 구경을 시켜줄게."

"바다 구경? 깊은 바다 밑으로 갈 수 있단 말이냐?"

"응. 어서 타. 여수 바다 밑은 아름다워."

듀공은 용석을 등에 태우고 바닷속으로 들어갔다. 해초가 무성한 바다였다. 산호초와 바다풀이 무성하고 물고기들이 자유롭게 헤엄치며 사는 아름다운 바다였다.

"참 아름답지. 난 이런 환경을 좋아해."

"정말 아름다운 바다구나. 넌 좋겠다. 이런 바다에 살 수 있어서."

"아니야. 이런 깨끗하고 아름다운 바다는 많지 않단다."

"많지 않다고?"

"응, 아름다운 바다가 다 망가져 버렸어. 사람들이 버린 쓰레기가 바다 밑에 쌓여 아름다운 자연이 파괴되어 버렸어. 그래서 많은 물고기가 삶터를 잃어버린 거야."

듀공은 용석을 싣고 다른 바다로 갔다. 그 바다는 온통 쓰레기 더미였다. 바다 생물이 살 수 없는 폐허였다. 물고기 한 마리도 없었다.

"정말 물고기가 살지 않는구나."

"쓰레기를 먹고 죽거나 이사를 갔어. 그래서 우리 종족도 멸종해 버렸던 거야. 내가 널 이런 곳에 데리고 온 것은 사람들에게 일러서 바다에 쓰레기를 버리지 말라는 말을 하고 싶은 거야."

"미안하다… 참 나쁜 인간들이구나."

"나도 살만한 바다가 없어서 오래 살지 못할 거야. 그런데 여수 바다는 참 깨끗하고 아름답구나."

"그래, 그럼 아무 데도 가지 말고 나랑 같이 여수에서 살자."

"그런데 엄마가 보고 싶어. 엑스포가 끝나면 돌아가야 해."

"가지 마. 돌아가다가 이런 환경을 만나면 너도 죽어…"

"올라가자. 숨 가쁘지."

듀공은 소년을 싣고 다시 바다로 올라왔다.

"안녕, 내일 만나자."

듀공은 바닷속으로 사라졌다. 소년은 바닷가에 서서 손을 흔들었다. 제발 그물에 걸리지 말고 가거라… 소년은 계속 바다를 향하여 손을 흔들었다. 살아있는 바다, 숨 쉬는 연안, 여수 엑스포 주제관에서 멸종 위기에 놓인 듀공과 소년의 우정은 눈물겨운 감동이었다. 엑스포 주제를 함축한 영상을 보고 관객들이 모두 눈물을 흘리고 있었다.

바다에서 살아가는 인간의 삶을 주제로한 여수 엑스포는 인산인해를 이루었다. 한국관, 국제관, 해양생물관, 기후환경관, 해양문명전시관, 해양생물관, 지자체관, 기업관, 국제기구관을 돌아보기가 숨차다. 무엇보다 엑스포의 환상은 빅－오 영상쇼와 화려한 영상물이 흐르는 엑스포 디지털갤러리와 3만 종의 어류를 볼 수 있는 수족관과 아쿠아리움, 환상의 해상 쇼와 스카이 타워에서 울려 퍼지는 오르간 소리와 광란의 열기를 더하는 케이팝 경연장이 인기 있는 볼거리였다.

그러나 무엇보다 감탄한 것은 수잔 벨리가 설계한 여수 엑스포 전시관의 건축물이다. 바다를 소재로 한 전시장의 풍경은 최고 예술의 극치를 만끽할 수가 있었다. 아침부터 밤까지 엑스포장은 축제 무드에 젖어 있었다. 유색의 이웃들이 와서 각기 자기 나라의 풍물과 문화를 연출하는 것도 볼만한 무대였다. 진종일 사람들로 북적대다가 밤이 되자 전시장은 약간 한산해졌다. 그런데 밤엔 다시 해상에서 빅오 쇼가 관객을 흥분시키고 있었다. 빅오 쇼를 보려고 사람들이 모여들었다.

선후는 관광객을 빅－오 쇼장으로 모시고 갔다. 붉은 노을 속으로 태양은 지고 엑스포 전시장에 어둠이 내리자 전시관에서 어느덧 오색찬란한 불빛이 켜지고 있었다. 밤의 엑스포장은 더 좋은 환상을 자아냈다. 메인 주제관 앞 빅－오 탑에서 찬란한 불꽃이 커다란 원을 그리며 돌아가고 있었다. 주제관 앞에 세워진 43m 직경의 원형은 물과 빛의 환상을 자아내는 해상 축제의 상징 기구였다.

인공섬 주제관 앞에서 수상 쇼가 펼쳐진다. 쇼가 끝나자 빅-오 원구에 불이 켜지고 100m 분수가 하늘을 치솟고 올라 수막 전광판을 만든다. 회전하는 원구에서 물이 쏟아졌다. 흐르는 물이 뻥 뚫린 원구에 수막을 만들고 사방으로 흩뿌렸다. 물안개가 휘날려 흩어져 뜨거운 열기를 식힌다. 날리는 안개 위로 사방에서 불빛이 집중된다. 빅오 쇼의 불빛이 광채를 발사했다. 동서남북 하늘과 바다에서 꿰뚫고 오르는 불빛이 원 안에서 서로 교차하여 현란하고 찬란한 색채를 만들어 밤하늘에 뿌린다.

그 위로 아름다운 수막이 생기고 영상물이 그려진다. 잠시 수막이 사라진 후 물은 분수가 되어 하늘로 치솟아 3만 관중의 머리 위에 시원하게 쏟아진다. 빅-오는 빛과 물의 조화를 이루어 바다와 인간이 살아가는 삶의 모습을 환상적인 퍼포먼스로 엑스포의 밤을 수놓는다. 그리고 다시 원 구에서 뜨거운 불꽃이 폭발하듯 솟구쳐 사방이 대낮같이 밝아진다. 이어서 빅-오 쇼는 막을 내린다.

밤이 되자 오동도 앞바다에 정박한 크루즈에서 휘황한 불이 켜지고 있었다. 그 불빛 속에서 유난히 다채로운 네온을 발산하는 디오션 메이플라워 호가 윤각을 드러냈다. 영국의 깃발을 단 홍콩

의 호화 유람선이었다. 유람객들은 선상의 난관에 나와 오색 창연
한 엑스포 전시장의 야경을 바라보고 있었다.

고요한 미항, 여수의 밤은 축제로 무르익고 있었다. 종고산 정
상에서 해양 축제를 상징하는 성화가 활활 타고 있었다. 여수의
불꽃에 세계인의 시선이 집중되고 있었다. 온 시가는 입추의 여지
없이 축제에 참여한 내외국인들로 흥청거리고 엑스포 주 전시장
엔 민족과 인종을 초월한 세계 각국의 해양 문화와 상품들이 화려
하게 디스플레이 되었고, 피부색을 달리하는 사람들이 자국의 문
화를 선전하기 위해 전통 의상으로 관광객을 유혹하고 있었다.

오동도 앞바다엔 외국의 선박과 유람선들이 거대한 섬처럼 정
박하고 있었고, 먼바다엔 줄을 이어 들어오는 선박들이 입항의 차
례를 기다리고 있었다.

여수 세계박람회는 새로운 해양 문화를 새롭게 창조하는 대한
민국이 대륙의 관문임을 알리고, 세상에서 가장 살기 좋은 친 인
간적인 해양레저의 메카로 주목을 받는 자리였다. 아름다운 연안
의 별장과 펜션은 쾌적하고 편안한 자유를 누릴 수 있는 오션 휴
양지이며 친 인간적인 웰빙 생활의 낙원이었다. 관광 레저를 즐기
는 세계인들이 이곳에 모여 황금조개의 꿈을 꾸고 있었다.

세상에서 해가 가장 먼저 뜨는 나라, 지구촌 사람들은 이곳 다
도해를 세상에서 가장 살기 좋은 이상향이라고 말하였다. 아름다
운 바다와 천혜의 관광자원을 가지고 있었음에도 불구하고 한국

인들은 오로지 대륙으로의 진출을 고집하고 해양을 무시하였다.
그러나 여수 세계 해양박람회가 대륙 지향의 국가 발전 모델을 해
양으로 돌렸다. 바다는 무한한 가능성과 미래를 열어준다는 것을
비로소 알았다. 삼면이 바다인 한국은 태평양으로 뻗어나갈 최상
의 환경을 가졌고, 다도해의 아름다운 섬과 연안은 바다가 인간에
게 주는 최적의 휴양소라고 생각하였다. 해양 에스포 열기는 뜨거
웠다.

선후는 여수에서 해양 문화의 미래를 보았다. 세계사를 볼 때
해양으로 진출한 국가가 세계를 지배했다. 과거 영국이 그렇고 스
페인이 그렇고 일본, 네덜란드, 프랑스, 포르투칼이 그랬다. 그들
나라는 해양으로 진출하여 거대한 식민지를 형성하여 엄청난 부
와 자원을 확보했고 찬란한 문화의 꽃을 피웠다.

14세기 스페인은 신대륙과 신항로 개척에 국력을 기울여 마젤
란과 바스코 다가마, 카롤루스 같은 해양 전문가들은 신대륙을 발
견하였고, 이사벨 1세는 콜럼버스를 등장시켜 신대륙을 발견하여
엄청난 식민지를 개척하였다.

포르투갈의 엔리케 왕은 해군을 육성하여 해양으로 발을 뻗어
식민지를 개척하여 국부를 창출하였다. 15세기 영국의 튜더 왕조
엘리자베스 여왕은 윌러비, 챈슬러 같은 항해사를 길러내서 신항
로를 개척하였다. 헨리 5세는 왕립 해군을 창설하였고 헨리 7세는
무역 상선을 육성하였으며 헨리 8세는 조선소를 건립하여 무역과

해운업으로 식민지를 개척해 부를 창출하였다.

크롬웰은 '영국의 상선이 떠 있는 곳엔 해가 지지 않는다'라고 말하였다.

일본의 료마 사카모토는 1860년부터 서양의 문물을 받아들이면서 '해양이 미래다'라고 주장하였다. 그는 해양개척 프로젝트를 만들어 메이지 유신 정부에게 넘겨줬고, 메이지 유신 정부는 신해양 정책으로 일본을 해양부국으로 만들었다.

해양을 지배하는 나라가 대국이 될 수 있다는 것은 그만큼 해양은 자원의 보고이고 문화교류가 빠르고, 관광, 산업, 물류 수송의 항로가 무한하다는 것이며, 풍부하고 다양한 산업 인프라가 있고 친 인간적인 쾌적한 삶의 휴양지를 마련해 준다는 점이었다. 외국 관광객들은 환상적인 여수 해양 엑스포장의 경관에 감탄을 자아냈다.

선후는 집으로 돌아와서 내일 관광 일정을 체크하고 있었다. 다음 날 선후는 수잔과 리만을 모시고 예약된 식당을 찾아갔다. 여수의 풍미를 즐길 수 있는 식당인데 아침부터 손님들로 북적였다. 예약석엔 벌써 정식 주메뉴가 놓여 있었다. 숯불에 구운 갯장어와 서대회, 금풍쉥이 구이, 새조개 무침 등 상다리가 부러질 정도로 많은 반찬이 구성되어 있었다. 수잔의 눈이 휘둥그레졌다.

"이렇게 많은 양을 어떻게 먹어요?"

"드실 수 있을 정도로 마음껏 드세요."

선후는 먹는 방법을 가르쳐 주었다. 리만은 서대회에 반했고
수잔은 새조개 샤브샤브가 당기는 모양이었다. 선후는 잘 구운 갯
장어에 소주잔을 채워주면서 '여수의 맛 최고'란 건배를 제의했
다. 소주 한 잔을 들이켜고 갯장어 안주를 먹는 맛이 최고라고 리
만은 연방 원더풀을 연발하였다.

"원더풀, 서대회와 갯장어가 최고예요."

"난 새조개 샤브샤브가 일품인데요."

수잔의 턱이 신나게 움직였다.

"여수 최고의 맛은 서방도 안 주고 샛서방만 준다는 금풍쉥이
구입니다." 선후는 금풍쉥이가 고향의 맛이라고 설명하였다. 식
객들은 맛있게 금풍쉥일 뜯어먹고 있었다. 식사가 끝나자 손님들
은 바다가 바라보이는 해변 찻집에서 커피를 마시며 여한을 즐겼
다. 선후는 다시 손님들을 집합시켰다.

"이제부터 유람선 여행을 할 것입니다."

돌산대교 연안 여객선 부두에서 크루즈를 타고 오동도와 꽃섬,
공룡섬 사도, 여자만 갯벌, 가막만의 100여 개 섬들의 아름다운 풍
치를 보러 나섰다. 리만과 수잔은 선두에 앉아 멀리 점점이 연결
된 다도해의 청정 연안을 바라보며 감탄사를 연발하였다. 바다엔
하얀 구형 부표가 열병으로 서 있었다. 부표가 뜬 곳은 바다의 목
장이었다. 가두리 양식장과 양어장에서 무공해 해산물이 생산되
고 있었다.

수잔은 바다를 바라보며 눈물을 글썽이고 있었다. 어머니가 그렇게 보고 싶어 하는 고향 여수 바다였다. 바다를 보고 있는 리만의 표정에도 어떤 근심이 서려 있었다. 마도로스인 아버지를 따라 유럽에 정착하면서 항상 들뜨고 허탈한 기분이었던 이유를 알았다.

"선후씨, 노래 한 곡 들려드릴까요?" 수잔 벨리가 물었다.

"좋지요."

수잔은 노래를 불렀다.

－내사랑 여수－

아리랑 , 아리랑, 아라리요, 아리랑 여수로 달려온다.

청해는 유수한데 강산은 변해가고 고향 떠난 나그네 갈 길이 막막하다.

아리 아리 아리랑, 아라리오, 물 좋고 인심 좋은 내 고향 여수

"어머니가 즐겨 부르는 노래랍니다. 술을 마시면 이 노래만 불렀어요."

"고향을 그리는 애절한 절규가 숨겨져 있네요."

"그런데 이곳 다도해가 라스팔마스 제도 같아요."

수잔은 다도해의 전경을 보면서 마치 라스팔마스에 온 것 같은 착각에 빠지고 있었다. 어릴 때 잠시 그곳에 살았다. 꼭 이런 분위

기였다. 수잔은 추억에 잠겨 다도해의 경관에 감탄을 금치 못했다.

"라스팔마스는 아프리카의 휴양지잖아요." 선후가 물었다.

"맞아요, 모로코지만 스페인의 휴양 도시랍니다."

"그곳에서 살았어요?"

"아버지가 마도로스였거든요. 그래서 아버질 따라 잠시 살았어요."

"저의 아버지도 마도로스 였어요." 리만이 수잔의 입장을 이해한다는 듯이 자기 이야길 꺼냈다. 수잔은 다시 말을 이었다.

"어머닌 늘 고향 이야길 하였죠."

'지구의 동쪽, 대한민국 한려수도 동단, 청빛 하늘과 바다가 맞닿는 그곳, 광양만과 순천만을 옆에 끼고 뻗어 내린 여수반도, 물이 좋아 여수란다. 돌산을 품에 안듯 사이로 흐르는 호수 같은 물줄기가 태극의 문양처럼 휘돌아 점점의 섬을 안고 있는 작은 항구, 아름다운 물의 나라, 여수를 잊지 말아라.'

"맞아요. 어머니가 그리던 여수는 자연과 사람이 하나 되는 파라다이스예요." 선후가 수잔의 감정에 동조했다.

나비의 날개를 형상하는 여수반도는 상이하고 판이한 두 개의 해상을 가지고 있었다. 순천만과 광양만이다. 365개의 섬들이 오

밀조밀 병풍을 쳐 놓은 듯 둘러싸인 가막만이 아름다운 경관을 자아냈다. 특이한 것은 바다 밑이 온통 검은 갯벌로 이루어져 있어서 황금어장을 이룬다. 따라서 가막만엔 수많은 바다목장이 있었다. 섬과 섬을 잇는 10개의 연륙교로 연결된다.

돌산의 향일암, 금호도 비렁길, 소리도 등대, 화태도 굴양식, 월호도 핫꽁치, 개도 새조개구이, 제도 가두리 양식장, 백야도 바다목장, 조발도 산호초, 둔병도 통발어업, 낭도 감성돔, 사도 공룡화석, 적금도 황금의 섬, 횡간도 장어구이. 여자도 꼬막, 달천 맛조개, 순천만 짱뚱어, 꽃섬 상·하화도, 소리도 등대는 여수로 향하는 항로를 여는 곳이다.

조선의 국영 사슴 목장이 있었던 금호도, 병사를 숨겨둔 둔병도, 이리섬 낭도, 공룡의 섬 사도와 추도, 닭의 섬 상계도, 하계도, 호랑이 섬 백야도, 소경도를 돌아 크루즈는 우렁찬 고동을 울리며 손죽도, 백도, 초도, 거문도를 지나간다.

광양만과 순천만의 중앙의 반도가 길게 뻗어 천외의 항구를 만들고 한국 최대의 물동량을 자랑하는 광양항과 여수 공단이 있고 순천만의 살아있는 갯벌은 생태계의 보고였다. 그러니까 한쪽 바다는 자연 친화적이고 한쪽 바다는 산업공단이 자리를 잡고 있었다.

살아있는 바다, 숨 쉬는 연안이 순천만이라면 생산하는 바다, 풍요로운 부를 창출 하는 바다는 광양만이었다.

크루즈에서 보이는 다도해 청정해역의 점점이 떠있는 섬과 섬의 풍치가 너무나 아름다웠다.

"여러분, 잠시 배를 세워 해변 트래킹을 하겠습니다."

배에서 내려 임진왜란 때 거북선을 건조한 조선소를 구경하고 우리나라에서 가장 긴 직선의 신월리 해변을 걸었다.

"여러분 이 해변이 원한의 바다입니다." 선후가 긴장한 목소리로 말했다.

"왜죠?"

"이곳이 여·순 군인 반란 사건의 진원지인 14연대 본부가 주둔한 곳이에요."

"여·순사건의 진원지라고요?" 손님들은 울컥하는 감정을 드러내고 있었다

"네. 와보고 싶었던 고향의 그곳이죠?"

사람들은 신월리 해변을 걸으면서 숙연한 표정을 지었다. 이곳이 그들을 고향에서 떠나게 한 비극의 현장이었다. 과연 이곳에서 어떤 일이 벌어졌을까. 한참 추억의 길을 걷고 다시 배에 올랐다. 배는 오동도에 닿았다. 진초록 동백 숲에서 시원한 바람이 시누대 사이를 헤집고 사각사각 소릴 내면서 흐르고 있었다. 선후는 그들을 데리고 오동도 등대로 올라갔다. 동백꽃 숲을 지나면서 진초록 잎에 달린 붉은 꽃봉오리의 조화에 감탄을 자아냈다.

"이곳이 동백꽃섬 오동도입니다."

"동백의 꽃잎은 몇 개예요?"

"동백꽃은 5, 7개의 잎을 가지고 있는데 5잎 동백이 가장 곱고 아름다워요. 오동도 동백꽃은 5잎 동백이랍니다."

7잎 동백은 어디에서나 볼 수 있는 동백꽃이지만 이곳 동백은 5잎이라서 꽃잎이 검붉고 크며 윤기가 나서 더 아름다웠다. 동백은 춘동백, 추동백, 동동백으로 나누는데 오동도의 동백은 동동백이라서 더 푸르고 붉음이 진했다.

"해설사님, 이섬에 왜 방파제를 만들었어요?" 누군가가 질문을 하였다.

"일본 제국주의자들이 해군기지를 만들려고 했어요."

일제는 1933년 러시아와 중국을 겨냥하여 거문도에 해군기지를 계획했으나 육로와 교통이 두절 된 섬이어서 가장 가까운 여수에 본 기지를 만들기로 했다. 여수는 만주 관동군에 물자를 공급할 가장 가까운 항구였다.

"대륙침략의 해군기지를 만들려고 했군요."

"그렇습니다."

여수 오동도는 물살이 소용돌이치는 곳에 있었다. 노량의 광양만에서 흐르는 물살과 여수만을 끼고 흘러 돌산도와 여수항을 끼고 가는 물살이 교묘하게 오동도 근방에서 합류하여 소용돌이 물살로 변한다. 그래서 이곳을 지나는 배는 거의 난파당하곤 하였다. 그런데 오동도 방파제를 만들고 난 다음부턴 동서에서 오는 급물살이 태평양 쪽으로 흘러가는 바람에 순탄한 해로가 되었다.

선후는 오동도 이야길 들려주었다.

"여러분 동동무란 고려가사를 알아요?"

"왜군을 무찌르고 불렀던 개선가라면서요?"

"네, 맞아요. 고려의 유탁 장군이 왜적을 물리치고 이 섬에서 부른 노래였어요."

오동도는 고려가사인 동동무와 동동사의 본 고장이다. 고려 공민왕 때 진례 만호장 유탁 장군이 왜구를 물리치고 난 후 병사와 주민을 불러 개선 잔치를 벌였다. 이를 축하하려 공민왕은 요승 신돈을 보냈다. 신돈과 병사들이 축배를 들며 동동무를 추고 동동가를 노래했다. 그 후 동동가는 이곳 주민들이 즐겨 부르는 오동동 타령이 되었다.

동동가를 부르며 크루즈는 광양만으로 달리고 있었다. 멀리 남해도가 한눈에 보인다. 크루즈는 '노녀의 전설'이 서린 신덕의 백서량을 달려 고려의 충신 공인이 귀양살이 한 낙포에 이르러 진례 만호의 추억을 되새겨 보았다. 황구미 돌곶을 돌아서 나오면 웅장한 한국비료와 LG 정유공장이 버티고 서있는 여수 산단의 불빛이 찬란하다.

이순신대교가 광양 제철소에서 바다를 가로질러 묘도대교를 타고 여수로 이어졌다. 이순신대교 아래로 보이는 묘도는 정유재란 때 조·명 연합사령부가 있었던 곳으로 진린 제독과 이순신 장

군의 알력이 서린 곳이다. 노량해전에서 이순신의 죽음으로 전쟁
은 끝나고 이곳에서 산화된 수만의 병사들 원성이 들리는 듯하다.
묘도에서 노량을 바라보며 임진왜란 때 산화한 선열들에게 묵도
를 올렸다.

멀리 예교성과 왜성이 보인다. 정유재란 때 왜성과 예교성이
가까운 곳에 있었다. 예교성에 조·명 연합군 10만이 왜성에 6만
의 왜군과 대치하고 있었다. 16여만 명의 병사가 대치하고 긴박한
전투가 벌어질 찰나에 명나라 유정 장군이 왜장 고니시의 뇌물을
먹고 퇴로를 열어주었다.

이순신은 도망가는 고니시를 잡으러 갔다가 죽음을 당했다. 이
순신은 어떻게 죽었나, 의견이 분분하다.

'명나라 해군 제독 진린에게 명령 불복이란 죄명으로 처형당했
다는 설과 왜적이 쏜 총탄에 죽었다는 설, 전투에 나가지 말라는
진린의 명령을 어겨서 처형당했다는 설이 있다.'

광양만의 장도에서 왜성을 향하여 무수한 화살을 날렸던 장군
의 모습을 상기하였다. 신성포 왜성에서 노량해전의 최후를 음미
하며 하루 일정을 마쳤다.

다음날 크루즈는 순천만으로 향하였다. 자연과 갯벌이 하나 되
는 순천만 생태공원에 푸른 갈대가 휘날리고 있었다. 일출과 일몰
이 가장 아름답다는 여자만 갯벌이 하얗게 형체를 드러내 놓고 있

었다. 갯벌엔 무수한 생명들이 꿈틀댔다. 살아있는 바다. 숨 쉬는 연안이다.

선후는 인어공주 같은 발랄한 복장으로 등장하였다.

"여러분, 여자도를 아시나요?"

"여자만 사는 섬인가요?" 수잔이 물었다.

멀리 보일 듯 말 듯 물 위아래로 오르내리는 섬이 있었다.

"저곳이 여자도랍니다. 여자만 사는 섬이 아니고 물속에 숨고 잠기는 섬이죠."

"섬이 아니고 암초군요."

"멀리서 보면 물에 잠겨있는 듯 암초 같지만 사람이 살아요."

선후는 고려초 여자도에 갇힌 공주의 전설을 이야기해 주었다.

후삼국 시대에 순천의 재벌 군주 박영규가 고려 개국 공신이 되어 예쁜 네 딸들이 왕비로 간택 받았는데 가장 예쁜 막내딸만 이 섬에 가두어 왕자들 앞에 나타나지 못하게 하였고, 결국 이 섬에서 그녀는 죽었다. 이유는 모든 왕자들이 그녀만 탐했기 때문이었다. 그래서 '여자도'라고 부른다는 것이다. 그러나 여자도는 바위여, 바위섬이란 뜻이다. 여자도는 질 좋은 갯벌에 수많은 생물이 서식하는 섬이었다.

크루즈는 순천만 갯벌을 숨긴 물 위를 달리고 있었다. 고향을 찾은 그들에겐 한량없는 만감이 교차하고 있었다.

1948년, 여·순사건

1948년 10월 18일, 여수 신월리에 주둔한 14연대가 일으킨 반란 사건은 7일 만에 진압되었으나 가담자 색출이란 잔혹한 양민 대학살의 참극이라는 엄청난 불행을 빚어냈다. 반란군이 사라졌는데 가담자 색출이란 미명아래 이 지방 사람들을 무차별 회색분자로 몰아 죽이는 인간사냥이 시작되었다.

진압군은 도시를 불태웠다. 전 시내가 불바다로 변했다. 오소리 굴에 연기를 피워 오소리 잡기였다. 반란이 진압되어 반란군이 없는 도시에 3군 합동군은 가담자 색출이란 명목으로 시내를 향하여 함포 사격을 가했고 불을 질러버렸다. 순식간에 시내는 불바다가 되었다. 서교동, 종고동, 관문동이 온통 화염에 휩쓸렸다. 불로 태우고 연기로 질식시켜 마비된 거리에 계엄군이 날뛰기 시작했다. 처참한 인간 살육과 처형이 전개되었다.

반란이 진정되고 반란군이 다 사라진 도시에 이승만 정부는 남로당 지하조직을 일망타진한다면서 무자비하게 학살 작전을 폈다. 무고한 양민을 거리로 끌어내 가담자란 누명을 쓰고 죽였다.

좌익에서 우익으로 변장한 놈들이 계엄군 앞에 서서 지나는 사람에게 손가락질만 하면 계엄군은 가차 없이 총을 난사했다.

역사의 비극은 여기서부터 시작되었다. 진압 후 반란의 태풍이 휩쓸어 쑥대밭이 되어버린 여수. 순천에 다시 반란 부역군 색출이란 만행이 이 도시를 만신창이로 만들어 버렸다.

남로당의 지령을 받은 14연대 빨갱이 군인들이 일으킨 반란인데 역사는 마치 이곳 주민들이 일으킨 반란인 양 그 명칭을 여·순 반란 사건이라고 기록하고 이곳 주민들을 빨갱이로 몰았다. 반란 동조자, 부역자란 명목이었다. 반란 때 피해보다는 진압 후 입은 피해가 더 컸다. 반란군들은 무고한 백성들은 반란군에 동조하지 않는다고 죽였고, 진압군은 반란에 가담했다고 처형했다. 물론 의혹점은 있었다. 반란군의 시퍼런 총칼에 양민들은 말을 듣지 않을 수 없는 불가피한 상황에서 도운 것뿐이다. 그런데 그것이 빨갱이란 죄명이었다.

부역자 색출, 진압 과정에서 우익 청년단이란 정체불명의 조직이 나타나서 반란군 부역자 색출에 나섰다. 그들은 죄 없는 민간인 살해라는 형극을 낳았다. 이념이란 말이 무슨 말인지 모르는 사람들을 좌익으로 몰아 죽였다. 개죽음이었다.

그러니까 반란군의 시퍼런 총칼이 무서워 밥 한 그릇을 내줬던

일로 좌익으로 몰려 죽었다. 흑·백 판별이 정당한 기준으로 이루어지지 않고 무차별 강행하는 바람에 억울한 희생자가 나왔다.

마을에 숨어있는 반란군 잔당을 색출하면서 그들에게 동조한 흔적이 있거나 보급대에 징집되어 반란군의 시중을 들었던 500여 명의 청장년과 그 가족들이 집단 처형을 당했다. 그리고 그들의 시신은 어디로 갔는지 모른다.

전시 계엄 상황에서 재판이라는 수순은 모호했다. 손가락이나 소리로 좌익이라는 증언이 나오면 모두 총살형을 받았다. 우익이란 완장을 두른 사람들이 앞장을 서서 벌인 살인극이었다. 피비린내 나는 처형은 보복으로 이어졌다.

역사의 아이러니다. 칼날은 가진 자와 힘 있는 자의 편에 쥐어졌다. 반란에 가담했던 자들이 우익세력으로 변신하여 반란군 색출에 앞장섰다. 그 대표적인 인물이 노학년이었다.

남로당 간부였던 그가 어느새 반공자유청년연맹장이 되어 남로당 색출에 앞장을 섰다. 진압군들은 순천시, 여수시, 여천군, 승주군의 각 동과 면사무소에 지소를 설치하고 좌익을 잡아냈다. 노학년은 남로당 명단을 진압군에 넘겨 좌익 색출에 혁혁한 공을 세웠다.

처형은 재판 없이 즉결되었다. 형장의 이슬로 사라진 사람들은 일언반구 변명할 시간조차 갖지 못했다. 반란군들은 우익이라고 죽였고 진압군들은 좌익이라고 죽이는 보복 전에 수많은 사람이 죽어갔다. 무엇 때문에 죽었고 누가 죽였는가? 가해자가 없는 모두가 피해자였다.

여수시 둔덕동 산골짜기와 호랑산 기슭은 참혹한 인간 사냥터였다. 이곳 처형장에서 수많은 반란군 잔당과 좌익 남로당 프락치들이 끌려왔다. 애매한 사람들도 많았다. 총살은 집행관의 손가락 방향에 따라 집행되었다. 물론 그 옆에는 반공 우익 청년단이 끼어 있었다.

노학년은 우익 청년단원이었다. 둔덕동 골짜기에서 부역자들이 가차 없이 총살되었다. 노학년이 혐의자 선별작업을 맡았다. 주역자로 지명되면 10명씩 끌어내어 사살하고 구덩이에 매장했다. 무고한 백성이 죽자 뒤늦게 진압군 사령관은 철저히 진위를 가려 처형하라는 명령을 내렸지만 그때는 수많은 백성이 죽은 후였다.

들판에서 일하다가 아무 영문도 모르고 잡혀 온 민간인도 많았다. 죄인들은 판명관의 손가락 방향을 주시했다. 생사가 가름되는 손가락 방향, 그 손가락을 바라보고 파르르 떠는 시선들, 그러나 그것은 운명이었다.

이렇게 반란이 끝난 후 여수 순천 사람들은 씻을 수 없는 마음의 상처를 입었다. 군인들과 외지인이 들어와서 벌였던 반란에 무고한 주민들이 무참하게 살해당하는 수모를 겪었는데, 마치 그 반란이 이 지방 사람들이 벌인 반란이란 불명예를 안겨준 것은 자유당 정권이었다. 역사의 회오리 속에 휩쓸려 버린 퇴색된 울분이 응어리로 뭉쳐 다시 폭발하고 있었다.

반란에 가담했건 안 했건 모두가 죄인이 된 여·순 사람들, 서로가 가해자이며 피해자란 죄의식 속에서 헤어나지 못하는 후유증에 시달렸다.

선후의 이야길 들으며 리만 부라더스는 울분을 삭이고 있었다.

"어떻게, 그런 일이… 인간 도륙이군요. 같은 남로당 프락지인 노학년의 배신으로 처형 당했어요."

"그 사건의 중심에선 당신의 외조부는 남로당 프락치였어요."

"저의 외조부 장인석이 노학년에게 처형당했다고요?"

비로소 리만은 여수의 비극을 알았다. 해방 직후 이념대결에서 남로당의 주역인 박헌영은 이 지방 지식인 중에 장인석, 노학년, 한재수, 그리고 김태삼, 이수임, 한채연을 이용했다.

여·순 반란 사건 때 장인석은 여수에 급파된 남로당 여수지부 위원장이었고, 노학년은 조직위원장, 한재수는 선전부장, 그리고 김태삼은 행동부장역을 맡았다. 그리고 순천에서 김현수와 안성근이 이들과 활동을 같이했다. 반란이 진압되고 그 반란의 주역 중 장인석과 김태삼, 한재수는 처형 되었으나 약삭빠른 노학년은 어느새 우익으로 변신하여 반란군 색출의 주동자로 나섰다.

정말 아이러니한 일이었다. 고질적인 남로당 간부인 노학년이 어떻게 반공분자로 변신할 수 있었을까? 눈먼 시대의 이익집단이었다. 노학년으 변신으로 친구인 장인석 집안은 3족이 처형을 당했고, 김태삼의 집안은 4촌까지 처형을 당하고 한재수 집안은 6촌까지 처형당했다. 그러나 도망자도 있었다.

군법임시재판소가 진압군 사령부 앞에 설치되었다. 잡혀 온 노학년은 진압군 사령관을 만나자고 자청하였다.

"장군님, 제가 남로당 빨치산과 반란군 주역의 명단을 가지고 있습니다."

"뭐라. 빨갱이 명단과 반란군 동조자 명단을 갖고 있다고?"

"네."

"가지고 오너라."

그는 명단을 진압군 사령관에게 넘겨주었다.

"좋다, 그럼 그들을 색출할 수 있느냐?"

"네. 목숨만 살려주십시오. 제가 모두 잡아내겠습니다."

"목숨을 살려줄 테니 그들을 잡아들여라."

그날 노학년은 우익으로 변신하여 동료들을 잡아들이기 시작하였다. 그리고 즉석에서 총살하는 권한도 가졌다. 그는 남로당원과 수많은 양민을 잡아들여 처형하였다. 그런데 한참 부역자를 처형하는 형장에 9살 난 두 소년이 있었다. 그들의 아버지가 남로당 당원이라서 끌려 왔다는 것이다. 노학년은 그 아이들을 바라보았다. 장인석의 외아들 장동원과 김태삼의 아들 김주원이었다. 노학년의 미간이 떨리기 시작하였다. 안 돼. 저 아이들을 죽일 순 없어. 그 아인 며칠 전만 하여도 같이 공산혁명을 부르짖던 동지들의 아들이며 자기 아들 노동식의 친구가 아닌가. 저 천진한 어린애가 무슨 죄가 있다고, 살려줘야 한다.

두 소년은 친구의 아버지가 설마 죽이겠느냐는 눈빛으로 바라보았다. 소년들의 까만 눈동자에 눈물이 그렁그렁 맺혔다. 두 소년은 아버지와 어머니가 처형당하는 것을 보았다. 두 소년은 노학년을 쳐다보며 살려달라는 눈짓을 하였다. 그를 바라보는 노학년의 가슴은 무너지는 듯 아팠다. 그는 큰소리를 질렀다.

"네 이놈들. 어린 꼬마 녀석들이 겁도 없이 여기가 어디라고 들어 왔어? 당장 나가라. 어린아이들은 이런 곳에 오면 안 되는 거야. 빨리 꺼지란 말이야. 빨리…" 놀란 소년들은 살금살금 도망을 쳤다.

그는 친구의 아들들을 그렇게 살려 주었다. 운명의 희비가 적나라하게 엇갈리는 순간이었다. 장동원과 김주원은 그렇게 살아났다.

1948년 11월 10일 순천역 광장에서 반란의 수괴자들이 대거 집단 처형되었다. 반란군 수괴자 장인석을 처형한다는 말을 듣고 수많은 군중이 모여들었다. 장인석이 노학년을 바라보았다.

"미안하다. 미안하다." 노학년이 울먹이며 말했다.

"네놈이 나를…" 장인석이 노학년을 노려보았다.

그때 총성이 울렸다. 장인석 쓰러졌다. 그는 35세의 나이로 죽었다. 김태삼도 그와 같이 총살을 당했다. 형장에서 선 한재수 앞에 노학년이 다가섰다.

"할 말은 없느냐?"

"노학년, 동지를 죽인 네놈은 벼락을 맞을 것이다."

총성이 울렸다. 노학년이 한재수를 직접 쏴버렸다. 그들이 죽은 모습을 보고 노학년은 어디론가 사라져 버렸다.

선후는 반란의 역사 기록을 살펴보고 분개했다. 반란의 실제 주역을 알 수가 없었다. 의문투성이었다.

과연 14연대장 이정식 중령과 고급 장교들은 당시 어디에 있었단 말인가? 감금되어 있었다고……. 아무도 모른다. 진짜 반란을 일으킨 장본인이 누군지 모르고 행동대원만 처벌받았다. 고급장교는 없고 하급장교와 하사관들이 일으킨 반란이었다.

역사는 여·순 반란 사건을 다시 조명하여 재평가해야 한다는 의견이 나왔다. 당시 14연대에 나이 어린 중학생들이 보급대원으로 차출되었는데 그들이 반란군으로 죽었다. 그런데 그런 내용은 한마디도 언급되지 않았다. 좌익이 뭔지 우익이 뭔지 모르는 우매한 백성들에게 누군가가 좌익 우익으로 편을 갈라 죽임을 당하게 하였다. 여·순 반란 사건을 여·순사건으로 명명했지만 74년이 지났지만 아직도 끝나지 않은 전쟁이다.

노학년은 6·25 사변 이후에도 반공주의자로 변신하여 엄청난 재력가가 되었다. 일본놈들이 놓고 간 어장과 얼음 공장을 인수하여 사업을 하였고, 반란 진압 당시 우익의 맹주로 반란군 색출에 공을 세운 공로자로 판정받아 국가로부터 큰 혜택을 받아 이 지방 유지가 되었다.

1948년 5월 여수시 신월리에 1,880여 명의 14연대가 제주 민란을 진압하기 위하여 주둔했다. 구성원은 지원 모집군이었다. 장기전에 대비하기 위해서 제7 야전병원을 비롯하여 제8 비행단과 9 함대까지 준비된 전투 병단이었다. 14연대 사령관은 이정식 중령이었다. 제5대대 40여 중대로 구성된 14연대는 토벌군이란 맹위를 떨치기 위해서 한시도 쉬지 않고 테러 진압 연습 훈련을 강행하였다. 그러나 신군부 장교는 일본군 장교를 지낸 친일파들이어서 지휘 체계가 서지 않은 오합지졸 군이었다.

이때 14연대에 여수지구 남로당 당책 장인석이 군 내부로 스며들었다. 당시 연대장 이정식은 14연대 병력 증강을 위하여 이 지방 청장년들 1,000여 명을 보급대란 명목으로 입영시켜 전투 훈련과 보급품 전달 업무를 수행케 하였다. 이들 중에 남로당 스파이가 침투한 것이다.

마침내 제주 파병이 결정되었다. 그날 밤 이 소식을 전해 들은 하사관들과 초급장교들이 반발하기 시작했다. 육군 중위 김지회가 나섰다.

'제주 사건은 안갯속이다. 격전이 벌어지는 현장에서 개죽음을 당할 수 없다'라며 초급 장교들을 소집하여 출전 거부 운동을 벌였다. 이에 하사관들이 합세하였다. 그는 하사관을 앞세워 반란을 음모했다. 초급 장교들이 모의한 반란의 실세가 부사관들에 옮겨졌다.

반란의 핵심 주동자는 육군 중위 김지회와 육군 상사 지창수 등이었다. 이들은 3일 전 시내 중앙동 해성관이란 중국집에서 노학년과 장인석, 한재수, 김태삼을 만나 구체적인 반란의 전모를 모의했다. 그 자리엔 여성위원으로 이수임과 한채연이 배석하였다.

장인석과 김태삼, 한재수는 일본 와세다 유학을 마치고 돌아온 인텔리였고 노학년 역시 와세다 유학을 마친 이 지방 최고 지성이며 이수임 역시 일본 유학파였다. 장인석은 전남지방 남로당 청년연맹 장이란 중책을 맡았다. 한채연은 한재수의 여동생이었다.

1948년 10월 19일 새벽 14연대 제주 파병의 명령이 떨어졌다. 김지회는 이정식 연대장을 체포 구금하였다.

그는 편히 쉬고 있는 이정식 연대장의 사저로 찾아왔다.

"웬일인가? 밤늦게…?"

"별일 없었지요? 연대장님 주변을 서성이는 자가 있어서 보위하려고 왔습니다."

"내 주변을 서성이는 자가 있었다고, 염려해줘서 고맙네. 김중위. 허지만 이 밤이 늦었네 가보게."

김지회는 갑자기 그의 가슴에 권총을 겨누었다.

"이게 무슨 짓이야?"

이정식 연대장은 눈을 부릅뜨며 소리쳤다.

"조용히 내 말을 듣는 것이 좋을 겁니다. 총구는 연대장님 가슴을 향하고 있으니까요."

"김중위! 왜 이래? 무슨 짓이야. 치우지 못해."

"이제 연대장님은 나의 포로입니다. 일어나세요. 잠자코 날 따라오십시오."

"귀관이 지금 무슨 짓을 하고 있는지 알기나 해?"

"알고 있습니다. 죄송합니다. 난 지시에 따를 뿐입니다. 연대장님을 모셔오라는 박부대장님의 명을 받고 왔습니다. 순순히 따라서 오시는 것이 신상에 좋습니다."

"뭐라. 박소령이…"

김지회가 이정식 연대장의 가슴에 권총을 들이대고 그를 밖으로 끌어냈다. 위병소로 갔을 때 무장한 장교와 하사관들이 앞으로 다가섰다.

"어서 오십시오. 연대장님."

육군 중위 홍순석이었다.

"귀관이 웬일인가? 날 체포해 오라고 명령한 박소령은 어디있나?"

"사령관님. 죄송하지만 연대장님의 지휘권을 박탈하겠습니다. 이제부터 14연대는 내가 지휘합니다." 김지회가 나섰다.

"뭐라고, 이 새끼들이 무슨 짓을 하고 있는거야."

"우린 제주도 파병을 거부합니다. 연대장님도 동의하셔야 합니다. 아니면 목숨은 살려줄 테니 잠자코 있으세요. 우린 거룩한 혁명과업을 수행할 뿐입니다."

"뭐라고? 혁명과업…? 박소령은 어디에 있나."

이정식 연대장은 소리쳤다.

"모릅니다. 우린 이 땅에 공산주의 파라다이스를 만들 것입니다. 죄송하지만 연대장님은 조용히 영창에서 침묵만 지켜 주시면 됩니다."

"공산혁명? 누가 반란의 주동자인가?"

"접니다. 육군 중위 김지회입니다."

"귀관은 반란자야. 반란자는 총살형을 받을 것이다."

"누가 날 총살한다는 겁니까? 이미 대세는 기울었습니다. 이 시간부터 이곳은 나의 통치 권한에 있습니다. 14연대는 내가 통솔합니다. 내가 사령관이요."

"대체 누가 조정한 것이냐?"

김지회는 이정식 연대장을 영창에 처넣어버렸다. 그리고 그는 즉각 반란 핵심 멤버들을 야전병원으로 소집했다. 반란에 동조한 100여 명의 하사관과 초급장교들이 모였다.

새벽 3시 반란 수괴 김지회는 혁명적인 작전명령을 내렸다. 먼저 무기고를 탈취하고 반항하는 무장한 초병들을 사살하고 모든 장병에게 무장 해제를 하도록 명령했다. 고요한 새벽에 총성이 14연대 병영을 뒤흔들었다. 발포 명령이 떨어진 것이다. 각 곳에서 총성이 울렸다. 총성과 더불어 기상나팔이 우렁차게 울려 퍼졌다. 사병들은 비상 나팔소릴 듣고 번개같이 무장하려고 무기고로 뛰어나왔다. 그러나 이미 무기고는 접수된 상태였다. 개인소비 무기가 모두 압수된 상태였다.

김지회는 마이크를 들었다.

"전 장병들은 개인 화기를 지참하지 말고 연병장으로 집합하라."

전 장병들이 연병장에 집결하였다. 그런데 연병장엔 무기를 소지하지 않은 군인들과 무기를 소지한 군인들로 구분되었다. 이상하게도 무기를 소지한 군인들은 왼쪽으로 무기를 소지하지 않은 군인들은 오른쪽으로 자연스럽게 집결되었다. 반반이었다. 무기를 소지한 쪽이 반란 동조 세력이었다. 비 무장한 군인들이 떨고 있었다. 낌새가 이상했다. 무기를 소지한 군인들이 무슨 일을 저지를 것 같은 생각이 들었다. 이들은 반란 주도 세력들이었다. 고급 장교들은 한 명도 없었다.

김지회는 단상에 올라가서 일장 연설을 하였다.

"14연대 장병 여러분. 우리는 4·3일이면 파리 목숨처럼 죽습니다. 제주도 파병은 곧 죽음의 화장터로 가는 거나 마찬가집니다. 지금 제주도의 전세는 민란 군들이 지배하고 있습니다. 진압군들이 들어오기만 하면 배에서 내리는 즉시 사살될 것입니다. 왜 우리가 그런 전장에 죽으려고 갑니까? 우린 제주 진압을 할 수 없습니다.

여러분 잘 들으십시오. 대신 우리는 혁명 전선으로 나갈 것입니다. 지금 남한 전역에선 남로당의 남부군이 총 궐기하여 통일 전쟁을 준비하고 있습니다. 민족과 영토를 양분하는 불법적인 남한만의 총선거는 무효입니다. 그런 맥락에서 남로당이 주도하는 공산혁명이 전국에서 일어납니다. 우리도 그 주역이 될 것입니다."

그때였다. 장교 한 명이 나서며

"이건 항명이다. 군인은 명령에 죽고 사는 존재다. 명령 주체가 엄연히 연대장님이거늘 일개 초급장교가 연대병력을 통솔하겠다고? 절대 부당한 명령은 따를 수 없다. 이것은 하극상이다. 연대장님은 어디에 있는가?" 항변하였다.

그때 부하들이 그 장교를 단상으로 끌어 올렸다. 순간 김지회는 즉석에서 그를 쏴 죽였다. 직결 총살이었다. 분위기는 살벌했다. 사병들은 놀라 겁을 먹고 서로의 눈치만 살피고 있었다.

"잘 봤을 것이다. 대항자는 이렇게 처형된다는 것을…"

그때 민간복 차림의 사나이가 단상으로 올라왔다. 그리고 차분하고 또박또박한 말로 연설을 하였다.

"전 남로당 전남 남부지부장 장인석입니다. 김동지가 역설했듯이 세상은 이제 공산화가 되었습니다. 여러분들이 전남 남부 지방만 접수하면 지리산에 주둔한 남부군이 합세하여 전라도를 정복하고 다시 중부군과 합세하여 서울을 점령하면 세상은 바뀝니다. 그땐 전국의 남로당원들이 봉기를 할 것이고 그땐 새 세상을 맞을 것입니다. 공산주의 통일 조선을 위하여 모두 궐기합시다."

그는 확신에 찬 연설을 하고 단상에서 내려갔다.

반란군들이 여수 시내로 잠입하였다. 먼저 여수 경찰서를 장악하고 우익인사를 마구잡아 처형하였다. 교전이 일었다. 여수 경찰서장 김우현은 필사적으로 반란군과 대적했다. 그러나 기세에 밀려 자취를 감추었다. 반란군은 순천으로 진격하였다. 순천경찰서에서 반격을 받았다. 그러나 반란군의 승리였다.

곧이어서 제9 진압 연대의 반격이 있었다. 김지회는 순천만 점령하면 남부군이 합세할 줄 알았는데 그렇지 못하자 갈등을 빚었다. 장인석 앞에 김지회가 나타났다.

"위원장, 어떻게 된 거야? 온다던 남부군은 왜 안 오는 거야?"

"조금만 기다려요. 김 대장, 곧 남부군이 합세해 올 테니 기다려 봐요."

"만약에 잘못되면 널 죽여 버릴 테다. 넌 우릴 속이고 있어. 남부군은 없어."

"김 대장, 진정해. 며칠만 기다리면 남부군이 온다니까."

14연대 빨치산 군인들의 반란이 일어나자 남로당 빨치산에 가담했던 무리들이 일어났다. 장인석은 순천에 남로당 지부를 세우고 친구인 노학년, 김태삼, 한재수, 김현수, 안성근을 가담시켰다. 노학년은 장차 여수·순천의 남로당 최고관장이 되겠다는 야심을 갖고 있었다. 그들이 반란군을 지지하였다. 그런데 반란은 실패로 끝났다. 10월 21일 저녁 장인석과 노학년과 김태삼이 장천동 진지에서 작전회의를 열었다. 그때 김태삼이 장인석에게 대들었다.

"너 누굴 위해서 이런 무모한 반란에 동조한 거야? 이 반란은 성공할 수 없어. 넌 지금 반란 군부에 놀아나고 있어. 김지회는 영웅이 되려고 무모한 반란을 주도한 거야. 우린 뭐냐고? 왜 날 이런 곳에 끌어들여 신세를 망치는 거야?"

"우린 한배를 탄거야. 이제는 죽음을 각오하고 투쟁할 수밖에 없어." 장인석이 그를 질타하였다.

"실패한 반란에 무슨 미련이 있다고? 너희들이나 잘해봐 난 떠날 테니…"

그 말을 듣고 있던 노학년이 권총을 빼들고 김태삼을 향해 갈겨 버렸다. 그는 비명을 지르며 쓰러졌다.

마침내 반란이 진압되고 이승만 대통령은 현지에 와서 한 명의 반란군도 남기지 말고 색출하라는 명령을 내렸다. 곧 여·순 지역에 전시 계엄령이 내려졌다. 그리고 가담자 색출이 일어났다.

여수경찰서장 김우현이 진두지휘하여 반란군 색출에 나섰다. 그는 공산주의 사상가 한재수와 그의 여동생 한채연을 체포하였다. 한재수는 현장에서 처형하고 한채연은 옥에 가두었다. 무차별적인 범인 색출로 무고한 민간인들이 잡혀 왔고 처형당했다. 뒤늦게 계엄사령부에선 즉결 처분의 심사기준을 하달하였다. 교전 중에 잡은 자, 총을 소지한 자, 손에 총을 쥔 흔적이 있는 자, 흰 지카다비(운동화)를 신은 자, 미군용 팬티를 입은 자, 머리를 짧게 깎은 자를 잡아들였다.

진압 후 정부는 민간인 피해 사항을 발표하였다. 반란의 피해는 엄청났다. 재판에 회부 된 사람은 1,458명, 사형이 410명, 종신형 568명, 징역 154이었다. 그리고 반란때 직결 처형이 100여 명, 관민 사망 1,200명, 반란군 800명 사망, 실종 1,200명, 함포 사격으로 1,600호의 가옥이 불탔다.

블루베리 다이아몬드

　선후는 관광 손님들을 숙소로 모시고 나와 피곤한 몸을 이끌고 집으로 돌아가려고 하였다. 그때 리만 데이비스가 달려왔다.

　"김선후 작가님, 오늘 여행 즐거웠어요. 그런데 부탁할 말이 있어요."

　"말씀해 보세요."

　"꽃섬에 가고 싶어요."

　"왜 그 섬에 가고 싶은데요?"

　"꽃섬에 블루베리 농원을 보려고요."

　"그 섬에 블루베리 농원이 있다고 누가 그래요?"

　"어머니가 찾고 있는 보물이 그 농원에 숨겨져 있을 것 같아요."

　"보물이 숨겨져 있다고요?"

　리만은 꽃섬에 가려는 이유를 대충 이야기하였다. 그 섬의 어딘가에 세계적인 보물 '블루베리 다이아몬드'가 숨겨져 있다는 것이다. 어머닌 평생 그걸 찾으려고 했으나 찾지 못하고 돌아가셨다는 것이다.

"그걸 어떻게 찾아요?"

"다이아몬드를 숨겨 준 사람을 찾으면 됩니다."

리만의 외삼촌은 여수의 밀수왕 장동원이었다. 삼촌이 소지한 문제의 다이아몬드를 하수인에게 맡겼는데 이 섬 어딘가에 숨겨 뒀다는 것이었다.

"보물찾기하자는 거군요."

"아니요, 꽃섬에 가서 그 사람을 만나면 다이아몬드를 찾을 수가 있어요."

"그가 누구냐고요?"

"이수임과 김경섭 경장이요."

리만의 어머닌 여수에 가서 김경섭 경장의 후손과 이수임이란 여인의 후손을 만나면 잃어버린 다이아몬드를 찾을 수 있다고 하였다.

"뭐라고요? 김경섭 경장이라고 했나요?"

선후는 너무나 충격적인 말에 그만 굳어 버렸다. 김경섭 경장은 바로 그녀의 아버지였다. 한편으론 불길한 예감이 들었다. 자신이 김경섭 경장의 유복녀인데 숙명적인 악연이 되살아나고 있음이었다. 아버진 30년 전에 밀수꾼들의 총탄에 맞아 돌아가셨다.

"리만씨, 김경섭 경장은 바로 저의 아버님이십니다."

"어떻게 이런 일이… 그렇다면 쉽게 풀릴 수 있겠군요."

리만의 표정이 밝아졌다. 꽃섬에 가서 블루베리 농장만 찾으면 일은 쉽게 풀릴 것 같은 예감이 든다는 표정이었다.

"정말 꽃섬에 가면 잃어버린 다이아몬드를 찾을 수 있어요?"

"그럴 것 같아요."

"그 이야긴 안 들은 거로 하겠습니다." 선후는 냉정히 거절하였다. 꽃섬이라면 하인수 선배의 가두리 양식장이 있는 곳이다. 집에 돌아와서 오빠 김동민 회장에게 이수임이라는 여인을 아느냐고 물었다. 김동민 회장은 이수임은 여·순사건의 주역이며 여수 밀수조직의 황녀라는 사실을 알려주었다.

"왜, 그녀를… 아버진 그녀를 추적하다가 살해당했어."

"오빠는 다 알고 있었군, 그런데 아버질 죽인 그녀는 어떻게 되었어?"

"나도 이수임을 찾고 있단다."

김동민 회장의 표정이 일그러졌다. 그런데 그녀는 이미 40년 전에 여수를 떠나 소식이 없었다. 선후는 오빠 김동민 회장에게 당시의 상황을 물었다.

"정말, 밀수꾼을 쫓다가 아버지가 돌아가셨어?"

"응, 장동원의 정부인 이수임 일당이 아버지를 죽였어."

김동민 회장은 입술을 깨물었다.

"뭐라고? 장동원과 이수임이…"

그런데 장동원의 조카 리만이 찾아와서 블루베리 다이아몬드를 찾겠다고 도움을 청하였다. 알고 하는 말인지 모르고 한 말인지는 몰라도 여간 불쾌한 것이 아니었다.

"장동원의 조카를 리만을 만났어?"

"조심해라. 경계해야 할 인물이야."

묘한 인연이었다. 원수를 외나무다리에서 만난 격이었다.

"어머니가 장미령이래."

"리만이란 자를 한번 만나게 해줘라."

선후는 당시 아버지가 밀수단을 쫓다가 살해된 내막을 듣고 싶었다. 오빠는 한참 허공을 응시하더니 이야길 하였다.

"너도 알 것은 알아야지."

어둠이 내린 부두, 고요한 부두의 밤은 깊어가고 있었다. 그때 밤공기를 깨는 한방의 총성이 울렸다. 그리고 이어서 총성이 연발로 울렸다. 마치 전쟁을 방불하는 격전이 부두에서 벌어졌다. 고요한 부두에서는 쫓고 쫓기는 사람들의 난투극이 벌어졌다. 배에서 부두로 이어진 격전이었다. 쫓는 자는 아버지와 경찰이었고 쫓기는 자는 밀수꾼들이다. 경찰과 밀수꾼들의 총격전은 밤의 부두를 공포로 몰아넣었다.

비명소리, 그리고 총성은 멎었다. 앰뷸런스가 요란한 기적을 울리며 다가왔고 거리에 총을 맞고 쓰러진 김 경장은 병원으로 실려 갔다.

"이수임을 체포하라. 그녀가 주범이다."

김경섭 경장은 황금 다방 마담 이수임을 잡으라고 외쳤다. 경찰은 계속 밀수단을 추격하였다. 이수임은 장동원의 정부로 여수 밀수단을 조정하고 있었다.

선후는 리만이 아버지를 죽였던 원수의 조카라는 것을 알고 불쾌해서 견딜 수가 없었다. 그래, 그자가 찾는 블루베리 다이아몬드를 찾자, 그것은 아버지가 그토록 찾고 다녔던 다이아몬드였다. 아버지의 한을 풀어드리자. 그녀는 그를 돕기로 하고 불러냈다.

"리만씨, 꽃섬에 가면 잃어버린 다이아몬드를 찾을 수 있다고요?

"네, 그곳에 살았다는 이수임의 정체만 알면 돼요. 선후씨, 만약에 그 다이아몬드를 찾으면 크게 보답을 할 것입니다."

"그럼 꽃섬으로 갑시다."

선후는 하인수 형에게 방문하겠다고 연락을 하였다. 꽃섬으로 가는 뱃전에서 리만은 문제의 블루베리 다이아몬드의 정체를 이야기하였다.

시가는 200만 불, 한국 돈으로 환산하면 200억 원을 호가하는 보석이었다. 그런 고가의 다이아몬드가 꽃섬에 숨겨져 있다는 것이다. 가슴이 뛰고 울렁거렸다. 200억 원의 보석. 생각만 해도 흥분되는 일이었다. 선후는 귀신에 홀린 듯 넋을 잃고 말았다. 어쩐지 그 다이아몬드를 찾을 것만 같은 예감이 들었다.

"리만 데이비드씨, 어머니의 다이아몬드가 어떻게 이수임이 소유했나요?"

"좀, 복잡해요."

외삼촌 장동원씨가 정부인 이수임에게 맡겼는데 장동원이 밀수범으로 처형당하자 그 보물을 이수임이 독식했다. 그녀는 그 보석을 가지고 여수의 어딘가 모를 섬으로 잠적했다는 것이다. 그런데 그곳이 꽃섬이라는 것이다. 리만의 어머닌 그 보석을 찾다가 돌아가시면서 유언을 남겼다.

"장씨 가의 보석을 찾아라. 이수임은 여수의 꽃섬에 숨어 산단다."

"장동원이 줬다니 그 보석의 주인은 이수임이 맞는 것 같아요."

"아닙니다. 잠시 맡긴 거라고요."

"그런데 다이아몬드의 가치는 무엇으로 평가하나요?" 선후가 물었다.

"영구성과 미학이죠. 그리고 인간과 친화감이랄까."

"구체적으로 미학이라면 어떤 미학이죠?"

"보석의 미학은 원색의 아름다움이죠."

그는 보석의 미학을 빛과 색이라고 하였다. 루비나 사파이어, 에메랄드는 원색에 가치가 있으며 연녹색, 자주색, 하늘색, 보라색을 지닌 페리도트, 가닛, 아쿠라마린, 애미시스트 같은 보석은 살아 숨 쉬는 아름다운 빛에 가치가 있다고 하였다. 그러나 다이아몬드는 투명한 결정체에서 은은하게 풍겨 나오는 숨결로 가치를 판단한다는 애매한 표현을 하였다.

"역시 보석 전문가답군요."

"블루베리 다이아몬드는 영국의 엘리자베스 여왕이 지녔던 보석이랍니다."

"영국 여왕이 지녔던 보석이 어떻게 장동원에게 넘어왔어요?"

"세계적인 무역 왕이잖아요. 그래서 소유하게 된 것 같아요."

블루베리 다이아몬드는 당시 영국 여왕이 지닌 보석 중에서 최고였다. 영국의 튜더왕조 때 전수한 것인데 헤리티지 주얼리, 쇼메나카르티에 보석상들은 이 다이아몬드의 미학을 자연미를 손상치 않고 가공해 낸 보석이라고 극찬했었다. 선후는 흥미진진하게 듣고 물었다.

"다이아몬드의 가공 미학을 어떻게 평가하나요?"

"다이아몬드 미학은 가공 과정에 있어요."

그는 보석의 질감을 높이는 4가지 가공과정인 캐럿(carat), 컷팅(cuting), 컬러(color), 클래리터(clarity)을 설명하였다.

캐럿(carat)은 원석의 무게를 크게 손상하지 않고 최대한 살린 가공이다. 다음은 깎는 과정의 컷팅(cuting)인데 가공자의 기술이 최대로 발휘되는 과정으로 미학과 과학과 수학이 합성화된 지식을 바탕으로 만들어지는 것이며 다음 단계는 컬러(color) 내기인데 빛의 반사각이 이루어 내는 절정의 미학이다. 빛의 반사에 따라 순백, 푸른빛, 핑크, 옐로, 블랙으로 조각해 낼 수 있다. 그리고 클래리터(clarity)는 투명도 내기다. 불순물이나 흠집이 있어선 절대 안 된다. 아무리 정교하게 커팅되었고 칼라가 잘 나오는 다이아몬드라도 불순물이 있으면 가치가 절하되는 것이다. 그는 보석의 진가를 말해주었다.

"역시 리만 데이비드씨는 보석 전문가답게 해박한 식견을 가지고 있군요."

"전 홍콩에서 알아주는 전문가랍니다."

그런데 2백억을 혹가하는 블루베리 다이아몬드가 가막만의 어느 섬에 묻혀 있다는 소문은 이미 여수 사람 중에 알 만한 사람은 다 아는 사실이었다. 소문을 듣고 수많은 잠수부가 해저 보물찾기에 나섰으나 누구도 그 보물을 찾지 못한 채 전설 속에 묻혀 버렸다. 그런데 그 소문이 유령처럼 다시 되살아 난 것이다.

10년 전 홍콩의 잠수부들이 잃어버린 블루베리 다이아몬드를 찾으려고 여수 금오도 주변 해안을 탐사하고 다닌 적이 있었다. 보물을 찾는 사람은 밀수왕 장동원의 동생 장미령이었다. 그녀는 여수에 와서 잃어버린 블루베리 다이아몬드를 찾겠다고 온 섬을 돌아다녔지만 허사였다. 그리고 그녀가 죽은 후 그 사건은 오랜 침묵 속에 묻혀버렸는데 그 자식이 다이아몬드의 유령을 다시 들추어냈다.

무게가 100 캐럿트 블루베리 다이아몬드는 남아연방에서 채취하여 영국의 엘리자베스 여왕이 보유하고 있었는데 여왕이 홍콩에 왔다가 홍콩 총독 제프리에게 선물로 준 것인데 어떤 연유인지 무역왕 장동원의 손에 들어왔다는 것이었다.

한국 출신의 세계적인 무역왕 장동원은 그 다이몬드를 재산 관리인이며 정부였던 여수 황금 다방 이수임 마담에게 맡겼다.

"정말 그 전설의 밀수왕 장동원이 외삼촌이세요?"

"네."

"장미령씨가 장동원의 여동생이고요?"

"맞습니다."

"그 다이아몬드가 꽃섬에 숨겨져 있다고 누가 그래요?"

"어머니가 돌아가시기 전에 말해줬다니까요."

선후는 언젠가 아버지의 비망록 속에 숨겨진 다이아몬드 이야길 오빠가 들려주었다. 그러니까 그 문제의 다이아몬드가 아버지의 죽음과 연관된 것이었다.

"리만 데이비드씨, 당시 저의 아버지도 그 다이아몬드를 소지한 밀수꾼을 잡으러 다니다가 살해당했어요."

"알고 있습니다."

"어떻게 알았어요?"

"어머니가 말해줬어요."

선후는 그의 표정에서 찝찝한 냄새를 간파했다. 아버지 김경섭의 비망록 속에 숨겨진 이야길 그가 생생하게 기억하고 있었다. 아버지는 당시 여수 부두에서 벌어진 살인 사건과 밀수업자들 간의 쟁탈전이 그 다이아몬드를 놓고 벌어지고 있음을 알았다. 정말 무서운 전쟁이었다. 아버진 그 다이아몬드 밀수 범인을 잡으려고 동분서주하였다. 아버진 그때의 상황을 리얼하게 비망록에 기록해 두었다. 무서운 악몽이었다. 선후는 그 일을 생각하며 한참 먼 산을 바라보았다. 정말 아이러니 한 일이었다. 그러니까 할아버지 김영일 씨를 죽인 빨갱이가 리만 데이비드의 외조부 장인석이고 그 아들 장동원은 아버지 김경섭의 친구였다. 그런데 아버진 밀수왕 장동원을 잡으려고 다녔고 장동원은 아버지를 죽였다.

그녀는 아버지 비망록 속에 적혀 있는 이야길 회상하였다.

—모래사장에서 황금이 나온다. 아이들은 황금을 캐려고 죽음도 두려워하지 않고 밤마다 해변을 뒤지며 모래 속에 숨겨진 황금 노다지를 캐려 다녔다. 밀수꾼들이 해변에 묻어둔 보물을 몰래 훔치려다가 죽는 사람도 있지만 운이 좋으면 엄청난 돈을 벌었다. 밀수꾼들은 그렇게 밀수품을 섬 어귀나 해변의 모래밭에 숨겨 두거나 은밀한 가옥에 숨겨 두고 야밤에 운송하였다. 칠흑 같은 밤 해변엔 밀수꾼 행렬이 이어졌다. 경찰의 비호 아래 이루어지는 것이었다. 경찰은 그들의 흐름을 환히 바라보고 있었다. 그리고 운반시 그들을 체포하여 이윤을 가로채거나 눈감아 주었다. 그렇게

훔친 돈으로 부자가 된 사람도 있었다. 그래서 밀수 소탕을 나가면 벌써 정보가 새 나가서 늘 허탕을 쳤다. 경찰이 첩자였다. 서장이 의심스럽다.

아이들이 해변에서 놀다가 우연히 노다지를 발견하여 돈을 벌었는데 그것이 밀수꾼들이 해변에 묻어둔 밀수품이었다. 돈맛을 본 동네 아이들은 밀수 도둑이 되었다. 밤마다 자정이 넘어 해변을 뒤지며 모래 속에 숨겨진 황금 노다지를 캐려 다녔다. 운이 좋으면 단번에 노다지를 캐내는 일도 있었다. 노다지는 시계, 비단, 보석 등이었다. 소문이 나서 아이들은 밤마다 밀수꾼의 동태를 살폈다. 일찍부터 밀수꾼들이 해변에 묻어둔 보물을 도굴하러 다니는 청년이 있었다. 여수역전 여인숙 조바 하석주였다. 그는 천애의 고아였다. 밀수품을 팔아 모은 돈으로 대학까지 나온 친구였다. 그가 밤마다 해변을 뒤지고 다니며 밀수품을 도굴한다는 정보를 입수한 사람이 있었다.

어느 날 황금 요정 이수임 마담이 하석주를 불렀다.

"야, 너 역전 여인숙 조바지?"

"네. 그런데요?"

"너 이름이 뭐니?"

"하석주라고 합니다."

"하석주, 너 밤마다 무슨 짓을 하는지 다 알아, 그건 도둑이야. 넌 그런 짓 하다간 쥐도 새도 모르는 사이에 죽을 수 있어." 이수임이 엄포를 놓았다.

"살려주세요."

"내 말을 잘 들으면 살려줄 수도 있고 돈을 벌 수도 있어."

"살려주세요. 무슨 일이든지 하겠어요."

"어렵지 않아. 여수에서 열차로 서울로 물건을 운송해 주는 일이야. 대가는 두둑이 줄게."

"네, 하겠습니다."

그는 그날부터 이수임의 하수인이 되었다.

"하석주, 이 물건 서울까지 운반만 해라."

"이게 뭔가요?"

"알 건 없고 서울로 운반만 해라. 수취인이 나올 것이다."

이수인 마담은 조용히 밀실로 불러 큰 박스 하나를 주면서 서울까지 운반하라는 것이었다. 조건은 도중에 절대 열어보지 말라는 것이었다. 여수에서 서울역까지 운송인데 누군가 미행하면 도중에서 내리라고 하였다. 그리고 서울역에 가서 암호를 알리는 사람이 나오면 인계만 해주면 되는 일이었다. 그건 밀수품이었다. 열차에 실어주는 물건을 가지고 가서 전달만 하는 일이었다. 서울역에 갔더니 미모의 여인이 다가왔다. 그리고 말을 붙였다. '갈매기' '네. 황금 갈매기.' 정확하게 전달되었다. 성공이었다.

"잘했어, 그렇게 하면 되는 거야." 고액의 수고비를 받았다. 돈맛을 본 것이다. 그리고 주일마다 여수에서 서울로 오가며 물건을 날랐다. 정확히 미모의 여인이 나타나서 물건을 받아 갔다. 대체 그 물건이 어떤 밀수품이기에 큰돈을 주는지 의문이었다. 어느 날 하석주는 마담이 전한 물건의 상자를 열어보았다. 고가의 시계와 보석들이었다. 막상 열긴 했으나 가슴이 떨리고 손이 굳었다. 메이드 인 저팬, 홍콩, 외제 고가품이었다. 아무튼 한번도 도중에 유출하지 않고 정직하게 전했다. 계속 이수임 마담의 하수인이 되어 일했고 돈도 벌 만큼 벌었다. 하석주는 그녀가 엄청난 밀수 조직원이라는 것을 알았다. 그리고 마담과 불가분의 사업 상대가 되었다.

어느 날 이수임 마담은 어린 하석주를 자기 밀실로 불러들였다. 술을 마신 그녀는 하석주 앞에서 옷을 벗었다. 전라의 몸으로 그를 품었다. 중년 마담의 행동에 하석주는 당황했다.

"왜 이러세요?"

"난 너를 잡아먹고 싶은데 늙어서 싫니?"

"아닙니다."

마담은 하석주의 아랫도릴 벗기고 성난 음경을 자극하였다. 그리고 당겨 하체를 밀착시켰다. 화난 음경을 지체 못해 그만 그녀의 몸에 비비고 말았다. 그렇게 그녀에게 소중한 정조를 잃었다. 그것은 배신하지 말라는 굴레였다. 그리고 밤마다 그는 그녀의 침실을 드나들었다. 그런데 그녀가 밀수왕 장동원의 정부라는 것을 알았다. 보복이 두려웠다. 장동원은 홍콩에서 가끔 왔다. 그런 그녀에게 하석주는 춘남이 되었다. 어느 날이었다.

"하석주 조바, 너 여수를 떠나라."

"왜요?"

"경찰이 미행하고 있어. 몸조심해, 여수에 있지 말고 서울로 가거라."

"잡히면 어떻게 돼요?"

"평생 감옥에서 살게 된단다. 만약에 잡히면 내 이야긴 해선 안된다. 나를 불러대면 너는 죽는다." 이수임 마담은 돈을 두둑이 주었다. 그는 서울로 올라와서 야간 대학을 마쳤다. 일개 여인숙 조바가 버젓한 청년으로 자랐다. 졸업 후 그는 다시 이수임과 손을 잡았다.

1974년 밀수꾼을 잡으려 나섰던 선후 아버지 김경섭 경장은 밀수꾼들에게 살해당했다. 그 후 오빠는 아버지의 죽음을 규명하려고 나섰다. 아버지의 죽음은 33년 전 홍콩에서 일어난 밀수 살인 사건에 연루된 비극이었다. 당시 홍콩의 신문의 '국제밀수 두목 장동원 교수형에 처하다'라는 기사가 세계인을 놀라게 하였다. 그는 바로 아버지 친구였다.

1948년 여·순사건이 일어났을 때 여수엔 5명의 거물급 빨갱이가 있었다. 노학년, 김태삼, 장인석, 한재수, 그리고 여자 빨갱이로 이수임과 한채연이 있었다. 한채연은 한재수의 여동생이었다. 그들이 민간인으로 반란에 가담하였다.

그들은 반란이 진압되자 처형당하고 노학년은 반공 분자로 변신하였다. 그러나 그들의 후예들이 새로운 부활을 꿈꾸었다. 장인석의 아들 장동원은 홍콩을 주름잡는 국제무역 갱단을 조직하여 동남북 아시아와 태평양과 대서양, 인도양을 주름잡는 밀수 거물이 되었다. 그는 한국의 갱조직과 홍콩의 갱조직 '오두'와 일본의 '야쿠자'를 손에 넣은 거물이었다.

여·순사건때 가장 피해를 많이 본 사람은 경찰과 우익 재벌이 있었다. 한일고무 사장 김영일과 여수경찰서 서장인 동생 김우현은 빨갱이에게 죽었다. 바로 김영일 사장의 아들이 김경섭이었다. 그는 아버지의 원수를 갚으려고 경찰이 되어 아버지를 죽인 장인석을 잡으려다가 그의 아들인 장동원의 밀수조직에 죽었고 김경섭의 아들 김동민은 할아버지 사업을 일으켜 한국 해운업을 좌우지 하는 회장이 되었다. 그는 장동원 가에 복수를 결심하고 찾아다녔지만 그들의 가족은 세상에 없었다.

빨치산의 거두 노학년은 변신하여 여수의 경제권을 휘어잡는 해운업의 사장이 되어 아들 노동식에게 물러주었고, 장인석의 아들 장동원은 홍콩으로 도망가서 전쟁 후 한국경제를 휘두른 재벌로 성장하였다. 그 후 김경섭의 아들 김동민은 할아버지 사업을 계승하여 해운업과 운수업으로 새로운 부를 창출하여 아버지를 죽인 장동원과 할아버질 죽인 노학년에게 응징할 복심을 품고 있었다.

새로운 시대가 열렸다. 장동원이 죽은 20년 후 어느 날 여수경찰서 박철 형사 앞으로 한 통의 전화가 걸려왔다. 그는 유능한 형사였다.

"전 홍콩에서 온 장미령이라고 합니다. 장동원이란 분을 아세요? 왕년에 이름을 떨친 국제무역 왕 말예요?"

"네 알죠. 그런데…"

"제가 바로 장동원의 여동생입니다."

"여수가 낳은 세계적인 무역왕 장동원의 여동생이라고요?"

"네, 맞습니다. 형사님께서 저의 오빠를 잘 아시죠?"

"들어서 압니다."

"홍콩의 해적들이 여수에서 블루베리 다이아몬드를 찾고 다닌다는 말을 들으셨나요?"

"네, 알고 있습니다."

"그 다이아몬드가 꽃섬에 숨겨졌다는 정보입니다. 그래서 만나 뵙고 싶어요."

"왜요?"

"도움을 청하려고요."

박철은 그녀가 약속한 장소로 갔다. 갈색 금발의 40대 여인이 기다리고 있었다. 외형은 서양 여자 같은데 표정은 동양인이었다.

"어서 오세요. 박 형사님."

"한국말을 참 잘하십니다."

"한국 사람이니까요."

"그렇군요. 내가 도울 일은 뭔가요?"

"잃어버린 블루베리 다이아몬드를 찾아주세요. 그건 내 소유에요. 오빠의 사업파트너인 이수임이란 여인이 가져갔습니다. 그녀를 찾으면 문제의 다이아몬드를 돌려받을 수 있거든요. 찾아주세요."

"글쎄요. 위험한 일이예요."

"보답은 잘하겠습니다. 그리고 저의 신변보호를 해 주세요."

그녀는 요염한 미소로 접근했다. 아름다운 미모의 여인이었다. 홍콩과 영국에서 놀았다는 세련된 국제 감각을 지닌 여인이었다.

"장동원씨께 직계 아들이 있는 거로 아는데 당신이 보석의 소유권을 들고 나오는 것이…"

"염려 말아요. 오빠에겐 아들이 하나 있는데 미국에 살아요. 연락이 없고요."

장동원은 미노란 일본 여인과 사이에서 아들을 두었는데 아버지가 죽은 후 미국으로 가서 살고 있었다.

"만약에 그 다이아몬드가 있다면 소유권은 아들에게 있어요."

"오빠가 죽으면서 내게 양도했답니다."

장동원은 홍콩에서 국제 무역회사를 차려놓고 동서양을 넘나들며 무역을 하였다. 그는 국제마약단을 거느린 보스로 한국 정부에서 키웠던 사업가였다. 1960년 어려운 한국경제를 살린 분이었다. 산업의 황무지인 한국에 국제무역의 활로를 열어 국부를 창출해 준 분이었지만 한국 정부에서 그를 이용하고 배척해버린 인물이었다. 어려운 한국경제를 살린 공로자인데 홍콩 정부에서 그가 마약단을 거느린 국제해적단으로 국위를 문란케 한 죄로 처형을 하였다. 홍콩 정부는 한국 정부의 비호 아래 그가 밀수왕이 되었다고 항의하자 한국 정부는 어떤 말도 변명도 하지 않았다. 장동원은 철저하게 국가 비밀을 지키고 죽었다.

"그 다이아몬드가 장물이라면 한국 정부에 귀속되어야 합니다."

"무슨 말씀을 그렇게 합니까? 한국 정부는 오빠를 이용했어요."

"말 삼가세요? 한국 정부가 후원한 밀수꾼이라니 말도 안 되는 소립니다."

"한국 정부는 국제무역 상인 장동원을 통하여 외화벌이 밀수를 했어요." 그녀는 강한 어조로 말했다.

1960년 초 한국의 국제무역은 황무지였다. 제조 산업뿐 아니라 농산물조차 변변찮은 가난한 나라였다. 그때 한국 정부는 장동원을 통하여 홍콩에서 싼 제품을 구입하여 국내에 반출하였다. 그런 탓으로 밀수가 성행하여 국기가 혼란한 상황에 도달하였다. 한국 정부는 밀수꾼 섬멸 작전을 펴면서 홍콩 정부와 협력하여 장동원을 죽였다는 것이다.

"아무튼, 블루베리 다이아몬드를 찾으면 국가 소유입니다."

"이수임이란 여인을 찾아주세요. 대가는 후하게 보답하겠습니다."

"경찰에게 뇌물을 준다고요?"

이수임이 다이아몬드를 가지고 가서 꽃섬에 숨어 산다는 말을 듣고 밀수꾼들과 갱들이 꽃섬을 뒤지고 바다 밑까지 훑고 다녔다.

"이수임이 그 섬에서 블루베리 농원을 경영했답니다."

"블루베리 농원이라고요?"

"네, 밀수품을 숨겨 둔 곳이랍니다." 그녀는 연락처를 남기고 떠났다.

1960년대와 1970년대를 주름 잡던 국제무역 왕 장동원은 그는 한국보다 홍콩에서 이름이 난 무역상이었다. 그는 무역상을 운영하면서 국제 마약단과 밀수단을 손아귀에 넣고 있었다. 의적인가 도적인가, 아무튼 60, 70년대 그는 세계를 주름잡는 무역상이며 한국경제를 살린 사업가였다.

박철 형사는 여수 앞바다 도서를 뒤지며 문제의 다이아몬드를 찾고 다녔으나 안갯속 같은 미궁이었다. 그 후 다이아몬드 사건은 잊혀져 버렸다. 그런데 그 아들 리만 데이비스가 찾아와서 불씨를 지폈다.

어느 날 박철 형사는 선후를 불렀다.

"선후씨, 아버지의 비망록에 적힌 다이아몬드 이야길 듣고 싶습니다.”

“형사님이 왜 그 일에 상관이세요?”

“미결 사건을 재규명하고 싶습니다.”

“생각을 접으십시오. 그 사건을 들추면 여러 사람 다칩니다.”

“난 경찰관입니다. 밝혀야죠. 그때 피해를 본 가족의 한사람이
니까요.”

“피해를 본 가족이라고요? 어떤 피해요?”

박철 형사는 갑자기 숙연했다. 그리고 용기를 낸 듯이 말했다.

“박동근 시인을 아시죠?”

박동근 시인은 바로 박철 형사의 할아버지 김영일의 친구였다.

“알고 말고요. 한 시대를 울렸던 시인이잖아요.”

“그분이 저의 조부입니다.”

“조부라고요? 묘하게 얽히는군요.”

“그들과 우리 가족사에 얽힌 문제를 풀어야죠.”

“장인석과 박동근 시인에 얽힌 일이라고요.”

“그자들이 할아버질 내쳤어요.”

갑자기 박철 형사는 그 잃어버린 다이이몬드에 집착하고 있었
다.

“그래서 박 형사님도 그 다이아몬드에 관심이 갔군요?”

“네. 김선후 작가님, 리만 데이비드란 자를 조심하세요.”

그러잖아도 선후는 그의 접근을 의심하였다. 뜬구름 잡듯 잃어

버린 다이아몬드를 찾아 나선 저의에 의문을 품고 있었다.

"글쎄요."

"그자가 계획적으로 선후씨께 접근한 것 같아요."

아무래도 김동민 사장과 장동원이 친구란 사실을 알고 접근하는 것 같았다. 그렇다면 리만의 접근은 분명 어떤 저의가 있는 것 같았다.

"선후씨, 언제 아버지 비망록을 보여 주세요. 그리고 리만에게서 이상한 낌새가 있으면 말하세요."

다음날 선후는 리만을 만나 장동원이 아버지 친구란 관계를 이야기해 주었다.

"정말 드라마틱한 이야기군요." 리만 데이비드가 몰랐다는 표정이었다.

선후는 다이아몬드 사연 속에 아버님의 죽임이 숨겨져 있다는 이야길 전했다.

"선후씨. 전 꼭 그 다이아몬드를 찾을 겁니다. 절 좀 도와줘요."

리만 데이비드는 그녀의 손을 잡으며 애걸하였다.

박철 형사는 할아버지가 묵고 있는 펜션으로 찾아갔다. 박동근 옹은 귀국 후 박 형사가 마련해 준 교외의 한적한 펜션에서 조용히 휴식을 취하고 있었다. 박철은 자주 할아버지를 찾아뵈었다. 박동근 옹은 호주에서 70년 만에 귀국하였다. 옛동지인 김영일, 김우현, 김현수, 안성근, 노학년, 장인석, 김태완이 그리웠다.

누구든 한 명은 살아있을 것을 기대했다. 슬픈 비극의 주인공이었다. 좌익 작가로 한국에서 쫓겨난 시인이었다. 박동근 옹은 손자의 방문에 반색하였다.

"할아버지, 불편한 데는 없어요?"

"아주 편하다. 나를 디오션 호텔 커피숍으로 데려다 다오."

"왜죠? 사람들이 알아보면 위험해요."

"만나야 할 사람이 있다."

박철은 할아버지를 디오션 커피숍으로 모셔드리고 멀리서 지켜보았다. 그때 노학년 회장이 조부 앞에 나타났다. 두 사람은 서먹한 감정으로 차를 마시고 있었다.

"영원히 사라진 줄 알았는데 왜 나타났어?" 노학년이 먼저 말을 꺼냈다.

"네놈에게 복수하려고 왔다."

"복수? 네가 내게 복수를 해. 난 너의 목숨을 살려 준 은인이야."

"은인. 차라리 그때 나를 죽이지 그랬어. 살아있는 것이 얼마나 고통스러웠는지 알아." 박동근 옹은 괴로운 표정을 지었다.

"떠나라. 네가 있으면 큰 사고가 날 수 있어."

"그게 오랜만에 만난 옛 친구에게 할 소리야?"

"끝난 악연이 되살아나서 하는 말이야."

노학년은 쌀쌀하게 내뱉었다.

"난 네놈이 잘살고 있는 것을 저주한다. 네가 무너지는 것을 보고 죽을 거야." 박동근 옹은 저주의 욕설을 퍼부었다.

"빨리 꺼지란 말이다." 노학년이 그를 향하여 내뱉고 일어섰다.

"저주받을 놈, 네놈의 종말이 비참할 것이다." 박동근 옹은 힘 없이 뇌까렸다.

그날 밤, 박동근 옹이 묵고 있는 리조트 펜션에서 총성이 울렸다. 박동근 옹을 경호하던 경찰관이 괴한의 총에 맞아 죽었다. 그러나 박동근 옹은 무사했다. 박 형사는 노학년의 조직들이 한 짓이라고 생각하였다.

"노학년, 네놈의 짓인 줄 알고 있다." 박 형사는 입술을 깨물었다. 경찰은 다각도로 수사망을 펴고 조사하였다. 그러나 노학년이 움직였다는 흔적이 없었다.

선후는 리만 데이비드와 같이 블루베리 다이아몬드를 찾으려고 여수의 금오 열도를 뒤지고 다녔다. 경도에서 시작하여 돌산도, 금오도, 연도, 횡간도, 백야도, 개도, 낭도, 사도까지 블루베리 농원을 찾아다녔다. 그러나 농장은 없었다.

"막상 용기를 가지고 덤볐는데 끝이 보이지 않는 일이군요."

"마지막으로 꽃섬으로 가요." 선후가 그에게 용기를 주었다.

"꽃섬에 블루베리 농장이 있을까요?"

이수임의 거취를 아는 사람이 없었다. 그녀가 여수에서 사라진지 40년이 지났다. 죽었는지 살았는지 모른다. 그녀는 여·순사건 당시 빨치산 여맹 위원장이었다. 한국 전쟁이 끝나자 숨어 살다가 변신하여 나타나 여수 황금 다방을 경영하며 화류계의 거물이 되었다. 그녀의 증발은 세상 사람들의 관심거리였다. 밀수 소탕령이 내려지자 그녀는 어느 날 갑자기 자취를 감추어 버렸다.

꽃섬에 도착하였다. 하인수는 선후와 리만을 반갑게 맞았다.

"선배, 블루베리 다이아몬드란 말 들어봤어?"

"무슨 소리야? 다이아몬드라니?"

리만이 자상한 이야길 들려주었다.

"꽃섬에 블루베리 농장이 있다고 했어요."

"꽃섬엔 블루베리 농장이 없어요."

"선배, 가막만의 섬 중에 블루베리 농원이 있는 곳이 어디야?"

"아마 화태도에 블루베리 농장이 있지."

"화태도…?"

"블루베리 농장과 그 다이아몬드가 무슨 연관인데?"

"그곳에 이수임 할머니란 분이 다이아몬드를 숨겨 뒀다는거야."

"이수임 할머니가…?" 이수임이란 말에 하인수는 이상한 표정을 지었다.

"화태도랬지, 선배. 다음에 연락할게."

"선후야, 너 왜 그 일에 몸담는 거야. 그건 위험한 모험이라고." 하인수는 걱정스러운 표정을 지었다.

"걱정마, 그럼 다음에 놀러 올게. 리만씨, 블루베리 농원이 있는 곳을 알았어요."

선후는 뱃머리를 화태도로 돌렸다. 리만은 그곳에 가면 비밀이 풀릴 수 있다는 기대에 부풀었다.

선후는 박철 형사에게 전화로 리만을 데리고 화태도로 갈 테니 미행해 달라고 전했다. 쾌속정은 화태도로 향하고 있었다. 리만 데이비드는 잃어버린 블루베리 다이아몬드(blueberry diamond)를 찾을 수 있다는 기대에 부풀어 있었다.

그를 태운 쾌속정이 화태도에 도착하였다. 역시 화태도엔 블루베리 농원이 많았다. 마침 블루베리 시즌이었다. 달콤한 청록빛 블루베리가 해변을 따라 탐스럽게 익어가고 있었다. 길가에 잘 익은 하늘빛 과일을 한 움큼 따서 입안에 털어 넣고 씹었더니 가슴 짜릿하게 상큼한 신맛과 단맛이 어우러진 육즙이 쏟아져 나왔다.

수소문했더니 화태도 월전 마을에 큰 블루베리 농원이 있다는 소식을 들었다. 월전은 화태도 해안에서 멀리 떨어진 노적산에 깊이 박힌 마을로, 달빛이 포근히 감싸는 곳이라고 해서 월전 마을이라 불렀다. 그녀는 리만을 데리고 월전 마을로 들어갔다. 월전 마을은 멀리 바다의 풍치를 한눈에 내다 볼 수 있는 천혜의 요새였다. 마을 초입부터 블루베리 농원이 펼쳐져 있었다.

"리만씨, 저곳 농원에 다이아몬드가 숨겨져 있을 것 같습니다."

"저도 그런 예감을 직감했어요."

직감적으로 1970년대 여수 밀수 천국 시대에 밀수품을 보관한 아지트라는 생각이 들었다. 선후는 산 중턱을 숨차게 올라갔다. 마을이 나왔다. 그런데 100여 호의 마을이 거의 폐가였다. 농사를 짓다가 버리고 떠난 땅이었다. 잡초 사이에 잘 익은 녹청색 블루베리가 탐스럽게 익어가고 있었다. 그 농장 가운데 그래도 사람이 살 것 같은 낡은 초가집 한 채가 무성한 잡초밭 한가운데에 있었다.

"리만씨 블루베리에요. 저기 집도 있어요."

"블루베리…?"

선후는 무성한 잡초에 갇힌 초가 집터에 탐스러운 블루베리가 열린 농원을 발견하였다. 사람이 산 흔적이 있었다. 그때 농장 가운데서 블루베리를 따는 할머니 한 분을 발견하였다. 선후는 그녀를 보는 순간 하인수 선배의 할머니라고 생각하였다. 뭔가 풀릴 것만 같았다. 그들이 할머니 쪽으로 다가서자 백발이 성성한 노파는 블루베리를 따다 말고 매섭게 응시했다. 노파는 이쪽을 한참 응시하더니 일행이 있는 쪽으로 걸어왔다. 다릴 절고 있었다. 바구니엔 블루베리가 가득 담겨 있었다.

"누군데 남의 농장을 기웃거려요? 블루베리를 훔치려고 왔나요?"

"아닙니다. 사실은 사람을 찾아왔습니다."

"누굴 찾는데요?"

"이수임이란 노파를 아시나요?"

"아가씬 누군데 이수임씨를 찾아요?"

노파는 선후와 리만을 번갈아 보면서 물었다. 그런데 노파의 모습이 어디서 많이 본 듯한 얼굴이었다. 순간 그분이 하인수의 할머니란 확신이 들었다.

"혹시 하인수 선배 할머니세요?"

할머닌 의아한 표정을 지었다.

"맞아요. 내 손자입니다."

"그렇군요, 전 하인수의 친한 후배 김선후라고 합니다."

"웬일로 여길 오셨소?"

"인수형이 말해줬어요. 블루베리를 사러 왔어요."

"난 블루베리를 팔지 않습니다."

노파는 초가 쪽으로 걸어갔다. 블루베릴 가마에 붓고 장갑 낀 손으로 와상의 먼지를 털고 앉았다.

"할머니, 저 선배의 가두리 양식장에서 할머닐 봤어요."

"그랬어. 아무튼, 인수의 후배라니 반갑소."

노파는 잘 익은 블루베리를 내놓았다. 리만과 선후는 할머니가 내민 블루베리를 손으로 닦아 먹었다.

"잘 익은 블루베리가 맛있군요."

"헌데 저 서양 청년은 누구요?"

"블루베리 상인입니다. 홍콩에서 왔어요."

"홍콩에서 여기까지 과일 사러 왔다고요?" 노파는 경계의 눈빛으로 리만을 바라보았다. 리만이 입에 블루베리를 넣고 씹으며 말했다.

"맛이 좋아요, 블루베리는 원산지가 홍콩인데 이런 맛이 안 나요?"

"맞아요. 블루베리 원산지가 홍콩산이지요. 그곳에서 가져온 종자랍니다."

"할머닌 이곳에 사세요?" 선후가 물었다.

"아니요, 꽃섬에 사는데 블루베리를 따러 왔어요."

"혹시 이수임 할머니를 아세요?" 리만이 물었다.

할머닌 사나운 표정으로 리만을 바라보고 있었다. 직감적으로 리만을 경계하는 표정이었다.

"모릅니다."

선후는 그녀를 빤히 쳐다보았다.

"이수임 할머니가 이 집에서 살았다는 소식을 듣고 왔어요. 혹시 그 할머니를 아세요?"

"난 그런 사람 모릅니다."

선후는 불현듯 아버지 비망록에 적힌 박인숙이란 이름을 떠올렸다. 박인숙은 이수임의 황금 다방에서 같이 일한 여종업원이다. 언젠가 분명히 하인수 선배는 자기 할머니 이름이 이수임이라고 하였다. 선후는 다시 물었다.

"할머니, 혹시 옛날 황금 다방 마담 이수임을 몰라요?"

"그럼, 할머니가 이수임 인가요?"

"난 박인숙입니다."

설마 했는데 다행이었다. 박인숙 할머니가 이수임이란 말에 당황하는 모습을 보였다. 선후는 그녀가 뭔가 알고 있다고 생각하였다.

"할머닌, 언제부터 이 농장을 경영했나요?"

"오래됐지, 30년은 넘었을 거야."

"그렇다면 이곳이 홍콩 밀수꾼 아지트였나요?"

"무슨 소리야? 누가 그래?"

"소문을 들었어요."

할머닌 당황하는 눈빛을 보였다. 얼굴 신경이 떨리고 있었다. 선후는 이분이 분명히 이수임씨란 것을 직감했다. 그렇다면 블루베리 다이아몬드 사건 정체를 밝힐 것만 같았다. 선후는 직설적으로 물었다.

"할머니, 30년 전에 죽은 김경섭 경장을 아시나요?"

"김 경장, 모릅니다. 대체 내게서 뭘 알려고 하는거야?"

"제가 김경섭 경장의 딸입니다."

할머닌 당황하는 모습을 보였다.

"그래서 무엇 때문에 날 찾아온 거야." 노파는 버럭 화를 내었다.

"박인숙 할머니가 이수임 할머니인 줄 알았어요."

노파는 말이 없었다. 한참 만에 노파는 입을 열었다.

"이수임은 이곳에서 숨어 살다가 떠났어."

"어디로 가셨나요?"

"그건 몰라."

이젠 뭔가 점점 풀릴 것 같은 기분이었다.

"아버지가 김경섭 경장이었다고?"

"네, 아버지의 비망록 속에 할머니 이름이 적혀 있었어요."

할머닌 내가 장동원과 이수임 마담의 관계와 김 경장과 자신의 관계를 알고 찾아왔다는 의구심을 가졌다.

"할머니가 우리 아버지를 사랑했나요?"

선후는 자신도 모르게 내뱉고 말았다.

"맞아요. 나 김 경장을 사랑했어요. 그런데 억울하게 죽었지 뭐요. 장동원과 이수임이 하수인을 시켜 김 경장을 죽였습니다."

박인숙 할머닌 묻지도 않은 말을 하였다.

"뭐라고요? 장동원과 이수임이 우리 아버지를 죽였다고요?"

"장동원의 하수인이 죽였어요."

이 정도의 정보라면 블루베리 다이아몬드에 관해서 알 것 같았다. 리만이 다급하게 물었다.

"할머니. 블루베리 다이아몬드를 아시죠?"

"..."

할머닌 허탈한 심정으로 리만을 주시하고 있었다. 선후가 나섰다.

"정말. 할머닌 우리 아버지를 사랑했나요?"

"사랑했지… 지금도 생각나는 분이에요."

"아버지의 죽음에 관해서 자상한 이야길 해줄 수 있나요?"

그녀는 아버지가 장동원과 이수임의 밀수 행적을 캐다가 부하 경찰에게 살해되었다고 말해주었다. 장동원이 홍콩에서 잡혀 처형당하자 이수임은 장동원의 재산을 탐했다. 그걸 안 김 경장은 이수임을 체포하려고 했는데 그녀가 선수를 쓴 것이라고 말했다. 그녀는 울먹이고 있었다.

"리만, 데이비드씨, 천천히 합시다. 할머니 정체를 알았으니 블루베리 다이아몬드는 찾을 수 있을 것 같아요."

"고마워요, 선후 작가님."

선후는 박인숙 할머니가 너무나 측은해 보였다. 아버지 죽음 앞에 절규하는 그녀의 모습이 그려졌다. 선후는 리만을 데리고 화 태도를 떠났다.

밀수 황제 장동원

1970년 초 장동원은 한국경제를 좌우지 한 신화적인 인물이었다. 국제무역선 선장으로 시작한 그가 홍콩의 무역을 주름잡는 거부로 성장한 것은 밀수 무역회사를 차린 후부터였다. 그는 1936년 여수에서 태어나서 홍콩으로 건너가서 자라 영국 유학을 마쳤다. 영국에서 해양대학을 나와 국제무역선 선장이 되어 홍콩의 선박회사에서 명성을 날린 거물급 선장이 되었다. 그의 활동 주 무대는 홍콩과 영국이었다.

영국 정부의 무역선을 끌고 홍콩을 오가며 해상무역의 전문가로 성장했다. 그는 해상에서 수많은 무역상을 접했고 그들로부터 해양산업과 무역에 많은 정보를 입수한 경험을 쌓은 노하우로 무역회사를 창업하여 국제적인 기업가로 등장하였다.

그가 해상 중계무역으로 돈을 벌어 수천억대의 재벌이 되었던 것은 유학시절 두텁게 쌓은 인맥들의 도움을 받은 결과였다. 그는 국가 간의 정식 무역이 아니고 해상 중계무역이란 비정상적인 방법으로 교역품을 유통시키는 밀수 무역으로 거상이 되었다. 대서양과 인도양을 오가며 많은 해적선과 밀수 선단을 만났고 그들과 상대로 사업을 벌였다.

정식 무역이 아닌 중계 밀수 무역은 세금을 내지 않기에 엄청난 부를 축적할 수 있었다. 거의 세금을 내지 않는 밀수 중계무역으로 막대한 이익을 남겼다.

마침내 그는 인도양과 동남아 중계무역권을 독식하였다. 해상 중계 밀수 무역 상품은 마약 밀매였다. 사업을 위하여 거대한 조직을 만들었고 그의 군단은 해상 밀수 무역으로 엄청난 부를 창출하였다.

장동원은 일약 세계적인 밀수 마약 무역의 황태자로 우뚝 섰다. 그는 홍콩에 기반을 두고 20개국 1,400명의 선원을 거느린 해상무역의 거목이 되었다.

이 사실을 한국의 자유당 정부가 알았다. 당장 홍콩으로 공무원을 보내 장동원을 만나게 하였다.

"우리 정부를 좀 도와주시오."

"어떻게 도와달라는 말입니까?"

"우리나라는 산업기반이 없어서 생산품을 만들지 못합니다. 생활필수품을 대주시오."

"알겠습니다. 대신 한국 정부는 내게 무엇을 해줄 수 있나요?"

"시장을 드리겠습니다."

장동원은 미소를 지었다. 국가에 도움이 되는 일이라면 뭐든 돕겠다고 약속했다. 정부 인사와 밀담이 끝난 후 장동원은 어깨를 으쓱거렸다. 기존 생산제조 산업이 전무인 한국으로선 생활필수품이 부족했다. 이것을 무역 상품으로 대체하는 안이었다. 따라서 정부는 국제 무역상 장동원이 필요했고 장동원은 무역의 활로를 개척하는 딜을 이루어 냈다.

그는 홍콩시장을 한국으로 돌렸다. 국내 소비 물건을 무역으로 들여왔다. 국가를 배경으로 한 본격적인 외화벌이가 시작된 것이다. 장동원은 물동량이 많은 부산은 노출이 위험하기에 고요한 여수항을 택했다. 여수에서 홍콩과 일본 오사카, 대마도를 오가는 무역 선단을 구성하였다.

장동원은 홍콩의 전문 밀수단을 자신의 사업에 불러들였다. 이들은 동남아를 거점으로 세계시장을 장악하는 밀수 무역업자들로서 그 조직이 방대했다. 바로 그들의 밀수선과 해적선을 이용하였다. 동남아, 동북아 해역에선 이들에게 섣불리 대항하거나 방해했다간 목숨을 잃는 일이 종종 일어나서 누구도 이들을 건드리지 못했다.

장동원은 한국으로 가는 물건은 고가의 진품만을 가려 보냈다. 국가가 투자하고 그가 장사해주는 무역 사업이었다. 장동원은 엄청난 물건을 한국으로 저렴하게 들여보냈다. 이 사실을 홍콩의 윤

락가에서 이름을 날리던 이수임이 알아차리고 장동원에게 접근하였다.

이수임은 여수의 재벌 딸로 일본에서 대학을 나온 인텔리 여성으로 여·순사건 때 남로당 빨갱이 여전사로 활약하다가 체포령이 내리자 몰래 홍콩으로 도망가서 마도로스를 상대로 고급 호스티스 생활을 하였다.

어느 날 장동원이 그녀의 바에서 술을 마시고 있었다. 그녀는 그가 밀수 무역 왕 장동원이란 사실을 알고 접근하였다.

"장동원 사장님, 전 이수임이라고 합니다."

장동원은 그녀를 금방 알아보았다.

"이수임씨, 아버지의 혁명 동지잖아요."

"맞습니다. 장인석씨는 존경하는 선배죠."

그녀는 호텔 빠의 호스티스였다. 이렇게 알게 되어 장동원은 이수임의 빠를 자주 드나들었다. 그녀는 나이 어린 무역 재벌 장동원을 요염한 눈빛으로 유혹하였다.

"정말 아름다운 미인입니다."

"젊은 장사장님과 술잔을 같이 해서 영광입니다."

이수임은 장동원은 자주 만나 술잔을 마주하였다. 그녀는 타고난 요부였다. 술자릴 끝내자 그녀는 장동원의 품에 안겼다.

"오늘 밤 사장님과 잠자리는 내생애에 영광입니다."

"미모가 타고난 요정과 몸을 섞다니 내가 영광이죠."

"역시 타고난 선택입니다. 저 아무나 하고 자는 여자가 아닙니다."

그녀는 그를 품에 안고 온 힘으로 녹여 버렸다. 그녀의 색정은 어느 여자에게서 느낄 수 없는 흡입력이 있었다. 장동원은 이수임의 미모와 색정에 반해 버렸다. 그는 자주 그녀를 불러냈다.

"호스티스는 돈만큼 서비스하는 요물이라는 것 알죠?"

"좋아요, 내 사업에 끼워주지요."

"정말요, 실망 안 시킬 겁니다."

그녀는 장동원의 정부가 되어 달콤한 밀애를 즐기면서 사업 파트너가 되었다. 그녀는 장동원보다 10살이나 연상의 여인이었다. 장동원은 그녀가 아버지 장인석의 동지란 정체를 알지만 그녀의 유혹에 빠져버린 것이다. 어느 날 이수임은 장동원에게 간청했다.

"저 한국으로 가서 사업하고 싶어요."

"글쎄요, 그때의 여운이 있을 텐데요."

"이젠 다 지난 일입니다. 누구도 날 기억 못 해요."

그녀는 쥐도 새도 모르게 15년 만에 한국으로 들어와서 여수에서 황금 다방과 빠를 차려놓고 마도로스를 상대로 사업을 하였다. 장동원도 20년 만에 자유롭게 한국을 드나들었지만 그가 장인석의 자식이란 사실은 아무도 몰랐다. 그는 고향에 와서 이수임의 집에서 은신하면서 정부 요인을 만나곤 하였다. 그녀는 장동원의 정부가 되어 사업에 깊이 관여하였다. 그는 그녀에게 경제적 이권을 넘겨주었다. 이수임은 재산 관리인 집사를 두고 사업을 하였다. 그들의 사업은 밀수업이었다.

그런데 홍콩의 무역 거물 장동원이 여수 황금 다방에 다녀갔다는 정보를 듣고 투자자들이 황금 다방으로 모여들었다. 이수임은 이들에게 일확천금을 버는 밀수에 투자하라고 권고하였다. 소문은 벽을 넘어 전국의 재력가들이 여수로 몰려들었다. 한탕주의를 꾀하는 무리였다. 밀수는 투자액의 10배를 벌 수 있는 황금 노다지 사업이었다. 그것도 국가가 묵인하는 사업이라는데 매력을 느꼈다. 투자자들은 황금 다방 마담 이수임에게 돈을 갖다 바치며 동업을 제의하였다. 일이 벅차 이수임은 가지고 놀던 하석주를 집사로 고용하였다. 이수임이 중계하는 장동원의 사업은 번창해 갔다.

하석주는 이수임이 내준 쾌속정을 타고 여수에서 홍콩으로 오가며 밀수품을 실어 날랐다. 물론 장동원이 도와줘서 가능했다. 이때부터 여수는 밀수 무역의 메카로 한국의 홍콩이 되었다. 수많은 밀수선이 홍콩에서 쾌속정으로 신속하게 물건을 날랐다. 재력가들은 여수로 몰려들었다. 장동원은 이수임의 젊은 집사 하석주를 신임했다. 여수는 돈과 외국 상품의 천국이 되었다.

사람들은 '여수에서 돈 자랑 하지 말라'고 하였다. 숨겨진 수백억대의 재력가들이 모여들었다. 여수는 점점 부호들이 모여드는 환상의 도시로 변하여 한탕 치기의 세상이 되었다. 달러가 통용되고 홍콩 화폐와 일본 엔화가 소통되는 상황이었다. 시내 상점에는 외제 물건이 성행하고 웬만한 여수 사람들의 가정에선 외제 물건이 몇 개쯤 있을 정도였다.

작은 포구 여수가 마치 홍콩을 의심케 하는 거리로 흥청거렸다. 고급술집, 요정엔 마도로스와 사업가들로 북적거렸다. 특히 이수임의 황금 요정은 제철을 만났다.

이수임은 계속 쾌속정으로 일본과 홍콩을 오가면 밀수품을 실어 날랐다. 여수를 드나드는 배는 거의 밀수품을 숨겨 들여오곤 하였다. 모든 외항선과 무역선이 밀수선이라고 가정해도 틀린 말은 아니었다.

그 소문이 홍콩에 퍼졌다. 마침내 정부가 심각성을 의식하였다. 잘못하면 국가가 밀수를 장려했다는 국제 망신을 당할 것 같아서 선수로 밀수 소탕령을 내렸다. 말이 소탕이지 엄포만 놓는 실정이었다. 투자자들은 이것을 교묘하게 이용하였다. 이를 방치할 수가 없어서 정부에선 본격적인 연안의 배를 수색하고 은밀한 창고와 해변을 수색하며 밀수꾼을 잡아들였다.

신조어가 떠돌았다. '4전 1승'이란 말이었다. 4번 투자하여 3번 잡혀 벌금 물고 1번만 성공하면 본전 빼고도 배 장사가 된다는 것이었다. 모두 미쳐 있었다. 투기 업자들은 돈을 끌어들였고 투전 업자는 마구 돈을 빌려주고 밀수에 투자하게 하였다. 정부가 강력한 단속을 내려도 밀수는 근절되지 않았다. 다만 위축당한 정도였다.

여수 병모가지는 마도로스들에겐 잘 알려진 유희의 낙원이었
다. 한창 흥청거릴 때 병모가지를 모르는 사람은 없었다. 마도로
스들은 몸을 파는 아가씨들에게 돈을 펑펑 써댔다.

황금요정과 황금 다방은 병모가지에 있었다. 1960년대 여수 남
산동 병모가지는 국제적인 환락가였다. 주로 국제선을 타는 마도
로스들이 놀던 곳이었다. 병모가지에서 모든 사건이 기획되고 실
행되었다. 여수 병모가지는 마도로스들에게는 추억의 장소였다.
외로운 사나이들이 그곳에 머물며 사랑과 자유와 낭만을 즐길 수
있었다. 바다에서만 살던 무역선 마도로스들이 꽃 같은 여인들을
만나 환상의 밤을 보내는 곳이다. 그들에겐 돈이 필요 없었다. 오
직 여자의 살 냄새였다. 가지고 온 모든 돈을 다 뿌리고 즐겼다.
그러나 밤의 영화는 영원할 수 없었다.

환상적인 유희 뒤에는 늘 비극과 슬픔이 도사리고 있었다. 안
면몰수, 그 시간이 끝나면 모든 것이 허상이었다. 그 허상은 슬픔
만 남게 하였다. 마도로스들은 그런 슬픈 추억을 안고 떠났다. 그
리고 이 항구 저 항구를 떠돈다.

그렇게 남산동 병모가지는 사나이들이 웃고 왔다가 울고 가는
곳이었다. 몸 파는 계집들은 매정하게 사나이들의 속옷까지 훑어
버렸다.

1962년, 5·16 군사정부는 여수에 밀수 소탕령을 내렸다. 군인

들을 진주시켜 여수의 모든 어선과 화물선과 밀수꾼의 집안을 뒤졌다. 숨겨진 밀수품을 찾아내서 여수 중앙시장에 산더미처럼 쌓아두고 군인들이 지켰다. 꼭 1주일 동안 수색하여 빼앗은 밀수품이 산더미 같았다. 이 밀수품을 소각시켰다. 꼭 보름 동안 밀수품이 불탔다. 수천억의 밀수품들이 활활 타서 재로 사라졌다. 그리고 군인과 경찰은 밀수꾼 색출을 시작하였다. 수많은 범인이 잡혀들었다.

수사의 초점은 여수를 근거지로 하는 4개 밀수 폭력 조직이었다. 그리고 이에 공조하거나 눈 감아 준 시청 직원, 경찰, 세관 직원, 해운국 직원 등 밀수 두둔 세력들과 부호와 선주들이 용의자로 잡혀왔다. 검찰은 머리에 포마드를 바르거나 외제 양복을 입고 거릴 나다니는 사람을 뒷조사하였다.

그리고 전담반은 모든 창고와 양곡, 비료 적재장, 어시장, 선박의 창고와 어창을 들쑤시고 다녔다. 사실 당시 보통의 시민들도 외제 물건을 안 가진 사람이 없을 정도였다. 그러니 밀수품 3개 정도는 용서하였다. 방송과 신문은 여수 시민 13만 명 중에 6만 명이 밀수와 관련되어 있다고 보도하였다. 이에 여수 시민은 분통을 터뜨렸다. 마치 1948년 여·순사건 때 여수 시민을 반란 가담자인 것처럼 왜곡한 사건과 흡사했다. 밀수꾼들이 여수항을 근거지로 활약한 것인데 마치 여수 사람이 모두 다 밀수꾼처럼 방송한 것이다.

목포의 삼학 소주 탈세 조사는 밀수 혐의였다. 그 이유로 삼학 소주는 파산되었고 여수 또한 이상한 소문에 휘말리게 되었다.

사건은 가가 호별 검색 단계에까지 이르렀다. 검찰은 의심받는 여수의 모든 가정집을 수색하였다. 시민들은 폭발 직전에 놓였다. 밀수 혐의로 가혹한 처벌을 받는데 저항하는 조직이 있었다. 가족이 밀수 혐의로 수사를 받자 이에 불만을 품은 자식들이 수사관들을 폭행하는 일이 자주 일어났다.

의심자의 집과 선박, 개인의 장롱까지 이 잡듯이 수색하는 소탕령이 내려졌다. 법무부 특별검사가 내려와서 여수를 발칵 뒤집어 놓았다.

5·16 여수 밀수 소탕령에도 밀수는 근절되지 않았다. 당시 밀수가 성행하는 곳은 부산, 여수, 목포였다. 그러나 목포는 삼학소주 밀수 사건으로 한바탕 난리를 치러서 삼학 소주는 문을 닫았다. 다음은 부산과 여수였다. 검찰은 부산과 여수에 특수부 검사를 파견하였다. 그러나 부산은 광범위하여 소탕령이 먹혀들지 않았다. 타킷은 여수였다.

1968년 여름 어느 날 밤, 김경섭 경장은 병모가지를 순찰하고 있었다. 비가 추적추적 내리는 밤이었다. 여느 때와 마찬가지로 황금 다방을 들렸다.

"어서 와요. 김 경장님, 비가 오는데 순찰을 하세요. 고생이 많군요." 황금 다방 이수임 마담이 옆에 앉으며 말했다.

"비가 오나 눈이오나 내 직업인걸요. 쌍화차나 한 잔 주시오."

"미스 박, 여기 쌍화차 두잔 시켜라."

이수임은 레지 박인숙에게 말했다. 여급은 어느새 계란 반숙을 얹은 쌍화차를 갖다 놓았다.

"미스 박, 오늘은 외박 나갈래?"

이수임 마담이 물었다.

"김 경장이라면 나가야죠."

김 경장이 미스 박의 엉덩이를 치며 좋아했다.

"그래, 우리 불타는 밤을 보내요." 김 경장은 신났다.

"김 경장님, 그년 몸값은 높아요. 글쎄, 한번 나가면 기십만 원을 벌어요. 정신 나간 마도로스를 만나면 기백도 벌고요." 마담이 북을 치고 있었다.

"난 그렇게 못 줘. 하루 5원짜리 밥 먹는 나잖아. 돈이 없어서 불타는 청춘을 보낼 수가 없겠어."

"돈은 무슨, 내가 사랑하는 김 경장님인데 왜 돈을 받아요?" 미스 박이 미소를 지으며 말했다.

"너도 밀수하니? 오나가나 밀수 사업한다더니 너까지 날뛰는 거야?"

"노다지 사업인데 왜 안 해요? 3패 1승에 노 난다란 말 몰라요. 김 경장님도 한번 해보시지요. 다른 경찰들은 다 해요." 이수임 마담이 요염하게 한 수 건넸다.

"말이 나온 김에 묻는데, 이 마담이 밀수계 오야라며? 밀수 소개로 떼돈 번다는 소문이 있어. 그러다가 밟히면 죽는다."

"누가 그래요? 소개만 해 주는데 무슨 돈이 붙겠어요."

"대체 그 큰 손이 누구야? 누가 그런 이익을 내주는 거냐고?"

"그건 사업상 비밀이에요."

"비밀?"

"너무 알려고 들면 다쳐요."

"공갈치는 거야? 무서워서 경찰 해 먹겠나."

"경장님, 오늘 밤 미스 박을 한번 품어줘요. 여수에선 최고로 색을 잘 쓰는 아가씨라고 소문났어요."

"여자 말고 좋은 정보 있으면 달라고, 그래야 나도 먹고 살게 아닌가." 김 경장은 이수임 마담을 빤히 보며 말했다.

"미스 박이나 데리고 가요."

이 마담은 미스 박에게 외박을 허락하였다. 김 경장은 박인숙을 데리고 여관으로 들어갔다.

"김 경장님, 사랑해요."

"사랑한다고? 너같이 막 굴러 먹은 다방 계집애가 누굴 사랑해."

"난 처녀라구요. 오늘은 첫 경험이라고요."

"뭐 처음, 허구한 날 하룻밤에도 숱한 놈들과 노는 계집애가 무슨 처녀?"

"자 보면 알아요."

"너 몸 한번 주고 사람 골치 아프게 하는 게 아냐?"

"정말 전 처녀입니다. 김 경장님께 순정을 바치는 거라고요."

"처녀라고 해도 별수 없다. 난 처자가 있는 유부남이니까."

"유부남이면 어때요? 나만 좋으면 되죠."

그날 밤 김 경장은 박인숙을 안았다. 역시 그녀는 처녀였다. 그녀는 피 묻은 팬티를 안고 울었다. 정말 미안하고 죄스러웠다. 다방에서 마도로스 상대로 몸 파는 여자로 알았는데 그녀는 그에게 정조를 바쳤다. 그녀는 그에게 진한 시간을 서비스하고 그의 애인이 되기로 했다. 김 경장은 그 후 자주 만나 즐거운 시간을 가졌다. 서로가 먼저랄 것도 없이 자주 만나 섹스의 환락을 즐겼다.

이수임이 그녀를 그의 정부로 만들어 준 것은 김 경장의 시선을 무디게 하기 위해서였다. 박인숙은 그에게서 얻은 정보를 이수임에게 날라다 주었다. 그리고 박인숙은 이수임의 정보를 김 경장에게 날라다 주었다. 그러니까 이중 첩자였다.

김 경장은 꼬리만 잡히면 이수임을 잡아넣을 생각이었다. 한편 이수임은 네놈이 아무리 날뛰어도 넌 내 손에 든 떡일 뿐이야 라고 경계했다.

이수임은 쾌속정 요트를 타고 홍콩으로 장동원을 만나러 갔다. 오랜만에 만난 그녀를 엘리자베스 호텔 아방궁으로 데리고 갔다.

"아주 기분 나쁜 새끼가 우리의 냄새를 맡고 다녀요."

"누군데 겁 없이 덤벼?"

"김경섭이란 형사가 있어요. 매우 눈치가 빠른 놈인데 내게 흠 점을 잡으려고 덤벼요."

"김경섭이 그런다고? 그자는 내 친구야. 우리 아버지가 그의 아 버질 죽였어. 그놈이 복수하려고 덤비는구먼, 걸리면 한 방에 날 려버려야지."

"친구라고요? 그 애비는 누굽니까?"

"김영일 한일고무 사장의 아들이야. 우리 아버지 친구지."

"김우현 서장의 형 김영일 사장의 아들이라고요?"

"그렇다니까. 얄궂은 운명이지. 그래서 그자가 우리를 노리는 거야."

"원수가 외나무다리에서 만날 수 있겠군요. 예감이 좋지 않아 요." 이수임이 불안하다는 표정을 지었다. 그녀는 22살 남로당 여 맹 위원 시절을 회상하였다.

"의심받지 말란 말이야." 장동원이 김경섭을 조심하라고 일렀 다.

"역시 보통 놈은 아니예요."

"하석주에게 맡겨, 쥐도 새도 모르는 곳에서 처치해 버리라고 해."

"알았어요."

오랜만에 만난 두 사람은 홍콩의 밤을 황홀하게 보냈다. 여수 로 돌아와서 이수임은 하석주를 불러 일렀다. 하석주는 키워 잡아

먹는 사내였다.

"쥐도 새도 모르게 처치해 버려요."

"쉬운 놈이 아닙니다."

봄비가 추적추적 내리는 밤이었다. 부두에 내리는 비는 우수에 젖어 있었다. 오늘도 김 경장은 혼자 부두를 걷고 있었다. 밤이 깊어 인적이 뜸했다. 바다엔 정박한 배들이 비를 맞고 출렁대고 있었다. 부두엔 아무도 없는 고즈넉한 밤이었다. 그는 배들을 바라보며 하염없이 걷고 있었다. 그런데 그 어둠 속에서 어떤 움직임이 있었다. 사나이들이 배에서 물건을 나르는 것이었다. 김 경장은 몸을 엎드려 다가섰다. 직감적으로 밀수품을 옮기는 놈들이라고 생각하였다. 음, 잘 걸려들었다. 그러나 섣불리 덤벼들었다가는 목숨을 잃는다.

김 경장은 파출소에 대기한 순찰 대원을 불렀다. 5명의 특수대원이 숨어서 사나이들이 은닉한 밀수품을 몰래 나르는 것을 지켜보고 있었다.

"급습하여 한 놈만 잡으면 돼, 물증만 확보하란 말이야."

"놈들이 무기를 소지하고 있으니 섣불리 대할 수가 없군요."

"한 놈만 집중적으로 공격하되 죽여선 안 된다."

경찰이 몰래 놈들에게로 다가서고 있었다. 그리고 짐을 나르는 한 놈을 낚아채듯 끌어냈다. 그때 총성이 울렸다. 어디서 봤는지 놈들이 일제히 총격을 가하였다. 경찰은 총격으로 맞섰다. 한동안 총성이 울리다가 멎었다. 엄호 사격을 하면서 놈들은 도망을 갔다. 눈앞에서 밀수단을 놓쳐버린 것이다.

다음 날 김 경장은 서장에게 지난밤의 총격 사건을 보고했다. 서장은 그런 김 경장의 태도를 못마땅하게 생각하였다.

"또 발작이구먼, 그렇게 할 일이 없어서 비오는 날 부두를 헤매나? 잡지도 못하면서 사태만 번거롭게 만들어?"

"밀수꾼의 근거지를 대충 알았으니 기어코 잡아내겠습니다."

"김 경장, 자네 혼자 그런다고 밀수꾼들을 잡을 수 있을 것 같아. 다 같이 협조해야지, 난 기회를 포착 중이야. 결정적인 기회가 잡히면 일망타진할 생각인데 자네가 날뛰어 일을 망치고 말았어. 제발 날뛰지 말란 말이야." 서장이 김 경장을 꾸짖었다. 서장의 태도가 속상했다. 냄새가 풀풀 났다. 뭔가 알고 있는 것 같았다.

오늘도 김 경장은 남산동 병모가지를 순찰하고 있었다. 발가벗은 연놈들이 광란의 섹스 행각으로 개판을 치고 있었다. 여색에 굶주린 마도로스나 뱃놈들이 계집을 차고 다니며 발광을 떨고 있었다. 병모가지는 병의 목처럼 한번 들어가면 빠져나오기 힘든 곳이다. 이곳 계집들은 밀수꾼들과 깊은 고리를 형성하고 있었다.

김 경장은 황금 다방 마담 이수임과 건달 하석주를 주시하고 있었다. 모든 밀수꾼은 그녀에게 자본을 대고 하석주는 행동대장으로 국제 밀수단을 연통하여 신속하게 물건을 주문하고 넘겨주는 일을 맡고 있었다. 홍콩의 밀수선들이 부두에 대기하고 있다가 주문을 받으면 현장에서 곧장 물건이 감쪽같이 인수되는 일사불란한 행동력을 갖추고 있었다.

해양 경비선들은 이들을 쫓아다니지만 늘 닭 쫓던 개 신세가 되곤 하였다. 아무튼 빈틈없이 움직이는 그들의 조직에 어떤 틈새를 뚫을 수가 없었다. 엄청난 점조직이 단계별 분업화되어 감쪽같이 이루어져서 자기 업무 외엔 흐름의 맥을 서로가 몰랐다.

그는 이수임과 하석주를 움직이는 큰 세력이 홍콩의 무역왕 장동원이라는 것을 알고 단서를 잡으려고 안달이었다.

김 경장은 하석주의 사무실로 찾아갔다. 하석주는 명색이 홍콩 무역 한국 지사장이었다. 그는 장동원의 10여 척 무역선을 관리하고 있었다. 말이 무역업이지 실제는 밀수업이었다.

"웬일이세요? 김 경장님."

"똥 냄새가 나기에 들렸습니다. 내 별명이 개 코잖아요."

"그래서 똥 냄새만 맡고 다니는군요."

녀석은 한 수 더 떠 빈정거렸다.

"정보 하나 주게나. 밀수꾼 행동하는 날짜라든지."

"알려준다 해도 어떻게 그 큰 조직을 잡습니까?"

"큰놈 한 놈만 잡을 거야."

"역시 김 경장다운 배짱이군요. 여수에서 김 경장 같은 경찰이 없다면 이 부두의 질서는 엉망이 되고 말았을 것입니다."

"요즈음은 무슨 상품을 무역하나?"

"그건 시절마다 달라요. 우리 배에 싣는 무역상품은 주로 완제품이지요."

"원자재를 들여와야 제조 산업이 잘 될 텐데."

"너무 모르시네, 한국엔 제조공장이 없잖아요."

그래서 완제품을 들여온다는 것이었다. 시계, 우산, 보석은 원체 고가라서 사는 사람이 적어서 한물간 사업이고 예복 맞추는 사람이 많아서 양복 기지나 치마 기지가 잘 나간다는 것이다. 그래서 고급 옷감이나 양복 기지가 주종이라고 하였다.

"밀수품도 바람을 타나 봐."

"바람을 타지요."

"하석주의 무역선은 밀수품을 실어 나르는 배라고 소문이 나 있던데."

"무슨 말씀을…? 우린 그런 일 안 합니다. 말조심하세요."

"미안해. 그럼 내게 양복 기지 한 벌 구해줘요."

"네, 좋습니다. 드리고말고요."

그는 김 경장에게 마카오제 양복 기지 한 벌을 주었다. 시가는 250원 쌀 50가마와 맞바꾸는 가격이었다. 김 경장은 뇌물을 증거물로 확증했다. 이 마담과 하석주가 밀수의 핵심 인물이다. 김 경장은 그들이 감추어 놓은 밀수품 창고를 찾고 다녔다. 그것만 찾으면 놈들을 체포할 수 있는데… 이상한 것은 경찰의 삼엄한 감시에도 수많은 밀수품이 여수로 들어와서 빠져 나간다는 것이다. 그것은 무서운 조직이 있다는 증거이고 그 조직을 비호하는 경찰이 있다는 것이다. 김 경장은 밀수 조직을 소탕하려는 계획을 세우고 서장을 찾아갔다.

"서장님, 병력을 동원하여 이수임의 집과 하석주의 집은 물론 모든 선박을 수색해야 합니다. 그들이 여수 밀수꾼의 대부입니다."

"이봐, 김 경장, 내가 몇 번을 말했나. 자네는 좀 빠지라고… 나도 어련히 준비하겠나, 기회를 봐서 일망타진 할 테니 기다려요."

"시간이 없습니다. 며칠 후 엄청난 물건이 입수된답니다. 그때 체포하죠."

"허허, 난 더 큰 고기를 잡아야 한단 말이야."

서장은 그의 말을 묵살해 버렸다. 서장실을 나온 그는 독단적으로 그들을 잡을 생각을 하였다.

그런데 다음 날 그는 이수임 마담의 초대를 받았다. 만수옥이란 비밀요정으로 그를 불렀다. 그가 그곳에 갔을 때 점잖은 사나이가 그를 기다리고 있었다.

"김 경장님, 경장님을 아시는 분이 뵙자고 해서 모셨습니다." 이수임이 말했다. 건장한 중년 신사 한 분이 나왔다.

"처음 뵙겠습니다. 김경섭 경장입니다."

"어서 오세요, 난 장동원이라고 합니다."

김 경장은 깜짝 놀랐다. 무역의 황제, 그 유명한 장동원을 만난 것이다. 어릴 때 친구였다. 그러나 수년이 지나서 알아볼 수가 없을 정도로 변했다.

"홍콩의 무역왕이며 해운업의 황제를 뵙게 되어서 영광입니다."

"난 김 경장을 익히 잘 알고 있습니다. 밀수꾼 잡는 사냥개라면서요?"

"제 임무인걸요."

"사실을 알고 나서야죠?"

"도둑 잡는데 무슨 사실?"

"안하무인 격으로 나서지 말란 말입니다. 경장님의 노고는 압니다. 그러나 우리 무역엔 손대면 안 됩니다. 우린 국가적인 사업을 하고 있어요."

그러니까 김 경장이 나서서 국가사업을 망치지 말라는 뜻이었다.

"협박하지 마라. 장동원. 난 너를 감옥으로 보낼거야."

"이제야 알아보는군. 김경섭 경장, 내 사업엔 손대지 마라." 장동원이 정중하게 말했다. 김 경장의 손이 부르르 떨렸다. 권총을 빼내 쏴 버리고 싶었다.

"네놈이 무슨 짓을 하는지 알지?"

"그래, 김경섭, 반갑구나."

"난 너를 잡으려고 왔어."

"오랜만에 만난 친구에게 무슨 말을 그렇게 하니, 그건 그렇고 죽마고우가 만났는데 그냥 갈 수가 있나? 술이나 한잔하자."

"좋다. 마시자."

장동원은 자리를 옮겨 김 경장을 요정으로 데리고 갔다. 두 사람은 옛정을 되살리며 서로 안부를 물으며 술을 마셨다. 그는 세계적인 해운왕답게 위엄을 갖고 있었다. 곧이어 주연이 벌어졌다. 장동원은 김경섭에게 술잔을 따라주었다. 김경섭은 아무 생각 없이 그의 대접을 받았다. 술이 얼큰하게 올랐다.

"장동원, 결국 아버지의 오명을 벗지 못하고 더러운 사업을 하는군."

"뭐라. 내 사업은 국가가 지향하는 사업이야."

"밀수가 국가적인 사업이라고…?"

"밀수가 아니고 무역이야. 그렇게만 알고 있어. 더 알려고 하면 다친다."

"난 잊지 않았어. 너의 아버지 장인석이 우리 아버질 죽였다는 것 말이야."

"그건 옛날 아버지들의 이야기야. 다 대가를 치렀다."

장동원은 잠시 말문을 닫고 있었다.

"김경섭, 그래서 나를 잡겠다는거야? 우린 친구잖아."

"응, 밀수범으로 너를 잡아넣을거야."

"마음대로 해라. 그런데 몸조심 해야 할 것이다."

술자리가 끝나고 김 경장은 그들의 집단 행동을 경계하였다.

밀수꾼들이라는 것을 확신했으니 이제 잡아야 한다. 술집을 나와서 황금 다방으로 달려갔다. 박인숙이 혼자 있었다.

"미스 박, 이수임과 하석주가 어디 사는지 알아요?"

"홍콩에 갔어요." 박인숙이 말했다.

"언제 와? 사업 때문인가요?"

"김 경장님, 그만 해요. 알려고 들면 다칩니다." 미스 박은 김 경장을 걱정하였다.

"연놈을 잡아넣어야 해."

"다쳐요. 김 경장님, 내가 얼마나 김 경장님을 사랑하는지 아시죠?"

"알지."

"손 끊어요. 위험해요. 그러니 우리 도망가요. 여수를 떠나요."

"도망? 사랑의 도주를 하자고, 그건 안 돼, 난 이놈들을 잡아야 해."

"김 경장님, 위험하다니까요."

"박양, 나를 도와줘, 난 그들을 잡아야 한다고."

"제발 그만해요. 그러다간 죽습니다."

"하석주는 언제 오는 거야?"

"아마 모레쯤 홍콩에서 돌아올 거예요."

김 경장은 황금 다방을 나오며 입술을 깨물었다. 자정이 지난 새벽녘이었다. 그는 경찰 2명을 데리고 하석주의 집 앞에서 잠복

근무하며 기다렸다. 밤늦게 하석주가 나타났다. 경호원이 그를 호위해 주고 돌아갔다. 경호원이 돌아간 후 김 경장은 하석주의 집 안으로 뛰어들었다.

"하석주, 네놈을 밀수 앞잡이로 체포한다." 김 경장은 하석주 코앞에 권총을 들이댔다.

"무슨 짓이예요? 김 경장이 감히 나를 건드려요?"

"너를 밀수 앞잡이로 체포한다."

"어른이 알면 서장까지 다쳐요."

"뭐라고 서장? 체포하라."

부하 경찰이 그를 포박해 끌어내어 차에 태웠다. 그리고 만성리 해변의 지하동굴에 가두어 버렸다.

하석주가 갇힌 비밀 동굴은 여·순 반란 때 빨갱이가 숨어 산 지하 동굴이었다. 며칠 후 김 경장은 동굴로 찾아갔다. 칠흑같이 어두운 밤이었다. 그는 문을 열고 불을 켰다. 하석주가 동굴 구석에 쪼그리고 있었다.

"이제 어둠의 공포가 뭔지 알았겠지. 이대로 죽을 수도 있다."

"바라는 것이 뭡니까? 하석주가 기력을 차리고 물었다.

"밀수품을 은익한 창고가 어디야?"

"김 경장, 하룻강아지 범 무서운 것 모르는군요. 내가 누군지 알아요. 날 잡아두면 당신은 죽어요, 당장 날 풀어주란 말입니다."

"그러니까 말을 하라. 비밀 창고가 어디냐고?"

"모릅니다. 그리고 장동원 사장은 나라 어른과 통하는 분이라서 그분이 하는 사업은 나는 모릅니다."

"그렇다면 넌 이곳에서 죽어야 해."

"김 경장님, 대체 나를 어쩔 셈이요?"

"말려 죽일 것이다. 서장이 너흴 보호하는 거지?"

"아닙니다."

"불어라, 서장이 너희와 같은 패거리라고 입을 열 때까지 굶길 것이다."

"건방진 새끼, 부하들이 알면 널 찢어 죽일 것이다." 하석주가 분개했다.

"나보다 먼저 네가 어두운 동굴에서 죽게 될 것이다."

녀석이 입만 열면 밀수의 배후를 알 수 있고 서장이 함구하는 비밀을 알 수 있다고 생각하였다. 물론 대강은 알고 있었지만 확신을 갖자는 것인데 녀석은 입을 열지 않았다.

"장동원 사장이 총책이고 이수임이 자금책이며 넌 운반책이 맞지?"

"그렇다."

"그리고 서장이 너희 조직에서 어떤 역할을 하는지 말해. 그가 얼마나 깊이 관여 한 건지 대란 말이다."

"모른다."

"그럼 넌 이 어두운 동굴에서 죽어 해골만 남을 것이다."

김 경장은 철문을 굳게 닫고 사무실로 돌아왔다. 그가 사무실에 도착하자마자 또 사건이 터졌다. 부두에서 폭력 사건이 벌어졌다는 신고를 받았다. 그는 부하 경찰을 데리고 부두로 나갔다. 정박한 배 안에서 사건이 발생하였다. 그가 경비정을 타고 사건의 현장인 배로 접근했을 때 부두 깡패들이 서로 총격을 가하고 있었다. 경찰이 나타나자 놈들은 싸움을 멈추고 도망을 가버렸다. 한 명이 죽고 2명이 중상이었다. 두 명은 총상을 입었고 죽은 한 명은 예리한 칼에 찔려 죽었다. 부두 깡패들의 헤게모니 다툼이었다. 충무파와 신항파의 싸움이었다. 이들은 이권 다툼으로 전쟁 같은 패싸움을 자주 벌이곤 하였다. 원인은 밀수 이권 다툼이었다. 밀수품을 수송하는데 서로가 큰 이권을 챙기려고 패싸움을 벌인 것이다.

신항파가 충무파를 제압했다. 한 달 전에는 충무파에 의해서 신항파 3명이나 죽었다. 그에 대한 복수 같았다. 충무파가 밀수품을 배에서 부두로 옮겨 수송하는 작업을 맡았다. 이때 신항파가 기습을 한 것이다. 충무파의 배후엔 하석주가 있었다. 바로 하석주 부하들이 일으킨 폭력이었다.

김 경장은 곧장 황금 다방으로 들어갔다. 마담이 없었다. 미스 박이 어두운 표정으로 그를 맞았다.

"미스 박, 쌍화차 한 잔 줘요." 그녀가 쌍화차를 끓여와서 귓속말로 전했다.

"엄청난 밀수품이 온대요."

"그게 사실이냐?"

"네, 사상 유례없이 많은 물건이 큰 화물선에 실려 온대요. 아마 화태도 근처에서 하역을 하나 봐요."

"알았다."

"경장님, 제발 나서지 말아요. 그리고 설마 나를 버리는 일은 없겠죠?"

"조금만 기다려, 사건을 해결하고 우리 동거하자."

"고마워요. 사랑해요, 김경섭 경장님."

"나도 널 사랑해."

김 경장은 화태도 앞바다에 밀수선이 정박했다는 정보를 듣고 서장에게 보고하면 방해만 할 것 같아서 보고 없이 부하 경찰을 데리고 화태도로 나갔다. 그들을 태운 경비정이 물살을 가르며 돌산도를 돌아 화태도로 달렸다. 칠흑 같은 밤이었다. 김 경장은 엔진을 끄고 노를 저어 화태도 연안에 정박했다. 그때였다. 어둠의 저쪽 바다 가운데 큰 화물선이 떠 있었다. 그리고 작은 종선들이 물건을 실어 날랐다. 밀수선이었다. 그러나 체포할 수가 없었다. 무장한 밀수선이기에 건드릴 수가 없었다. 조용히 사태를 지켜보았다. 작은 배들은 열심히 물건을 실어 날랐다.

김 경장은 사이렌을 크게 울렸다. 그리고 허공을 향하여 기관총을 그어댔다. 놀란 밀수단들은 행동을 멈추고 경찰을 감시하였다.

김 경장은 바다를 가로지르면서 사이렌을 울리며 총격을 가했다. 정박한 밀수선이 빠르게 도망가고 있었다. 김 경장은 쫓아가는 척하며 엄호 사격을 가했다. 그리고 서장에게 화태도에 밀수선이 출현했다고 보고하였다. 서장은 현장으로 달려왔다. 그러나 밀수선의 흔적은 없었다. 서장은 조용히 그를 불렀다.

"김 경장, 왜 헛소릴 하나? 설령 나타났다고 해도 내가 처리하고 상부에 보고할 테니 자네는 잠자코 있게나."

"사건의 내막은 내가 잘 아는데요. 이미 보고할 문건을 써뒀습니다."

"자네, 내 말이 말 같지 않아. 명령이야. 자넨 빠져."

"알겠습니다."

그러나 서장은 경찰청은 물론 도경에도 이 사실을 보고하지 않았다. 김 경장은 화가 났다. 그는 밤을 새워 문건을 작성하여 서울경찰청으로 보냈다. 그래도 답신이 없었다. 김 경장은 통탄하며 울부짖었다.

'모두가 썩었다. 썩어도 보통 썩은 것이 아니고 문드러졌다. 정부와 경찰이 밀수단과 한통속이 되어 동업을 하다니…' 하석주가 사라지자. 황금 다방 이수임 마담은 김 경장을 의심했다.

"하석주 사장을 어떻게 했어요?"

"모르는 일이야. 홍콩에 갔다고 하지 않았어요?"

"바른대로 말해요. 그렇지 않으면 난 당신을 죽일 거예요."

"건방진 계집애, 네가 경찰을 죽여. 난 네놈들을 잡아 처넣을 거야."

"하석주를 내놔요."

"모른다니까."

김 경장은 서장이 그렇게 나올 땐 하석주를 죽이는 수밖에 없다고 생각하였다. 그리고 이수임을 잡아넣기로 작심하였다.

그날 밤 또 사건이 벌어졌다.

해변을 순찰하던 김 경장이 괴한들의 습격을 받았다. 저항했으나 김 경장은 끝내 괴한들의 총에 맞아 죽었다. 다음 날 아침 그는 해변 모래밭에 싸늘한 시체로 발견되었다. 그가 죽자 모든 것은 미궁으로 빠지고 말았다. 하석주는 동굴에 계속 갇혀 있었다.

사태가 심각해지자 도경에서 밀수 소탕령을 내렸다. 이수임은 황금 다방을 정리하고 홍콩으로 장동원 사장을 찾아갔다. 홍콩 정부에서는 장동원 사장이 한국 정부의 하수인이 되어 밀수를 한다는 정보를 듣고 한국 정부에 항의하였다. 그러나 한국 정부는 단호하게 거부했다. 홍콩 경찰은 무역왕 장동원을 밀수 수괴자로 체포하라는 명령을 발동하였다. 그리고 한국 정부에 동조하라는 공문서를 보냈다. 한국 정부도 어쩔 수 없이 장동원을 포기하기로 하였다. 그리고 그에 관한 모든 정보를 넘겨주었다. 한국 경찰의 입장에선 그가 사라지는 것이 국가 입장에선 편한 것이었다. 한국 정부는 그를 희생시키기로 하였다. 그리고 그를 잡을 정보를 홍콩 경찰에 넘겨다 주었다.

장동원 사장은 정부인 미노에를 데리고 일본 도쿄로 피신하였다.

"나쁜 새끼들, 나를 이용할 때는 언제고 불리해지니까 나를 죽이려고 들어. 난 가만히 죽지 않는단 말이야. 한국으로 가겠어. 가서 이놈들을 다 죽이고 말거야"라고 외쳤다.

"그래선 안 돼요. 지금은 조용히 몸을 숨기는 것이 좋아요." 미노에가 타일렀다.

그런데 그가 일본 경찰에 잡혔다. 일본 경찰은 그를 체포하여 한국으로 안 보내고 홍콩으로 보냈다. 홍콩으로 인계된 장동원은 한국 정부를 원망하였다. 그는 검찰에 나서서 한국 정부 요원의 배후를 낱낱이 털어놓았다. 배반에 대한 분풀이였다.

정동원이 체포되자 홍콩과 동남아 밀수 조직에서 그를 구출하려는 작전이 일어났다. 폭력과 돈으로 그를 구출하려고 백방으로 힘을 썼다. 그러나 홍콩 법정은 그를 단두대에 올려 처형하라는 판결을 냈다. 마침내 그는 파란 많은 생을 단두대에서 목이 베이는 형을 받았다.

그가 죽자 이수임은 한국으로 돌아온 이수임은 세상과 인연을 끊고 깊은 곳에 은둔하였다. 그런데 그녀가 장동원 사장이 소유한 문제의 블루베리 다이아몬드를 가지고 사라졌다고 장동원의 누이동생 장미령이 발설하였다. 장미령은 수소문하여 이수임을 찾아다녔다.

선후는 박인숙 노파가 왜 화태도에 블루베리 농원을 만들었을까 하는 의문을 가졌다. 단서가 될 수 있었다. 그곳에 블루베리 다이아몬드가 숨겨져 있다는 징표라는 생각이 퍼뜩 들었다.

선후는 누추한 초가집 청마루에 앉아 노파와 블루베리를 먹으며 이런저런 이야길 나누었다.

"그런데 할머니가 이 농원에서 블루베리를 재배하는 이유가 뭡니까?"

"지인의 소개로 이 섬에 와서 블루베리를 재배했지요."

박인숙 노파는 여수 황금 다방을 나와 꽃섬에서 살았는데 지인의 소개로 화태도에서 블루베리를 재배했다는 것이다. 지금도 블루베리 시즌이 되면 이곳에 와서 블루베리를 가꾸고 열매를 따서 지인에게 다 준다는 것이었다.

"돈 벌 목적이 아닌데 블루베리 농장을 관리해요?"

"내가 좋아서 하는 일입니다. 먹기도 하고 팔아 용돈으로 쓴답니다."

"그런데 할머니, '블루베리 다이아몬드'란 말을 들어보셨어요?"

노파는 갑자기 말문을 닫고 선후를 응시했다. 그리고 계속 침묵이었다.

"난 그런 거 모르오."

황금 다방 이수임 마담이 장동원 사장의 블루베리다이아몬드를 훔쳐 갔다고 어머니 장미령이 말했다. 리만은 그 다이아몬드가 이곳에서 숨겨져 있다는 정보를 받았다.

"할머닌 그 사실을 알 것 같은데요." 리만이 조용히 내뱉었다.

"내가 그들의 일을 어떻게 압니까? 몰라요."

"대체 홍콩 청년은 어디서 그런 고싯적 이야길 들었어요?"

"저의 어머니 장미령이 알려줬습니다."

"장미령이라고 했나요?"

"네. 장동원 사장님은 저의 외삼촌이에요."

선후는 그가 하는 말을 통역해 주었다.

"전 아무것도 모릅니다."

할머닌 끝까지 아니라고 하였다.

"할머니, 이곳에서 이수임씨랑 같이 산 것은 맞죠?"

"아니야, 선후양, 할 일이 그렇게도 없어요? 왜 선후양이 이 일에 나섰어요?"

박인숙 노파는 갑자기 숨을 몰아쉬었다.

"전 다만 리만씨 통역관일 뿐입니다."

"김경섭 경장의 비망록 속에 내 이름이 적혀 있었다고 했지요?"

"네."

그 말에 할머닌 그만 실신해 버렸다.

"할머니 왜 그러세요?" 선후는 할머니를 눕히고 온몸을 주물렀다. 그리고 꽃섬의 하인수 선배에게 전화를 걸었다. 할머니가 실신했다는 말을 듣고 하인수 선배가 쾌속정을 타고 달려왔다.

"김선후, 대체 할머니에게 무슨 짓을 한거야?"

"블루베리 농장 이야길 하다가 졸도하셨어."

"김선후, 만약에 우리 할머니에게 무슨 일이 있었으면 용서 못한다." 하인수는 실신한 할머니를 붙들고 안절부절 하였다. 그때 할머닌 가만히 일어났다. 그리고 손자에게 말했다.

"아무 일도 없었다. 내가 몸이 좀…"

"할머니, 이들이 무슨 짓을 했나요?"

"아무 일도 없었다니까. 왜 호들갑이야. 모두 나를 따라오시게."

할머닌 자릴 털고 일어났다. 노파는 농원으로 들어갔다. 선후와 리만과 하인수는 할머니를 따라갔다. 할머니는 한참 텃밭을 걸어가다가 멈췄다. 눈앞에 맨홀 같은 큰 양철 뚜껑이 있었다.

"인수야, 저 철 뚜껑을 열어라."

인수가 투껑을 열자 농원의 지하 창고로 내려가는 계단이 나왔다. 노파는 철문을 열고 계단으로 내려갔다. 계단 아래 같은 문이 또 있었다. 비밀의 창고였다. 할머닌 열쇠로 문을 열었다. 또 계단이 나왔다. 아래로 내려가는 층계가 나왔다. 선후와 리만과 하인수는 조심스럽게 뒤를 따라갔다. 할머닌 불을 켰다. 아 그곳은 지하 벙커였다. 100여 평이 넘는 크기의 지하 밀실이 있었다. 침실과 응접실, 사무실과 창고를 겸한 지하 벙커였다. 사람이 산 흔적이 있었다. 그러나 거실과 침실엔 먼지가 가득 쌓여 있었다. 할머

닌 이방 저방을 돌아다니며 불을 켰다. 선후는 화려한 장식으로
되어 있는 지하 벙커의 내부시설에 놀랐다. 그런데 벙커 같은 지
하 창고에 녹슨 총이 걸려 있었다. 갑자기 무서운 생각이 들었다.
마치 그것은 빨치산들의 지하 벙커 같았다.

"이곳이 무엇 하던 곳입니까?"

"밀수품을 숨겨놓는 비밀 아지트였어요."

"황금 다방 마담 이수임이 숨어 살던 곳인가요?" 선후가 물었
다.

"그래요. 이곳에 숨어 밀수 사업을 했지요. 난 그녀의 비서 일
을 했고요."

"이곳을 아는 사람이 또 누가 있나요?"

"아무도 몰라."

"언제까지 이수임이 이곳에서 살았습니까?" 리만이 물었다.

"10년 전까지 살다가 떠났어요."

블루베리 농원을 만들어 농사를 지으며 살았는데 어느 날 이곳
을 떠났다는 것이다. 그리고 소식이 없었다.

"그런데 할머닌 왜 이곳을 떠나지 않았나요?"

"블루베리 농장을 버릴 수가 없었지."

"그럼 이수임이 소지한 블루베리 다이아몬드는 못 보셨어요?"

"난 그런 것 몰라요."

"이수임이 남긴 물건은 없나요? 예를 들어 유산 같은 것 말예

요." 리만이 물었다.

"없어요."

"정말 블루베리 다이아몬드 행방을 모르세요?" 리만이 거칠게 물었다.

"모른다니까." 노파는 신경질을 내었다.

하인수가 리만의 멱살을 잡고 조였다.

"내 할머니께 무슨 짓이야?"

"그만 둬라." 할머니가 그를 말렸다. 그리고 선후의 손을 잡았다.

"선후양, 아버지 비망록 속에 만성리 석굴 이야긴 없던가?"

"네, 만성리 석굴이요?"

선후는 깜짝 놀랐다. 박인숙 노파가 그 사실을 알고 있었다. 그곳은 아버지 김경섭 경장이 하석주를 감금시켰던 동굴이었다.

"있었어요, 하석주가 그곳에서 감금되었다고 적었어요."

"그랬었군."

박인숙 할머닌 그만 눈물을 쏟고 말았다.

"할머니, 하석주 할아버지 이야긴 뭐예요?" 인수가 물었다.

"아무 일도 아니야."

"선후, 할머니 하는 이야기가 뭐야?"

"나도 잘 몰라."

선후는 하인수 형이 하석주의 손자란 사실을 알고 충격을 받았다. 사랑하는 남자가 원수의 손자였다.

"선후양, 가서 만성리 동굴을 열어보게."

할머닌 지도와 열쇠를 선후에게 주고 쓰러졌다. 인수는 할머니를 여수 병원으로 모시고 갔다. 선후는 리만을 데리고 화태도를 나왔다.

다음날 선후는 박인숙 할머니가 준 지도와 열쇠를 들고 만성리 동굴로 달려갔다. 문제의 동굴은 바다 위 벼랑의 낭떠러지에 있었다. 물새가 둥지를 튼 그곳은 사람의 이동이 힘든 곳이었다. 동굴 입구에 녹슨 철문이 보였다. 달려가서 철문에 달린 자물쇠를 잡는 순간 녹슨 자물쇠는 흙처럼 부서져 내렸다. 발로 찼더니 철문이 주저앉았다. 선후는 안으로 들어갔다.

그런데 문을 열자 한 구의 유골이 놓여 있었다. 문을 열려고 몸부림친 듯 죽어 육신의 뼈가 고스란히 놓인 유골이었다. 유골엔 쇠고랑이 채워져 있었다. 하석주의 유골 같았다. 그러나 다이아몬드는 없었다. 선후는 유골을 묻어주었다. 그녀가 다시 화태도 블루베리 농장이 있는 월전으로 갔을 때 박인숙 할머닌 이미 떠나고 없었다. 선후는 박인숙 노파의 이야길 회상하니 섬뜩한 생각이 들었다. 하인수 선배에게서 전화가 왔다.

"선후야, 우리 집으로 와라. 리만이란 외국 손님도 데리고 와."

"알았어요. 헌데 할머니는…?"

"빨리 오기나 해."

선후는 하인수 선배의 가두리 양식장이 있는 꽃섬으로 갔다.
할머니는 없었다.

"할머니는…?"

"아무 말도 없이 떠났어. 대체 너 할머니에게 무슨 말을 한거
야?"

"리만이 찾는 블루베리 다이아몬드 이야길 했을 뿐이야."

"정말 아무 일도 없었지?" 하인수 선배는 몹시 불안해 하였다.
그때였다, 전화가 왔다. 하인수 선배는 전화를 받았다.

"인수야, 나 잘 있다. 걱정마라. 그리고 선후양이 놀랐을 거야,
걱정 말라고 전해라. 난 내가 살 곳에 와 있단다." 전화가 끊겼다.

"할머니…" 인수 선배는 크게 할머니를 불렀다.

선후는 꽃섬을 떠났다. 집에 돌아와서 곰곰이 생각해보았다.
이제는 인수형과 관계를 끊어야 한다는 생각이었다.

여수 연쇄살인 사건의 원초적인 원인은 1948년 여수에서 일어
난 여·순사건이었다. 그 사건 때문에 수많은 사람이 죽었고 고통
을 받고 있으며 그 후예들이 원수가 되어 응보를 했고, 가해자와
피해자는 명예를 회복하려고 말 없는 복수로 일관했다. 대충은 알
지만 그 깊은 내막을 몰라 궁금했다. 김동민 오빠는 깊은 상처를
되새기고 싶지 않다며 선후의 질문에 엉뚱한 답만 하였다. 아무튼
지금 여수엔 상처받은 그들의 후손들이 와 있었다.

악몽이 되살아나다

인수형이 하석주의 손자라는 것, 비록 그가 아버지에 의해서 죽긴 했지만 그가 아버지를 죽게 한 인물이었다. 인수형에게서 계속 전화가 왔다. 선후는 전화를 차단했으나 계속되는 전화에 마지못해 받았다.

"선후야, 왜 전화를 안 받아."

"좀 바빴어."

"왜 그래, 내가 잘못 한 게 있으면 대화로 풀자."

"아니, 당분간 연락을 않았으면 좋겠어."

"내게 화 난 이유가 뭐냐고…?"

"아무튼, 전화할 상황이 아니야. 그럼 끊는다."

선후는 전화를 끊고 소리 없이 울고 말았다. 사랑하는 사람인데 이별을 고해야 하는 슬픔이었다. 아버지를 죽게 한 원수의 손자다. 정말 야속한 운명이었다.

박철 형사는 강력 사건이 연발 터지는 바람에 눈코 뜰 사이 없이 바빠 만날 수가 없었다. 그러나 선후에게 따끈따끈한 정보를 제공해 주었다. 그는 리만 데이비스의 정체를 의심하면서 그가 요청한 블루베리 다이아몬드의 행방을 쫓아다녔다. 그 사건은 이미 그의 어머니 장미령과 협의한 것인데 미궁에 빠져 잊혀진 사건이었다. 그런데 지금 외국에 살다가 고향에 찾아온 사람들이 화해와 용서하는 분위기인데 그 사건을 들추면 과거의 악몽이 현실에 나타나서 돌발적인 일이 일어날 것이 염려스러웠다. 잊어버렸다고 생각했던 과거의 울분이 다이아몬드로 인해 보복과 복수로 나타날 수 있었다.

박철 형사가 김선후 작가에게 카카오톡으로 메시지를 보내왔다.

"김선후 작가님, 조만간에 큰 사건이 일어날 것 같아요."

"무슨 일인데요?"

"장동원의 아들 마린 장이 노동식의 딸 명신 양과 혼인을 한답니다."

"뭐가 이상한데요?"

"그들은 혼인할 수 없는 관계잖아요."

노학년이 장인석을 죽였다는 사실을 모르고 마린 장이 노동식의 요청을 받아들인 것이다. 그런데 리만 데이비스가 안 이상 사실이 밝혀진다는 것이었다.

"마린 장과 리만 데이비드는 사촌이잖아요."

"그런데 리만 데이비스가 마린 장을 노리고 있어요."

"왜죠? 그건 문제 될 게 없다고 봐요."

"마린 장이 저격당할지 몰라요."

박 형사는 어디서 들었는지 소름 끼치는 정보를 전했다.

"어떻게 그런 일이… 그렇다면 막아야죠."

"걱정입니다, 허지만 아주 흥미로운 사태가 벌어질 것 같아요."

"박 형사님은 마치 살인 사건이라도 일어나길 바라는 것 같아요."

"원수의 집안끼리 사돈이 된다는 것이 이상하잖아요."

노학년은 같은 남로당 빨치산이었던 장인석을 죽게 하였다. 노학년 아들 노동식과 장인석의 아들 장동원은 어릴 때 친구인데, 노동식이 두 집안의 화해를 풀려고 마린 장의 어머니 미노에를 설득하여 마린 장과 노명신 양의 결혼을 성사시켰다.

"두렵군요. 명신이 당하면 어떻게 해요?" 선후는 불안에 떨었다.

"리만 데이비드는 마린 장의 결혼 이야긴 안 하던가요?"

"사촌인데 마린 장을 모르고 있었어요."

"보세요. 그렇다니까요. 그래서 내가 그를 주시하고 있답니다. 김 작가님, 노명신 양의 친구니까 암시를 해줘요." 박 형사는 뭔가 아는 것 같았다.

"싫어요. 결혼한다는데 그런 말을 어떻게 해요? 그리고 나도 감정이 안 좋아요."

"하긴 그래요. 김동민 회장은 두 집안의 결혼을 수긍하는 것 같은데요."

"난 달라요. 노학년은 할아버지를 죽였고 장씨가는 아버지를 죽였어요."

아버지들 때문에 원수가 되어버렸지만 아들인 노동식, 장동원, 김동민은 친구였다.

1948년, 여·순사건 때 노학년은 좌익의 골수로 수많은 우익인사를 죽였다. 김 작가의 할아버지 김영일도 그가 죽였다. 그뿐 아니고 여·순사건 후 반공분자로 변신하여 같이 좌익했던 남로당 빨치산 동지인 장인석, 김태삼 등을 죽이고 많은 사람을 좌익으로 몰아 죽였다. 박 형사는 과거의 그의 이력을 알기에 그를 노리는 자들이 두려웠다.

장동원의 아들 마린 장이 귀국하였다. 마린 장은 여·순사건의 주역인 장인석의 손자였다. 미국에서 자란 마린 장이 노명신 양과 결혼식을 하려고 귀국하였다. 그들의 결혼은 노명신의 아버지 노동식 주선으로 이루어졌다.

장동원은 아내 미노에게 유언을 남겼다. '아들은 한국에 가서 살게 하고 한국 아가씨와 결혼을 시키세요.' 그리고 장동원은 처형될 때 노동식에게 편지를 보냈다.

'친구인 우리가 아버지들 때문에 원수로 살지만 아이들에겐 그런 짐을 지우지 말자. 화해하는 의미에서 내 자식과 너의 딸을 결혼시키는 것이 어떨까.'

노동식은 그 말을 새겨뒀다가 미망인이 된 장동원의 아내 미노에와 연락을 하면서 이루어진 것이다. 그 소식이 여수 시내에 퍼졌다. 시민들은 절대 장인석의 손자가 여수에 와서는 안 된다고 울분을 토했다. 그러나 노동식은 딸 노명신 양과 장동원의 아들 마린 장의 결혼을 선포하였다.

마린 장이 뉴욕을 떠난 지 13시간 만에 비행기는 인천공항에 도착하였다. 그는 트랩을 내려와 입국 절차를 밟고 출구를 나와 대합실에 앉아 있었다. 생소한 것들인데 낯설지 않은 풍경이었다. 조국은 피의 근원이 흐르기 때문이었다.

마린 장이 주위를 살펴보았다. 그때였다. 미모의 아가씨가 다가왔다.

"마린 장이세요?" 그녀는 유창한 영어로 물었다.

"에스, 아임 마린 장."

"처음 뵙겠어요. 저는 노명신입니다."

깜찍하고 매력 있는 예쁜 아가씨였다.

"노명신 씨, 반갑습니다." 마린 장은 그녀의 얼굴을 정면으로 바라보며 미소를 지었다. 명신도 마린 장을 반갑게 맞았다. 그녀를 보는 마린 장의 표정이 환히 밝아졌다. 저 예쁜 여자가 내 아내가 될 여인이란 말인가, 그는 지금 그녀를 처음 보았다. 생면부지의 그녀를 아내로 맞아들이기로 한 것은 어머니 미노에의 간곡한 부탁이었다. 아버지와 할아버지들이 막역한 지우였던 집안이 오랫동안 원수로 헤어져 살다가 인연을 다시 만든 것이다.

어머니 미노에는 남편의 뜻에 따라 아들 마린 장에게 결혼을 하라 하였다.

"아버지의 유언이다. 그래서 운명적인 결혼을 하는 거야."

"생면부지의 낯선 여인과 어떻게 결혼을 합니까?"

"아버지들끼리 약속이란다. 그리고 그녀는 재벌의 딸이다."

울면서 하소연하는 어머니의 말씀을 거절할 수가 없었다. 어머닌 한이 많은 사람이었다. 그리고 아버지 장동원은 죽어서도 고향에 갈 수 없는 사람이었다. 아버진 비록 고향에 갈 수는 없지만 자식만은 고향에서 살게 하겠다고 결심했다. 아버지의 그런 간곡한 부탁을 받고 노동식은 우정 어린 설득에 그만 승낙을 하였다.

"어머니, 도통 이해가 안 돼요. 왜 우리가 고국에 갈 수 없었나요?" 마린 장이 어머니에게 물었다.

"조부가 고향에 저지른 죄 때문이다. 결혼해야만 고향에 갈 수 있단다." 어머니 미노에는 애걸하였다.

마린 장은 조부가 저지른 죄 때문이라는데 명신 양과 결혼을 하면 고향에 갈 수 있다는 말이 이해가 안 되었다. 정말 알 수 없는 일이었다. 할아버지가 고향에 끼친 죄가 뭐기에, 죽도록 사죄

해도 못 갚을 그 죄가 궁금했다. 홍콩에서 태어나 미국에서 교육을 받은 그에겐 조국이란 개념이 없었다. 그렇게 말씀을 하시고도 어머니는 동행을 하지 않았다.

명신은 마린 장을 만나 인천공항에서 택시를 타고 김포공항으로 와서 다시 여수행 비행기로 옮겨 탔다. 30분 후 비행기는 여수공항에 도착하였다. 아버지 비서들이 배웅을 나왔다. 그를 태운 승용차는 공항을 빠져나와 쭉 뻗은 산업도로를 미끄러지듯 내달렸다. 승용차는 한참 해변을 돌아 어떤 저택 앞에 멎었다. 다도해를 한눈에 바라볼 수 있는 전망이 좋은 언덕에 있는 집이었다.

마린 장은 갑자기 어머니가 부르던 노래가 생각났다. 어머니는 아버지가 생각날 때 '여수의 블루스'를 즐겨 불렀다.

여수는 항구다. 아- 아- 아-
철석 철석 파도치는 꽃피는 항구
안개 속에 기적소리 옛님을 싣고
어디로 흘러가나 어디로 흘러가나
추억만 남은 이 거리에 부슬 부슬
이슬비만 내리네. 이슬비만 내리네

여수는 항구다. 아- 아- 아-
마도로스 꿈을 꾸는 꽃피는 항구
어버이 혼이 우는 빈터에 서서
옛날을 불러 봐도 옛날을 불러 봐도
오막살이 처마 끝에 부슬 부슬

그는 노명신 양에 관한 어떤 것도 알지 못했다. 다만 그의 집안이 지방의 재벌이란 것 밖에 몰랐다. 그녀의 할아버지 노학년 씨는 여수에서 동방해운과 10개의 계열사를 운영하는 늙은 회장이었다. 실질적인 운영은 그의 아들 노동식에게 물려주고 뒷전에 서 있었다. 그는 고령이지만 지역 사회에선 가장 영향을 주는 경제인이었다.

마린 장이 그녀의 집으로 들어섰을 때 저택의 잔디밭엔 거대한 약혼 파티가 준비되어 있었다. 노학년 회장을 비롯하여 계열사 사장과 중역들, 지역 유지와 경제계 유명인사, 정·관계 인사들이 모여 그를 기다리고 있었다. 마린이 들어서자 모두 박수를 치며 맞았다. 마린은 파티 장에 내건 플래카드를 보았다.

'마린 장과 노명신 양의 약혼식장'

마린 장이 등장하였다. 노학년 옹은 자리에서 마린 장을 바라보고 있었다.

'빼다 박았어. 할아버지를 닮았어.'

마린 장이 노학년과 노동식에게 인사를 하였다. 명신 양이 좌석으로 그를 안내하였다. 그는 의자에 앉았다. 그때 노학년 회장이 관중 앞으로 나와서 말했다.

"여러분, 잠시 내 손주사위 장마린을 소개하겠습니다. 장마린은 미국에서 명문대학을 나온 엘리트입니다. 오늘 약혼을 하기 위하여 내한했습니다. 다 함께 잔을 들고 마린 장과 노명신 양의 약혼을 축하해 주십시오.”

모두 잔을 들었다.

‘손녀의 약혼을 축하합니다.’ 하객들은 열화 같은 답례를 하였다. 마린 장과 명신 양이 답례를 하였다.

“마린, 자네는 오늘부터 내 사위야. 여기 모인 사람들 모두 자네의 약혼을 축하 하러 왔다네.”노학년은 다시 한마디 하고 들어갔다.

그 자리에 박철 형사와 김선후 작가와 리만 데이비드도 참석하였다. 리만은 말없이 사촌인 마린 장을 지켜보고 있었다.

“리만씨. 사촌인데 마린 장을 몰라요?”

“말만 들었지 모릅니다.”

“만나면 극적인 상황이 벌어지겠군요.”

“아닙니다. 내가 그를 만날 이유가 없지요.” 리만은 냉정하게 말했다. 박 형사는 의외의 모습을 보이는 그를 쳐다보고 더 이상 말을 하지 않았다. 선후가 친구인 명신양 앞으로 걸어갔다.

“약혼을 축하한다.”

“고맙다. 김선후.”

하객들의 축하를 받으며 약혼식이 끝나고 곧이어 파티가 벌어졌다. 가족과 친지, 귀빈들이 어울려 즐기는 시간이었다. 술잔이 오가고 은은한 주악이 울려 퍼지면서 파티는 절정을 향해가고 있었다. 두 시간여 만의 유흥이 끝나고 손님들은 각기 집으로 돌아갔다.

마린 장은 그녀의 저택으로 자리를 옮겼다. 바다가 보이는 그녀의 방에서 커피를 마시며 휴식을 취하고 있었다. 어둠이 내리는 바다의 풍경이 너무 아름다웠다. 파도가 바람에 휘말려 하얗게 부서지면서 거칠게 해변을 두들기고 있었다. 둘은 서먹한 분위기에 젖어 있었다.

마린 장은 비행기 여독과 밤늦게까지 파티로 인해 심신이 피곤해서 금방 잠자리에 들었다. 고요한 항구의 밤이었다. 그는 아침 늦게까지 잠을 자다가 떠드는 소리에 잠을 깼다.

"명신아, 할아버지가… 할아버지가 돌아가셨다."

숨 가쁘게 문을 두들기며 외치는 어머니의 목소리가 들렸다.

"뭐라고? 엄마, 할아버지가 돌아가셨다고?"

"응, 노학년 할아버지가 살해당했다."

그녀의 얼굴이 하얗게 굳어지고 있었다. 집안이 놀라 뒤집혔다. 경찰이 와서 할아버지 방에 붉은 데드라인을 설치하고 진상을 조사하고 있었다.

박 형사는 며느리인 어머니와 대화를 나누고 있었다.

"회장님의 죽음을 언제 발견했습니까?"

"아침 기상 시간이 되었는데 할아버지 방에 인기척이 없기에

문을 열고 들어가 보았더니 글쎄, 예리한 칼에 찔려 죽어 있었어요." 어머니는 놀란 가슴을 진정 못 하고 더듬거렸다.

"지난 밤엔 아무런 징후가 없었고요?"

"손주 약혼 파티에서 진하게 술을 드시고 기분 좋게 침소에 드셨어요."

"네, 알겠습니다."

박철 형사는 창밖의 바다를 보며 골똘한 상념에 젖어 있었다. 지난밤 신월리 해변에서 일어났던 폭력 살인 사건과 연관이 있다고 생각하였다.

노학년은 한때 밀수계의 거두였다. 기업가와 폭력 조직의 관계는 불가분의 공생 관계였다. 그가 제왕이 될 수 있었던 것은 배후에서 충무파가 그의 사업을 도와준 덕이었다. 신항파는 충무파를 비호하는 노학년에게 감정이 좋지 않았다. 충무파가 신항파을 공격하려다 신항파의 역공을 맞은 것으로 생각하였다.

어쨌건 여·순사건의 악몽들이 시간 속에 묻혀 가는 듯했는데 다시 조직 간의 패싸움이 시작되어 노학년의 죽음은 무서운 과거의 악감이 되살아나는 위기를 만들었다. 그의 죽음은 단순히 충무파와 신항파 폭력단의 주도권 싸움에서 비롯한 것이라고 하지만 원초적인 뿌리는 과거의 악령에서 비롯한 것이다.

의사의 시신검증이 끝나자 박철 형사 반장은 현장을 철저하게 보안하였다. 회장이 죽었으니 다음엔 아들 노동식 사장의 차례라는 생각이 들었다. 박철 형사는 노 사장을 보호하기 위하여 그의 집에 경찰을 증원 배치하였다.

박철 형사는 마린 장이 위험하다는 생각을 하고 그를 호텔로 피신시켰다. 그리고 그와 마주 앉았다. 그는 충격에 말을 못 하고 있었다. 아버지 말이 떠올랐다. '갈 수 없는 고향, 난 그곳에 갈 자격이 없다.'

"마린 장, 노학년씨의 죽음을 어떻게 생각하세요?"

"모르겠어요?"

"그 살인 사건이 마린 장과 연관이 있다고봐요."

"무슨 연관이요?"

"원한이 많은 두 집안이 혼사를 하기 때문입니다."

"장씨와 노씨 집안에 원한이 있다고요?"

"제 말 깊이 새기세요. 마린 장은 절대 이 땅에 와서는 안 될 사람이었어요."

"왜죠?"

"당신의 조부 장인석은 여·순 반란 사건 때 고향 사람을 많이 죽였어요."

"놀랐어요. 난 명신 양의 아버지와 저의 아버님이 친구로만 알았습니다."

"맞습니다. 두 집안은 아버지 때까진 친한 관계였지요. 그런데 두 집안이 원수가 된 것은 여·순사건이지요."

"여·순 반란사건? 대체 여·순 반란 사건이 뭡니까?"

"1948년 남로당의 지령을 받은 빨치산 군인들이 여수 신월리 부대에서 일으킨 반란입니다."

"어떤 목적의 반란이었나요?"

"좌익이 우익을 치는 반란이었죠."

1948년 10월, 제주 4·3사건을 진압하려고 여수에 주둔한 14연대에서 빨치산 지령을 받은 군인들이 제주 파견을 반대하는 반란을 일으켰다.

"그 반란에서 저의 조부님이 어떤 역할을 했나요?"

"공산주의를 찬양하는 빨갱이였죠. 무고한 고향 사람들을 많이 죽인 살인자였어요. 그래서 당신의 아버지 장동원이 고향을 떠났고 돌아올 수 없었던 것입니다."

"그것이 아버님이 여수를 떠난 이유였군요."

"그걸 몰랐습니까?"

"네, 전혀 몰랐습니다."

"그런 일을 몰랐다니…"

"한국 전쟁이 나기 전에 여수에서 남북 이념 갈등이 있었다고 들었습니다."

"여수 사람들의 이념 갈등이 아니고 남로당 군인들의 폭동이었지요."

좌익 군인들의 반란으로 애매한 여수. 순천 사람들이 희생당한 사건이었다. 노학년과 마린 장의 조부 장인석은 반란군에 협조한 혁명동지였다. 반란 때 민간인으로 반란군에 가담했으나 반란이 진압되어 빨갱이 색출을 할 때 노학년은 재빨리 반공 투사로 변신하여 빨갱이 색출에 앞장을 서서 친구인 장인석을 죽였다. 그래서 원수가 되었고 그 이유로 아들인 장동원이 고향을 떠났다.

"노학년이 같은 동지인 우리 조부를 죽였군요?"

"네, 모르는 사실을 알게 했군요."

그런데 마린 장이 여수에 와서 그의 손녀와 약혼식을 하던 날 노학년은 의문의 죽임을 당했다. 다시 말하자면 마린 장의 약혼이 살인의 원인을 제공한 것이다. 여수를 떠난 장씨가의 자손이 돌아온 것에 불만을 품은 자들의 소행이었다. 그만큼 장인석은 이 땅의 사람들에게 엄청난 잘못을 범했던 악인이었다.

"제 불찰입니다. 그런 일을 몰랐다니…"

"제가 마린 장을 찾아온 것은 쥐도 새도 모르게 한국을 떠나라는 조언을 드리려고 왔습니다."

"떠나라고요?"

"그렇지 않으면 죽습니다. 당신의 사촌 리만 데이비드가 여수에 와 있습니다."

"뭐라고요? 사촌이 와 있다고요?" 그는 몹시 당황하는 표정을 지었다.

"네. 고모 장미령의 아들 리만 데이비드가 와 있습니다."

"제겐 사촌이 없습니다." 마린 장은 강한 어조로 부인하였다. 짐작한 대로였다.

"아버지의 블루베리 다이아몬드를 아세요?"

"압니다. 잃어버렸다는 것만 압니다."

"그런데 사촌인 리만 데이비드가 그 다이아몬드를 찾으려고 한국에 왔어요."

"내게 사촌이 없습니다. 그자는 사기꾼입니다." 마린 장이 펄쩍 뛰었다.

"정말 리만이 사촌이 아니라면 조심하세요."

박철 형사는 이 말을 남기고 떠났다. 정말 이상한 놈들이었다. 박 형사는 노학년의 저택으로 돌아와서 범인이 침입한 주변을 살폈다. 저택을 빙 둘러 물론 방안까지 고성능 CCTV가 설치되어 있어서 범인의 움직임을 자세히 촬영할 수 있는 상태였다. CCTV 영상 필름을 되돌려 봤지만 범인이 침입한 흔적은 없었다. 외곽 경비도 삼엄한 상태였다. 그렇다면 범인은 내부에 있는 것이 아닐까? 그의 가슴에 꽂힌 쌍칼에도 지문이 남지 않았다. 그런데 노학년 옹의 방에서 한 가지 단서를 잡았다.

그날 밤 노학년이 쓴 편지였다. 그 편지는 누군가에게 부칠 셈으로 쓴 글이었다. 그 편지는 유언이 되고 말았다.

'아직 전쟁은 끝나지 않았다. 다시 시작되는 전쟁을 어떻게 할 것인가?…'란 글이었다. 여기서 전쟁이란 말에 주목해 보았다. 밀수와의 전쟁 아니면 사업 전쟁 그리고 골 깊은 원한 관계로 인한 복수 등 여러 가지 방향으로 생각을 할 수 있었다. 박철 형사는 시작되는 전쟁이란 말에 신경을 곤두세웠다. 누가 누구와의 전쟁이란 말인가. 갑자기 박동근 할아버지가 생각났다. 할아버진 '여수의 추억은 끝나지 않은 전쟁'이라고 시로 썼다.

박철 형사는 노학년 옹이 남긴 '끝나지 않은 전쟁'이란 말은 여·순사건의 후유증을 말하는 것, 복수가 끝나지 않았다는 것이다. 사실 이 지역 사람들에게 반란의 후유증은 지워질 수 없는 상처였다. 그 후유증이 원한으로 사무쳐 복수가 복수를 낳고 그 복수가 또 복수를 만드는 암적인 존재로 연생되고 승계되는 불행이었다. 끝나지 않은 전쟁은 엄청난 비극을 암시하고 있었다.

노학년의 죽음은 범인이 누군지 모르는 미스테리였다. 박철은 가상의 범인을 올려놓았다. 마린 장, 리만 데이비스, 하인수, 그리고 경쟁 사업가들… 추리조차 안 되는 살인이었다.

미제의 사건으로 장례를 치렀다. 그런데 노학년의 장례식을 치르고 아들 노동식은 딸의 결혼식을 서둘렀다. 사태의 심각성을 의식한 결단이었다. 노동식 사장은 마린 장을 찾아가서 결혼을 종용하였다.

"전 결혼을 할 수 없습니다." 마린 장이 솔직한 심정으로 말했다.

"네가 사는 길은 우리 명신이와 결혼하는 것 밖에 없어."

"왜 서두르시는 겁니까?" 마린 장은 노동식의 마음을 꿰뚫어 보고 있었다.

"약혼했으니 결혼을 해야지."

"싫습니다."

"결혼하고 두 사람이 미국으로 가거라."

노동식은 그렇게 하라고 끈질기게 설득하였다. 마린 장은 많은 생각을 하다가 결심했다. 결혼하고 미국으로 떠나자.

결혼 날짜가 발표되고 이윽고 결혼식 날이었다. 남도의 경제인과 기업인들이 대거 초대되었다. 노동식은 외동딸의 결혼식에 오신 하객들을 맞느라고 바빴다. 결혼식은 선상 파티로 준비되어 있었다. 호화 유람선에 입추의 여지없이 하객들이 성황을 이루었다. 팡파렛이 울려 퍼지면서 신랑 신부가 입장하였다.

그때 누군가 소리쳤다.

"저놈이 장인석의 손자다. 공산당의 앞잡이 손자가 나타났어."

하객들이 놀라서 모두 일어났다.

"뭐라. 저놈이 장인석의 손자라고… 여기가 어디라고 찾아와 뻔뻔스럽게 결혼을 하는 거야. 저놈은 이 땅에 발을 붙여선 안 돼. 악의 뿌리는 쫓아내라." 누군가 흥분한 목소리로 외쳤다. 그 말이 떨어지기 전에 어디선가 들려온 3방의 총소리, 순간 노동식은 머리에 피를 흘리며 쓰러졌다. 저격당한 것이다. 금방 식장은 난장판이 되고 결혼식장은 파산되고 말았다.

박철 형사는 마린 장을 재빨리 빼내어 자기 차에 태우고 식장을 나왔다. 예견된 불상사였다. 그는 놀라서 어쩔 줄을 몰랐다. 박철은 마린 장을 중앙동 복집으로 데리고 가서 진정시켰다.

"빨리 여수를 떠나시오. 그렇지 않으면 죽습니다."

"어떻게 떠나요?"

"내가 길을 열어주겠습니다."

마린 장은 노동식 사장이 살해되자 심한 불안에 떨고 있었다. 그는 호텔에서 한 걸음도 움직이지 못했다.

"한 가지 더 묻겠습니다. 정말 블루베리 다이아몬드에 대하여 모릅니까?"

"네."

"그 다이아몬드를 누가 가지고 있다고 생각하십니까?"

"글쎄요, 아마 고모에게 맡긴 것이 아닐까요?"

"그럼, 사촌인 리만씨를 한번 만나보겠습니까?"

"네, 만나겠어요. 어디에 있나요?"

"좋습니다. 내가 한번 자릴 마련하죠."

리만의 정체가 밝혀지겠지. 박철은 그의 호텔을 나오면서 리만에게 전화를 하였다.

"어디 계세요, 마린 장이 만나고 싶어 합니다."

"저 지금 홍콩으로 가고 있어요. 다녀와서 만나겠습니다."

리만은 홍콩으로 돌아가 버렸다. 점점 의문이 커졌다. 놈이 살인자…? 더 이상 그를 여수에 머물게 할 수 없다고 생각하였다.

한편 선후는 앓아누워 있는 노명신을 찾아갔다.

"어떻게 이런 불행을 당하니… 몸은 어떠니?"

"뭐가 뭔지 몰라."

"마린 장은 어디에 있니?"

"호텔에 있을 거야."

"선후야. 난 그를 만날 수 없으니 네가 그이를 좀 만나 줄래?"

"만나서 어쩌라고?"

"내가 몸을 추스른 후에 뵙겠다고 전해줘."

"알았다."

선후는 친구 명신을 진정시키고 마린 장이 묵고 있는 호텔로 찾아갔다. 마린 장은 경계의 눈초리로 선후를 바라보았다.

"전 명신의 친구입니다. 명신의 부탁으로 왔어요. 조만간에 찾아뵙겠답니다."

"싫습니다. 난 그녀를 만나지 않을 것입니다. 전 미국으로 갈 것입니다."

"약혼했잖아요."

그는 묘한 표정을 지었다. 그녀가 불손하다는 표정이었다.

"박철 형사님이 말하더군요. 절대 결혼을 해서는 안 된다고요."

"박 형사님이 그런 말을 했어요?"

"여·순 반란 사건이 어떤 내막인지 자세하게 말씀해 주세요."

"아직도 상황 판단이 안 되세요?"

"박 형사님께서 대충은 말해줬지만 깊은 내용을 모르겠어요."

"당신은 이 땅에 설 수 없을 만큼 큰 죄를 지은 자손이랍니다."

"그 죄가 뭐냐고요. 말해주세요."

선후는 여·순사건의 진상을 그에게 들려주었다. 비로소 마린 장은 자신의 처지를 파악한 듯하였다.

"몸조심해야 합니다."

"알겠습니다."

선후는 마린 장을 진정시키고 호텔에서 나왔다.

그날 밤 마린 장은 갑자기 한국을 떠났다. 물론 박철 형사가 도와준 것이다. 선후는 명신을 찾아갔다. 그런데 명신도 아버지 장례를 치르고 어디론가 사라져 버렸다. 두렵고 무서웠다. 또 사건이 벌어질 것 같은 예감이 들었다. 분명히 살인의 마수는 먹잇감을 찾아 헤매고 있을 것 같았다. 사건 후 항구는 고요한 적막에 싸였다.

"선후씨, 절대 수잔에겐 명신양 이야긴 해선 안 됩니다." 박 형사의 부탁이었다.

"알겠습니다."

그러나 수잔은 무서운 살인 사건을 알고 있었다. 마린 장이 떠났다는 말을 듣고 홍콩에서 돌아온 리만은 적극적으로 다이이몬드 찾기에 나섰다.

선후는 이별을 작심하고 리만과 수잔을 데리고 하인수 선배가 경영하는 바다목장을 찾아갔다. 꽃섬의 바다목장을 찾는 손님이 많았다. 국동항을 떠난 연안 여객선은 꽃섬의 바다목장에 도착하였다.

인수형은 연구실에 없었다. 어디에 있냐고 전화로 물었더니 목장에 나가서 물고기 먹이를 주고 있으니 안집에서 기다리라고 하였다. 리만 데이비드와 수잔 벨리는 바다목장이 신기한 듯 물고기를 관찰하며 들떠 있었다. 선후는 그들을 데리고 그의 집으로 들어갔다. 인수형의 집은 목장 연구실에서 그리 멀지 않은 바다가 한눈에 내려다 보이는 전망 좋은 언덕 위의 별장 같은 집이었다. 너무나 경치가 좋았다. 게스트 룸에서 차를 마시며 기다리는데 박인숙 할머니가 들어왔다.

"할머니, 이곳에 계셨군요? 건강은 어떠세요?"

"괜찮아, 나도 잠시 출타했다가 돌아왔지." 할머니는 반갑게 맞아주었다.

"할머닐 못 뵐 줄 알았어요." 리만이 반갑게 다가섰다.

"홍콩 총각, 리만이라고 했지요. 한번 만나고 싶었어요."

"저도요."

할머니는 선후의 손을 잡고 말했다.

"인수 녀석이 여자 친구가 온다기에 달려왔지."

"정말 인수형이 여자 친구라고 그랬어요?"

"그렇다니까, 그래서 일부러 왔어. 그런데 선후양이 인수의 애인인 줄은 몰랐어."

박인숙 노파는 반갑게 맞아주었으나 선후는 착찹했다. 인수 선배가 자길 여자 친구라고 소개했다는데 선후의 생각은 냉정했다. 박인숙 할머닌 하석주와 아버지 관계를 알고 있는데 그의 손자인 인수형과 선후가 연인 관계라는 것을 수긍하는 태도가 이상했다. 인수형이 어떻게 그녀의 손자인가 알고 싶었다. 얽히고설킨 내막이 있을 것 같았다. 분명히 반대해야 할 입장인데 할머닌 그런 모습을 보이지 않았다.

박인숙 할머닌 어린 인수 형을 뒷바라지하여 대학을 졸업시키고 외국 유학까지 시켰다. 그가 유학을 마치고 돌아와서 꽃섬에서 해양 생물연구소를 만들 때 모든 경비와 비용을 지원해 바다목장을 경영하고 있었다. 어쩜 할머니 같은 관계였다. 그런데 어디서 그 많은 유학 자금이 났는지는 의문이었다. 아무튼 그는 그렇게 변신한 모습으로 바다목장에 묻혀 지냈다. 그러나 이제 인수형과 박인숙 노파의 정체를 알아볼 생각이었다.

인수형의 해양생물을 연구하는 가두리 양식장은 어마어마한 규모였다. 활어와 조개, 해초를 인공적으로 기르고 연구하면서 새로운 어종을 육종하고 개발하는 곳이었다. 인수형은 스페인의 원양어업 전진기지인 라스팔마스에서 해양생물학을 공부하고 해양 육종학 박사를 딴 후 돌아와서 바다목장을 경영하였다.

선후는 그가 외국에서 박사학위까지 따고 왜 이런 작은 꽃섬

에 박혀 바다목장을 경영하는지 의문이 들었다. 해양육종학 박사
라서 바다에 갇혀 살지만 이해가 안 가는 부분이 많았다. 마치 은
둔하고 숨어 사는 사람 같았다. 그 학벌이면 대학에서 강의하던지
국영 연구실에서 일하거나 외국의 해양연구소에서 일할 능력을
갖췄는데 꽃섬에 와서 하필 물고기를 양식하느냐는 것이다. 박인
숙 할머닌 선후에게로 다가섰다.

"선후야, 저 외국인 아가씨는 누구야?"

"여수 엑스포 전시장을 만들었던 수잔 벨리 영국인 건축가에
요."

"영국인이라고?"

"아버진 영국인이고 어머닌 한국인이랍니다."

"그럼, 어머니 고향을 찾아왔구먼."

"네, 어머니 나라에 왔어요."

그런데 박인숙 할머닌 리만에겐 서먹한 분위기였다. 그때 인수
형이 작업복 차림으로 들어왔다. 옷에서 해풍에 절인 비린내가 풍
겼다.

"선후, 할머니 때문에 염려했지. 병원에 가느라고 경향이 없었
다. 리만씨 말고 새 손님을 모시고 왔네."

"전에 말한 건축가 수잔 벨리예요. 형광물고기에 관심이 많아
서 모시고 왔어."

"전 하인수입니다. 엑스포 전시장 설계자인 훌륭한 건축가를

뵙게 되어 반갑습니다." 하인수는 고개 숙여 인사를 하였다.

"인수형은 해양생물 박사예요."

"하인수 박사님, 앞으로 우리 친하게 지내요." 수잔 벨리가 악수를 청하였다.

"바다목장 일이 너무 힘든 것 아냐?" 선후가 인사말로 물었다.

"육체노동이라서 힘들지, 하긴 소설 쓰는 너에 비하면 약과지, 소설 잘 되지?"

"자료 수집을 끝냈으니 쓰기만 하면 돼. 이분들의 이야기야."

"우리가 등장인물이라고요?" 수잔이 반가워했다.

소설은 외국에 살면서 뿌리가 뭔지 모르고 살던 사람들이 할아버지 고향에 온 이야기였다.

"할아버지들 조국에 관한 이야기라면 여·순사건에 관한 거니?" 할머니가 물었다.

"그래요. 할머니."

박인숙 할머닌 조국을 찾은 여수 사람들의 이야기란 말에 신경질적인 반응을 보였다. 선후가 하필 그런 슬픈 이야길 소설로 쓰는 것이 마음에 걸린 것이다. 그러나 수잔은 어머니에 관한 이야길 쓴다니 좋아했다. 그녀는 한국에 와서 지내는 동안 한국을 알려고 노력했고 알수록 깊이가 있는 나라라서 더 배우고 알고 싶은 것이 많았다.

선후는 리만 데이비드가 영국에서 나서 홍콩에서 살았고 외삼촌은 유명한 무역업자 장동원 사장이라 소개하였다. 그때 박인숙 할머니는 장동원이란 말에 언짢은 표정을 지었다. 그리고 딴전을 피웠다.

"선후양이 인수 처자 감으론 딱이다."

"할머니, 우린 그런 사이 아닙니다." 선후는 잘라 말했다.

"맞아요, 할머니, 내 색싯감으로 딱이죠." 인수가 농담스럽게 말했다.

"거봐요, 인수가 선후양을 좋아한다잖아."

선후는 몹시 당황하며 얼굴을 붉혔다. 할머니는 식당으로 우릴 데리고 갔다. 식당엔 멋진 점심 식사가 차려져 있었다. 푸짐하고 맛있는 해물 요리였다. 리만과 수잔은 너무 감격하였다. 모두 신나게 식사를 하였다. 식사를 마치고 나서 바다를 바라보면서 차를 마셨다. 그때 리만이 노파에게 물었다.

"할머니, 부탁한 이수임씨 거처를 알아봤어요?"

"글쎄요. 어디로 숨었는지 알 수가 없어요."

그가 장동원의 외손자라는 게 불쾌했다. 그때 하인수가 나섰다.

"리만씨가 이수임 할머닐 왜 찾아요?"

"선배. 이수임 할머니가 블루베리 다이아몬드를 가지고 갔다는 거야. 그래서 찾는 거라고. 그리고 할머니가 이수임씨 거처를 알아봐 준다고 했거든." 선후가 나서서 설명하였다. 인수는 블루베리 농원과 블루베리 다이아몬드, 그리고 할머니와 이수임 할머니가 연관된 것 같은 느낌을 주는 리만의 태도가 여간 불쾌한 것이 아니었다. 그는 계속 찜찜한 표정을 지었다.

"인수형, 바다목장이나 구경시켜줘. 수잔씨가 보고 싶대."

"좋아요, 나가자."

인수형은 우릴 데리고 가두리 양식장으로 나갔다. 엄청난 바다목장이었다. 양식장엔 100여 종의 어족들이 활기차게 놀고 있었다. 그런데 계속 리만을 보는 인수형의 표정이 밝지 않았다. 수잔은 시종일관 물고기들의 군무가 신기한 듯 지켜보았다. 인수형은 가두리 양식장을 둘러보며 바다목장의 부가가치를 설명하였다. 가두리 양식장에 거대한 참치가 힘차게 휘젓고 다녔다. 누구도 할 수 없는 참치 양식을 그가 목장어로 길러내는 데 성공했다는 것이다. 리만은 말없이 인수의 설명을 들었다.

"대양에 사는 참치를 양식한다고요?"

"네, 내가 최초입니다. 월드 수산학회에 보고도 했어요. 아직은 미완이라 더 연구해야 할 겁니다."

인정되면 대량 생산으로 사업을 할 것이라는 포부를 밝혔다.

"어떻게, 기르는 어업을 생각했어요?"

"잡는 어업으론 타산이 안 맞아서 기르는 어업을 연구하게 되었어요."

"중점으로 연구하는 물고기가 뭔데요…?" 리만은 구체적인 질문을 하였다.

"관상용과 횟감으로 쓸 투명한 형광물고기 양식을 연구하고 있어요."

"형광물고기?" 수잔이 의아한 표정을 지었다.

"속살이 찬란하게 형광을 내는 생선을 회로 즐길 수 있지요."

"어떻게 형광물고기 색을 내요?" 리만은 형광물고기란 말에 호감을 가졌다.

"유전자 변형으로 만드는 거예요."

형광물고긴 물고기 몸 안에 형광 물질을 집어넣어서 유전자를 변형시켜 발광하는 것이었다. 정말 신기한 발명이었다

"살아있는 세포가 발색한다니 놀랍네요." 리만이 더욱 관심을 보였다.

"색감이 미각을 자극해서 횟감으로 부가가치가 높아요."

"어떻게 형광색을 집어넣지요?"

"그건 나만의 노하워예요."

"인수형 정말 대단하다." 선후는 싱겁게 한마디 던졌다. 인수는 그런 그녀의 태도에 신경이 예민했다. 형광물고기는 발명품이 아니고 깊은 바다에 그런 고기들이 있었다. 깊은 바다 밑에 '바렙토세팔루스'란 투명한 물고기 있는데 몸이 빛에 따라 색깔이 변하는 고기다. 이 투명물고기 몸속의 형광물질 색소를 뽑아 형광물고길 만들 수 있었다. 다른 물고기 몸속에도 색소를 집어넣을 수 있지만 바렙토세팔루스 같은 예쁜 색이 안 나온다.

가두리 양식장에 무지갯빛 찬란한 형광물고기들이 힘차게 군무를 벌이며 헤엄을 치고 다녔다. 너무나 아름다웠다.

"박사님은 생명을 만들어 내는 창조주 같아요." 수잔이 감탄을 자아내었다.

"창조주는 아니죠. 숨어있는 현상을 발견했을 뿐입니다."

인수형은 그렇게 아름다운 청정 해역의 가두리 양식장에서 제브릴 피시(형광물고기)를 연구를 하고 있었다. 그는 고급 생선을 만들어, 보고 즐기는 생선을 누구에게나 싸게 맛보게 하는 것이 연구 목적이라고 했다. 따라서 형광 얼룩물고기를 수출하면 큰 돈을 벌 수 있다는 것이었다. 잡는 어업이 아니고 기르는 바다목장이 참 이색적이었다. 그러나 선후의 마음엔 정상적인 사람의 짓이 아니라고 생각했다. 어떻게 살아있는 생선의 세포에 색을 넣어 미각을 돋우는 횟감을 만든단 말인가, 이건 보통 사람의 생각이 아니었다. 뭔가 그에게는 변화와 변형을 요구하는 욕망이 잠재해 있다는 것을 의식했다.

"하 박사님, 전 이걸 보고 누구나 재미있게 볼 수 있는 형광물고기 수족관을 만들고 싶어요." 수잔이 예리한 상상력을 발동하였다.

"역시 수잔씬 미를 창조하는 건축사예요." 선후가 그녀를 칭찬하였다.

말이 쉽지 가두리 양식장을 경영한다는 일은 엄청난 노력과 자본이 필요했다. 많은 인력과 자동화 된 장비가 필요하고 목장까지 사료를 실어 나르고 고기의 배설물을 치우는 관리만도 벅찬 것인데 그는 별로 힘들지 않게 목장을 경영하고 있었다. 물론 해양오염도 생각하지 않을 수 없었다.

"어떻게 우량 치어를 길러내요?" 리만이 물었다.

"우량 씨종만 있으면 돼요."

형광물고기를 만드는 작업은 암고기 알집에서 유란을 빼내 인공 생식함에 넣고 수놈의 정자를 뽑아 뿌리면 암수가 섞여 수정 배란이 자연스럽게 되어 치어가 탄생한다고 설명해주었다.

"물고기들은 그렇게 교배하는군요."

"그렇게 인공적으로 만들어 받은 치어를 크기 별로 다른 어장에서 길러내죠."

그는 치어가 자라면 크기별로 구분하는 작업과 씨감 좋은 물고기 고르는 법을 가르쳐 주었고 우람하고 건강한 암수를 골라내어 인공수정 시키는 것도 가르쳐 주었다. 그의 바다목장엔 크기순으로 치어, 준어, 중어, 상어, 출어 어장을 분리하여 각 단계별로 먹이량을 늘려가며 기른다는 것이다. 대개 나이순이지만 영양이 좋은 녀석은 성장이 빨라 선배보다 먼저 성어가 되곤 한단다. 리만은 이것을 보고 사업을 생각했고 수잔은 관상용 수족관 어종으로 키우고 싶어 했다.

목장엔 어부들이 부산하게 움직였다. 치어를 만들어 내고 물고기의 배설물을 거두어 내고 먹이를 주고 망가진 가두리를 손질하는 일을 분업적으로 하고 있었다. 잡일이야 어부들이 한다지만 그것을 관리하기가 쉬운 일은 아니었다.

"선후야, 네게 보여 줄 게 있어."

"뭔데요?"

그는 주머니에서 흑진주 목걸이를 꺼내 그녀의 목에 걸어 주면서 말했다.

"이건 내가 양식한 흑진주로 만든 목걸이야."

"이런 흑진주를 만든다고?"

"만드는 것이 아니고 진주조개를 양식하고 있어. 조개에서 흑진주가 나와."

"정말, 형이 진주조개를 기른다고?"

"그렇다니까."

인수형은 리만과 수잔 벨리양에게도 진주 목걸이 하나씩 걸어 주었다.

"고맙습니다." 수잔이 활짝 웃었다.

"선물한 목걸이의 진주는 '블랙오버톤'이라고 해요."

수잔은 어떻게 진주를 양식하는지 궁금했다. 그러자 인수형이 진주조개에서 진주를 캐내는 것을 보여 준다고 하였다.

"조개가 진주를 만들어 낸다고요?"

그는 일행을 진주 조개밭으로 데리고 가서 수상 펄팜 하우스의 진주조개 양식장을 구경시켜 주었다. 푸른 쪽빛 바다에 진주를 키우는 목장이 너무나 평화스러웠다. 가두리 안에 진주조개가 깔려 있었다. 조개의 껍질 안에 진주가 자라고 있다는 것이다. 진주는 조개 내부에서 분비하는 탄산칼슘이 굳어져 뭉친 변형물이었다.

"참 신기해요. 어떻게 조개의 몸속에서 저렇게 고운 빛의 진주가 만들어져요?" 수잔 벨리는 연방 질문을 하였다.

"스스로 합성된답니다. 천연 진주는 조개가 만들어 내요."

인수형은 자상하게 진주조개의 생태를 설명해주었다. 수잔은 인수형에게 묘한 연민을 느끼는 것 같았다. 그런데 리만은 보석 전문가답게 그의 말을 경청하면서 그가 진주를 좋아하는 만큼 보석에 관심이 많다는 것, 그래서 그가 블루베리 다이아몬드의 정체를 알고 있을지 모른다는 의문을 가졌다.

진주는 조개의 분비물이 고이고 쌓여서 퇴적화 된 것인데 조개의 껍데기와 외투막 사이에 미네랄이 쌓여 만들어진다. 미네랄은 코키오린이란 단백질과 탄산칼슘이 차곡차곡 쌓여서 굳어진다. 진주를 키워내는 조개는 아코아 조개와 마베 조개, 담수 조개인데 진주가 열리는 색으로 백접패, 흑접패, 전복패로 분리한다. 패의 색깔이 곧 진주의 색깔이다. 특히 마베조개는 흑진주를 잘 키워내는 조개다.

천연진주는 조개 패에서 생기는 미네랄이 자연스럽게 오랜 시간 동안 굳어진 것이다. 그러나 양식 진주는 조개의 껍데기 속에 인공적으로 탄산을 집어넣어 속성으로 길러낸 것인데 질도 비슷하다. 천연진주는 구하기가 어렵고 사업성이 없어서 양식진주를 육성하는 것이다. 그런데 양식조개는 패묘한 조개가 잘 죽는 바람에 성공률이 극히 낮다.

"양식으로 흑진주 블랙오버톤을 만들긴 쉽지 않아요." 리만이 전문가다운 관심을 보였다.

"리만씬, 보석에 조예가 깊군요."

"인수형. 리만씬 세계적인 보석 전문상이야."

"그렇다면 저와 거래를 하죠."

"네, 그래요." 리만이 쾌히 승낙하였다.

"인수형, 봉 잡았네. 헌데 리만씨, 정말 인수 형의 진주를 사겠어요?"

"네, 아주 질이 좋아요."

"잘해보세요." 선후가 흐뭇한 미소를 지었다.

흑진주의 고운 살결에서 쪽빛 바다가 살아 숨 쉬는 호흡과 온기가 느껴졌다. 그것은 인수형의 해맑은 미소 같은 운치였다.

그의 바다목장을 보고 수잔은 수족관을 구상했고 리만은 흑진주 사업을 할 생각이었다. 하지만 인수형이 진주를 길러 보석을 만들어 낸다면 리만은 그것을 사 준다는 것이 의심스럽다. 진주를 보면서 리만 데이비드의 머리엔 이 섬의 어딘가에 블루베리 다이아몬드가 숨겨져 있을 거라는 생각을 하였다.

선후는 인수형이 진주 양식을 한다는 것이 마음에 걸렸다. 그는 항상 이곳에 있으면 바다의 신비에 매료되어 있었다. 어떻게 형광물고기와 진주조개를 키워낼 생각을 했는지 모른다. 대체 이 거대한 사업을 설치하고 운영하는 자금은 어디서 난 건가, 큰 자금을 투자하여 만든 진주 농장과 가두리 양식장은 박인숙 노파가 자본을 대준 것 같았다.

바다목장을 구경하고 집으로 돌아왔을 때 박인숙 할머니가 맛있는 해물 안주를 만들어 술을 준비해 놓았다. 다시 술 파티가 벌어졌다. 보기만 하였던 형광물고기 회가 나왔다. 찬연한 오색을 띤 횟감이 먹음직하였다.

"사람의 인연이란 묘한 거예요. 선후양의 아버지가 우리 할머니 친구래요."

인수의 말에 박인숙 할머닌 술잔을 비우며 웃었다.

"그런데 우리 인수랑 선후양이 좋아하는 사이라니 기분이 좋다."

"할머니, 우리가 결혼했으면 좋겠어요?" 인수가 물었다.

"서로의 처지를 잘 아는 사이니까 결혼하면 좋지. 난 선후양이 너무 좋다."

"결혼이라뇨. 아닙니다." 선후가 단호하게 거절하였다.

"선후씨, 우리가 적극적으로 밀어줄게요. 결혼해요." 리만이 나섰다.

인수형은 선후의 태도에 아무 말도 안 하고 웃고만 있었다. 그저 오랜 친구이며 선배 정도라는 표정이었다.

"할머니, 인수형은 좋은 선배일 뿐입니다."

"선후씨, 좋은 선배보다는 애인이 좋겠어요." 수잔이 적극적으로 응원하였다. 인수는 선후를 후배 아닌 한 여인으로 생각하고 있었으나 선후는 아니었다. 그런데 박인숙 할머니가 결혼을 이야기한 것에 큰 부담을 안고 말았다. 한편으론 두려워지는 것이었다. 바다목장을 구경하고 꽃섬을 나와 선착장에서 여객선을 기다렸다. 리만이 가까이 와서 말했다.

"선후씨, 하인수 박사의 진주 양식장에 블루베리 다이아몬드가 숨겨져 있을 것 같아요."

"어떻게 그런 생각을 했어요?" 선후는 버럭 화를 냈다.

"선입견이죠. 박인숙 노파가 비밀을 가진 것 같았어요."

"속단하지 말아요."

리만은 인수형과 진주조개 계약을 하고 홍콩으로 떠났다. 선후는 꽃섬을 나오면서 정색하고 그 앞에 서서 단교를 선언했다.

"인수형, 우리 말이야. 인제 그만 만나요."

"왜, 갑자기 그러는거야?"

"우린 만나선 안 될 사람들이야. 박인숙 할머니에게 물어봐."

"뭐라고?"

이별을 선언하고 꽃섬을 떠난 선후는 나름 바쁜 일정을 보내고 있었다. 박철 형사에게서 전화가 왔다.

"저녁에 좀 만나요."

선후가 약속 장소로 갔을 때 박철 형사와 수잔이 같이 나와 있었다.

"리만 씬 언제와요?"

"네, 조만간에 다시 온대요."

"그 사람 조심하세요."

박철 형사가 진지한 표정으로 말했다.

"박 형사님, 리만의 외삼촌이 장동원이고 어머니가 장미령인 것 맞아요?"

"그는 가짜입니다. 왜 그런 거짓말을 하는지 리만의 정체를 밝혀낼 겁니다."

"그럼 마린 장도 이상해요."

"네, 두 사람 다 인척을 빙자한 사기꾼 같아요. 난 리만이 선후 양께 접근하는 것이 두렵습니다."

"맞아요. 밀수단의 앞잡이 같아요." 수잔이 상기된 표정으로 말했다.

"김동민 회장은 알 것만 같은데…" 박철 형사가 의구심을 자아냈다.

"가까이 할 사람이 아닌 것 같아요."

"그렇죠. 수잔씨. 그자가 선후씨께 접근하는 것이 불안해요. 자칫 잘못하면 봉변을 당할지 모르니 조심하세요.”

“리만의 외삼촌 장동원의 애첩이 이수임이란 걸 알았어요.”

“수잔이 그걸 어떻게 알아요?”

수잔은 한국에서 알게 된 사람들을 영국의 어머께 말씀드렸
다. 어머니는 재미있게 만난 사람들의 이야길 들었다. 리만씨를
만난 이야기도 하였다. 그런데 리만이 장동원 사장의 조카라는 말
에 어머닌 안색을 달리했다.

“장동원의 조카를 만났다고? 그럼 리만에게 이수임의 정체를
알아봐라, 어디서 어떻게 살고 있는지 말이야.”

“아는 분이세요?”

“응, 잘 아는 사람이다. 한국에 가면 꼭 알아봐라.”

어머니는 장동원과 이수임을 알고 있었다.

“수잔. 어머니가 이수임을 찾는다고요?”

“네.”

“수잔, 지금 리만이 찾고 있는 사람이 이수임이에요. 그런데 수
잔의 어머님이 궁금해 한다고요?” 선후는 묘한 표정을 지었다.

박철 형사는 뭔가 골똘한 상념에 젖어 먼 창밖의 바다를 바라
보았다. 선후는 박철 형사의 표정만 바라보고 있었다. 그러다가
직설적으로 말했다.

“이수임이 장동원의 블루베리 다이아몬드를 가지고 갔대요.”

“누가 그래요?”

"박인숙 노파가 그랬어요."

"그래서 리만이 그분을 찾는 거군요."

그러나 박철 형사는 리만에게서 이상한 것을 느꼈다는 것이다. 정체불명의 사나이가 인척을 사칭하고 등장한 데는 이유가 있었다. 블루베리 다이아몬드를 찾는 수순같기도 했지만 그것도 모호했다. 아무튼 엄청난 비밀을 안고 있으며 그 비밀을 캐려고 한국에 온 것 같다는 것이다. 우연의 일치인지는 몰라도 두 사람이 운명적으로 피치 못할 장난에 얽혀 있다는 것이다. 역시 형사다운 추리였다.

"선후씨, 리만이 찾고 있는 비밀의 열쇠는 하나인 것 같습니다."

박철은 점점 알 수 없는 말을 지껄이고 있었다.

"무슨 말입니까."

"아직은 말할 단계는 아닙니다. 먼저 리만씨가 찾는 이수임을 찾아야겠어요."

선후나 박철 두 사람 다 이수임에게 피해를 본 집안의 후손들이었다. 악연도 보통 악연이 아닌 것 같았다. 그러나 악연일 수도 있고 좋은 인연일 수도 있었다.

"도통 알아들을 수가 없습니다. 쉽게 말씀해 주세요."

"선후 작가님은 리만에 관해선 나와 긴밀한 연락을 취해야 그 비밀의 열쇠를 풀 수가 있습니다."

김 작가는 리만. 데이비드씨의 부탁을 들어주고 박철 형사는 그의 비밀을 푸는 데 주력하였다. 문제의 핵심은 그가 이수임을 찾고 있다는 것이다. 수잔은 어머니가 이수임을 찾는 것은 잃어버린 자아를 되찾으려는 몸부림이라고 생각하였다. 과연 두 사람은 어떻게 아는 사이일까.

선후는 평상으로 돌아와서 조용히 휴식을 취하고 있었다. 그런데 박철 형사의 말이 뇌리를 떠나지 않았다. 리만은 다이아몬드를 찾는 데 목적이 있었고 수잔도 이수임을 찾겠다는 것이다.

리만이 돌아왔다. 그는 엑스포 전시장에 다이아몬드 무역상을 열었다. 그는 홍콩의 보석을 한국으로 들여와서 팔았다. 여수 해양엑스포 전시장은 외국 상인들이 입주하여 성황을 이루고 있었다. 리만의 보석상엔 손님들로 붐볐다.

수잔은 선후와 박 형사, 그리고 리만을 자기 리조트로 초청하였다. 조촐한 음식을 준비하였다. 리만이 화제를 꺼냈다.

"저, 마음을 굳혔어요. 외할아버지 나라 한국에서 살려고요."

"잘했습니다. 저도 한국에 살기로 했어요." 수잔이 말했다.

"수잔 벨리양과 리만씨는 어떤 사입니까? 아주 가까운 사이 같아서 묻습니다. 결혼해서 살 것 같은 이야길 하잖아요?" 박철 형사가 고개를 갸웃거리며 물었다.

"한국이 좋아서 살기로 한 건데 무슨 이유가 있어요."

"아무튼 두 분의 정착을 축하합니다." 선후가 축배 잔을 들었다.

서로 술잔을 부딪치는 자린 진지해졌다. 그때였다. 갑자기 어둠을 가르는 총소리가 들렸다. 해변에서 들리는 소리였다. 박철 형사는 어둠에 묻힌 해변을 바라보았다. 검은 물체들이 달빛 속에서 움직이고 있었다. 그리고 비명소리, 다시 총소리, 예사롭지 않은 총소리에 박철 형사는 긴장하기 시작하였다. 경찰차가 요란한 사이렌을 울리며 비상 라이트를 켜고 해변으로 달려가고 있었다.

과거에 흔히 볼 수 있었던 부두 갱단들의 헤게모니 다툼 같았다. 근래에 사라져 버린 줄 알았는데 다시 싸움이 시작되었다. 무서운 비명소리가 난 곳에 구경꾼들이 모여들기 시작하였다.

"놀라지 마십시오. 조직 폭력배들이 해변에서 집단 싸움을 하는가봐요."

"마약단인가요?"

"모르죠. 목숨을 걸고 이권을 다투는 폭력단 싸움이라 그런 것도 같아요."

경찰이 출동하였다. 노학년의 죽음과 아들 노동식의 죽음 이후 잠잠했던 부두 폭력배들의 집단 싸움이 되살아났다. 박철 형사는 고개를 갸웃거리며 총성의 의미를 추리하고 있었다.

"명신의 결혼과 폭력배 싸움의 연관성이 아닐까요?"

"글쎄요, 마린 장은 떠났잖아요."

"마린 장과 연관이 있는 것 같아요."

박 형사의 직감적 추리는 항상 사건의 맥을 짚는 예리함이 있었다. 언제나 예언은 맞아떨어졌다. 형사 생활 20년 만에 터득한 진리는 언제나 징후가 보인다는 것이었다. 그는 노회장의 주변에 엄청난 사건이 발생할 것이라는 말을 하였다.

"형사님의 통찰력은 귀신같아요." 선후가 신기하다는 눈빛을 지었다.

"서당 개 3년이면 풍월을 읊는다고 하잖아요."

박 형사는 곧장 현장으로 달려 나갔다.

"폭력배들의 패싸움이 왜 자주 일어나죠?" 수잔이 두려운 표정을 지었다.

"이권 싸움인가 봐요."

"무슨 이권이 있기에…?" 리만이 의아한 표정을 지었다.

"박 형사가 그랬어요, 조직들의 싸움 뒤엔 꼭 살인 사건이 일어난다고 했어요. 과거의 결산이래요."

"과거의 결산. 무서워요."

"수잔, 무슨 일이 있으면 곧장 박 형사님께 알려야 합니다." 선후가 수잔을 염려하였다.

"알고 있습니다."

박철 형사는 신월리 해변의 살인 사건은 남해안에 본거지를 둔 밀수폭력 조직인 신항파와 충무파의 헤게모니 쟁탈전이라 하였다. 이들은 이권이 있을 때 늘 싸웠다. 그런데 요즈음 빈번한 충무파와 신항파 간의 격돌은 이권이 아니라 보복전이었다. 당하면 배

로 갚는다는 것이 조직들의 철칙이다. 이렇게 가해자와 피해자가
엇갈리는 두 파간 갈등은 어제오늘의 일이 아니었다.

폭력의 뿌리는 30년 전으로 거슬러 올라갔다. 노동식 사장이
충무파를 비호하고 신항파는 김동민 회장이 조정한다는 사실을
이 고장 사람들은 알고 있었다. 양쪽 다 조직을 앞세워 해상 경제
권을 확보하고 있었으나 그 내면엔 두 집안 간의 원한이 얽힌 반
목이 싸움으로 이어졌던 것이다.

언젠가 박 형사가 선후양에게 말했다.

"김선후 작가님, 멋진 미스테리 소설을 한번 써 보실래요?"

"무슨 스토리인데요. 흥미가 가네요."

"소설이 아니고 따끈따끈한 넌 픽션이죠. 노동식 사장의 죽음
에 얽힌 스토리죠."

"그럼. 노동식 사장을 죽인 범인을 안다는 말씀이군요."

"글쎄요."

"살아있는 소설거리 같아요. 자료를 주세요."

"돌아오지 말아야 할 사람들이 돌아와서 일어나는 일이예요."

그의 말에 선후는 갑자기 박동근 옹이 떠올랐다.

"형사님, 박동근 시인님 어떻게 지내세요?"

박 형사는 한번도 고국에 돌아온 할아버지 이야긴 하지 않았
다. 선후는 90이 넘은 박동근 시인을 평소부터 존경하고 있었다.
한 시대를 주름잡던 시인이었다.

"조국이라고 찾아온 것을 몹시 후회하고 있답니다."

"왜죠?"

"노학년과 노동식의 죽음에 충격을 받았나봐요."

박동근 시인은 노학년이 가장 두려워했던 사람이었다. 노학년은 박동근을 조국에서 내쫓은 인물이었다.

"할아버질 찾아뵙고 싶어요."

"그래요. 만나면 같은 작가의 입장에서 위로해 주세요."

박철 형사는 조부 박동근 옹이 노학년을 만나고 와서 몹시 고뇌하는 것을 보았다. 박동근 옹은 74년 전에 여수를 떠나 호주에서 살았는데 김동민 회장이 모셔 온 것이다. 바로 그분은 박철 형사의 조부였다. 그런데 그분이 고국에 와서 몹시 정신적인 고통을 받은 것은 아직도 끝나지 않는 전쟁 때문이었다. 꼭 무슨 일이 벌어질 것만 같다는 불안에 떨고 있었다. 그것을 지켜보는 박 형사의 가슴은 쓰리고 아렸다.

부용산 오리길

　박철 형사는 김선후 작가를 만나 조부 박동근 시인에 관한 이 야길 들려주었다. 그녀는 박동근 시인이 여·순사건 때 '부용산 오 리길'이란 노래를 작사한 시인이었다. 누이동생의 죽음을 애도하 는 노래인데 빨치산들이 즐겨 불러서 박동근 시인은 빨치산이란 불명예를 안고 조국을 떠나는 불행한 일을 당하였다.

　74년 만에 고국에 돌아왔으나 지난날의 충격 때문에 바깥출입 을 안 하고 집안에 박혀 지내고 있었다. 박철 형사는 조부의 그런 모습이 안타까웠다.

　"박동근 시인님이 거동이 불편하다면서요?" 선후가 안부를 물 었다.

　"거동이 불편할 뿐만 아니라 마음이 불편합니다. 다시 호주로 떠나겠다고 하니 가슴이 아픕니다." 박철 형사는 한숨을 쉬었다.

　김동민 회장은 시인이 돌아가시기 전에 한을 풀어드리려고 모

176
여수의 追憶

서왔다.

"힘들다니 걱정입니다."

"한 시대를 주름잡던 천재적인 시인의 침묵이 안타까울 따름입니다."

"제가 만나서 위로를 해 드려야 할 것 같아요."

"누가 뭐래도 위안이 안 될 것 같습니다. 선후씨가 쓰고 있는 소설 속에 저의 조부님의 인생을 삽입했으면 좋겠어요."

"네, '여수의 추억'은 아버지의 생에 얽힌 내용인데 시인님의 비중이 크지요."

"감사합니다. 귀국하여 마음이 더 불편한 것 같아요."

"아직도 풀리지 않은 망상 때문인가 봐요."

박동근 시인은 97세의 나이로 '여수의 추억'에서 살아있는 역사의 증인이었다. 박철 형사는 할아버지의 불명예를 회복시켜 드리려고 형사가 되었다. 여·순사건과 그 배후에 얽힌 비화를 조사하여 진위를 밝히고 타의에 의해서 조작된 사람들의 명예까지 회복시켜 주려는 노력을 끝없이 펼치고 있었다. 그 사건의 여파로 되풀이되는 복수와 보복의 끈을 자르고 끝나지 않은 전쟁을 종식하려고 결심했다.

"선후씨, 내가 왜 경찰이 되었는지 아세요? 복수로 이어지는 살인사건을 종식하려고 경찰이 되었습니다."

"저 역시 후세에 남겨질 여·순사건의 바른 역사관을 인식시키려고 소설을 쓴답니다."

선후와 박철 형사는 왜곡되는 역사를 바로잡으려고 나섰다. 이념대결의 군부 반란으로 억울하게 돌아가신 할아버지와 아버지의 명예를 회복시키기 위하여 소설을 쓰게 되었고 국가가 양민을 학살한 책임을 회피하는 과거의 역사를 바로잡아 바른 역사관을 심어주려고 나섰다. 보복과 복수로 맺힌 한은 용서와 화해로 풀어야 한다는 주장으로 사태를 수습하고 다녔다.

"김 작가님, 내가 자료를 제공할 테니 역사를 바로잡아 쓰십시오."

"고맙지요."

다행인 것은 박 형사나 김선후 작가가 같은 생각을 하고 있다는 것은 불행 중 다행이었다. 블루베리 다이아몬드 등 일런 사건들의 불행한 씨앗은 이수임이었다. 빨갱이 여전사로 여·순사건을 도모했고 밀수 여왕으로 수많은 사람을 죽게 한 장본인이었다.

"이수임이 박동근 시인을 이 땅에 살지 못하게 했답니다." 박 형사가 힘주어 말했다.

"반란 수괴로 꼭 처형을 당할 인물이 어떻게 살아났어요?"

"노학년이 그녀를 살려줬어요."

그녀는 여·순사건 역사의 주인공이었다. 파란만장한 인생을 살면서도 아직도 건재하다는 것이다. 남로당 빨치산 여전사에서 밀수 왕으로 오만 권세를 다 누렸다. 정말 운이 좋은 여자였다. 죽음 직전에 노학년이 살려줬고 살아선 장동원으로부터 부귀영화를 누렸다. 그리고 어디론가 자취를 감추어 버렸다.

"박 형사님, 74년 전 어떻게 박동근 시인이 한국을 떠나게 되었 나요?"

"노학년이 살려주고 나가라고 했어요."

처형 직전에 노학년이 살려주는 조건으로 조국을 떠나게 하였 다.

"세월이 흘러 돌아올 수도 있었잖아요."

"국가와의 약속을 지킨 거죠. 출국하는 조건으로 죄를 사면해 줬으니 그 조건을 지킨 거죠."

"정말 안타까운 인생을 살았군요."

"제가 조부님을 한국에 정착하게 돕겠습니다."

"맺힌 한이 너무 커서 쉽지가 않네요."

박동근 시인이 여수를 떠난 기막힌 사연이 이수임 때문이라고 박철 형사가 털어놓았다. 선후는 이수임이 아버질 죽였다는 사실 앞에 분개했다. 그녀가 여러 사람을 망친 요물이었다. 아무튼 직접 박동근 시인을 만나 더 많은 사연을 듣고 싶었다. 처서가 지났 는데도 늦더위는 기승을 부리고 있었다. 햇볕은 낮게 따가운 복사 열로 들판의 곡식은 영글고 산야의 잎새는 진록의 푸름을 만발하 고 있었다.

조국에 돌아온 박동근은 손자 집에서 은거하고 있었다. 박철 형사는 조부와 김선후 작가를 만나게 해주었다. 고국에 와서 모처럼의 외출이었다. 노시인을 벌교의 남산 부용산 아래에 있는 오래된 한정식 식당으로 모셨다. 선후는 미리 와서 기다리고 있었다. 노시인이 힘들게 숨을 몰아쉬며 들어 왔다.

"김선후 소설가가 김동민 회장의 동생이라면서요?"

"네."

"조부를 닮아서 남매가 올곧은 인생을 사는 것 같아요."

"그동안 왜 외국을 나돌면서 사셨습니까?"

"죄인이기 때문입니다."

이미 원로 시인의 작품과 인생에 관해서 빨갱이가 아니라는 것이 밝혀졌지만, 국가와의 약속이니까 귀국하지 않았다는 것이다.

"무슨 뜻인지 알겠습니다."

"죄송하지만 이수임과의 관계에 관한 이야길 듣고 싶습니다."

노시인은 이수임이란 말에 그만 얼굴을 붉혔다.

"이수임이 아직 살아있나요?"

"행방불명 상태입니다."

"나가세, 우리 산책이나 하지."

시인은 불편한 심기를 드러냈다. 식당을 나온 시인은 선후를 데리고 벌교의 진산인 부용산으로 올라갔다. 노시인은 자작시 무대인 부용산 오리길을 걸었다. 멀리 부용산을 휘감아 읍내로 가로질러 흐르던 동천이 까만 탁류의 띠로 선명한데 그 오염의 윤곽

안에서 벌교의 옛 모습은 찾아볼 수 없었다. 까만 동천에 흘러드는 골골의 시냇물이 탁류를 희석시켜 바다로 흐르고 그 강과 바다가 맞닿아 질펀한 갯벌은 숨조차 쉴 수 없는 사지가 되어버렸다.

노시인은 발길을 멈추고 큰 숨을 가다듬고 생기 잃은 도시를 바라보고 있었다.

"끈질긴 생명이구면. 이수임이 아직 살아 있다고…"

"장동원이 죽고 밀수 소탕령이 내려지자 감쪽같이 사라져 버렸답니다."

노시인은 산을 오르다가 걸음을 멈추고 바위에 걸터앉았다. 먼 바다를 바라보는 표정에 어두운 그림자가 드리워졌다. 동천을 끼고 솟은 부용산은 도시가 자락을 갉아먹고 총총히 들어선 붙박이 건물들로 흉물스럽다. 그렇게 아름답던 부용산 오리길은 어디로 갔는가? 사라져 버린 산기슭 자락이 세월의 무상함을 느끼게 하였다. 그는 꼭 74년 만에 잊혀진 고향에 돌아온 변절자였다.

박동근 시인은 다시 발길을 옮겼다. 그리고 산 중턱에서 걸음을 멈추고 주변을 살폈다.

"무엇을 찾나요?" 선후가 물었다.

"이곳인데… 누이동생의 무덤이 이쯤인데…" 노시인은 중얼거렸다. 좌우를 살피며 풀숲의 이곳저곳을 헤치고 다녔다. 한참 풀숲을 헤치다가 쓰러진 묘비 하나를 발견하였다. 풍상 거친 세월을 견디며 흙 속에 반쯤 묻혀 있는 묘비 하나, 흐릿한 글씨로 '박서란의 묘'란 이름이 적혀 있었다. 그는 비석을 붙들고 앉아 그만 크게 울어버렸다. 슬픈 곡성이 숲을 흔들고 있었다. 그리고 일어나 가 방엔 든 낫을 꺼내 주변의 풀잎과 넝쿨을 베어내기 시작했다. 가 까스로 무너진 무덤이 드러났다. 주변을 정리하고 나서 그는 무릎 을 꿇고 앉아 침울한 묵상에 젖어버렸다.

"서란아, 오빠가 왔다. 오빠가 널 찾아왔다. 서란아. 너를 두고 떠난 지 74년 만에 내가 왔다. 서란아…!"

그는 솔바람 사잇길로 벌교가 내려다보이는 부용산 중턱에 누 운 누이동생의 무덤 앞에서 비석을 붙잡고 절규어린 통곡을 하였 다. 가슴이 메어지는 아픔이었다. 선후는 노시인을 지켜보고만 있 었다. 그는 울음을 멈추고 노래를 부르기 시작하였다.

부용산 오리길에 잔디만 푸르러 푸르러
솔밭 사이사이로 회오리바람 타고
간다는 말 한마디 없이 너는 가고 말았구나.
피어나지 못한 채 병든 장미는 시들어가고
부용산 봉우리에 하늘만 푸르러 푸르러.

그리움이 강이 되어 내 가슴 맴돌아 흐르고
재를 넘는 석양은 저만큼 흘러 섰네.
백합일시 그 향기롭던 너의 꿈은 간데없고
돌아서지 못한 채 나 외로이 서 있으니
부용산 저 멀리에 하늘만 푸르러 푸르러.

"부용산 오리길, 바로 이 노래였군요." 선후는 애처로운 기억을 들추어냈다.

"내 누이동생을 위한 노래였다네."

노시인이 74년 전 꽃다운 22세의 나이로 요절한 누이동생 박서란의 혼을 달래기 위하여 쓴 시인데 순천 중학교 음악선생인 친구 안성근이 곡을 써서 붙였다.

"전 빨치산 노래인 줄 알았는데 그런 사연이 아니었군요."

"빨치산 노래 맞아, 그 노래를 빨치산들이 군가로 불렀지." 돌이켜보면 너무나 억울한 심판이었어. 그러나 이 노래가 빨치산 노래였으니 어찌하랴. 노시인은 이 노래 때문에 변절자가 된 비통한 치욕을 당하면서 인생을 망쳐버렸다. 끝내 조국에서 쫓겨나 정처 없이 지구촌을 떠돌아다니는 유랑의 집시가 되었다.

누가 이 가련한 시인을 바다 멀리 이국으로 내쫓았던가? 그것은 이데올로기 전쟁의 희생물이었다. 이념의 갈등에 희생된 증인이며 조국이 버린 지성인이었다. 97세 고령, 고국을 떠나 끝없는 유랑생활을 하다가 마침내 호주에 정착했고 낯선 이국에서 쓸쓸한 노년의 여한을 보내다가 잠시 귀국을 한 것이다.

지금 그는 부용산 산마루에 동생을 묻어놓고 울던 그 감정에 젖어 있었다. 1947년에 요절한 누이동생의 영혼을 위로하기 위하여 '부용산 오리길'란 시를 썼다. 읽고 또 읽고 낭독하고 또 낭독해도 그 슬픔이 사라지지 않았다. 당시 누이동생은 순천 사범학교를 나와 교사 초년생으로 막 결혼한 처자였다. 결혼 한 달 만에 그만 요절한 비운의 여인이었다. 사인은 폐결핵이었다.

고향에 올 수 없었던 것은 조국이 그를 사상범으로 내쫓았기 때문이다. 좌익분자, 빨갱이란 죄명이 내려지고 영문도 모르는 이유를 내세워 나가라고 하니 나갈 수밖에 없었다. 좌익분자, 그럴 수도 있었다. 친구들이 좌익의 수뇌들이었으니까 그렇게 볼 수밖에 없었다. 그렇지만 그는 좌익을 규탄하고 미 군정을 찬양하던 열성 애국지사였다. 우익의 선봉장인 자신에게 좌익이란 고릴 씌워 내쫓은 이유를 아직도 이해할 수 없었다. 친구의 모략이었다.

그리고 74년이란 세월이 흘렀다. 영원히 조국에 발을 붙이지 못하고 죽을 줄 알았는데 역사의 정의는 그를 조국의 품으로 불러들였다. 그나마 정의로운 양심이 그를 되돌아보게 하였다. 조국의 부름에 잠시 돌아와 속죄 받은 양으로 조국의 품에 안겼으나 자유롭지 못한 것은 너무나 세월이 흘러버린 탓이다.

그 열정의 젊음은 사라지고 뼈대만 앙상한 노인이 되어 고향에 돌아와 누이동생의 묘비 앞에서 절규하는 가슴은 찢어지는 듯 아팠다.

꽃피우지 못한 22세의 가냘픈 여인으로 몹쓸 폐병에 걸려 교단에서 죽은 누이동생의 슬픈 인생을 노래한 시 '부용산 오리길' 이 그를 이 땅에서 내쫓은 이유였다. 누이동생을 위해 쓴 시가 노랫말로 불렸고 그 노래는 여·순사건 때 빨치산의 영가로 불렸다.

박동근 시인, 그는 일본 관서대학 영문과를 나온 인텔리젠트였다. 벌교에서 나서 일본 유학을 마치고 돌아와 순천 사범학교 영어 교사로 재직하고 있었다.

1947년 봄, 박동근의 누이동생 박서란이 순천 사범학교를 나와 벌교 초등학교에 근무하다가 같은 학교에 근무하는 하륜 선생님과 결혼을 했다. 두 사람은 행복한 신혼 생활을 하던 그해 여름, 박서란이 폐결핵으로 죽은 것이다. 너무 갑자기 닥친 비극으로 절망적인 슬픔에 젖어 있는 매제 하륜를 보는 박동근의 가슴은 처절하리만큼 아팠다.

그는 여동생의 시신을 부용산 중턱에 묻고 내려왔다. 산에서 내려온 박동근은 슬픔에 젖어 지내다가 '부용산 오리길'란 시를 지었다.

"그 시가 그렇게 지어졌군요." 선후가 눈물을 닦으며 물었다.

"난 그 시를 친구 안성근에게 읊어줬어."

자작시를 낭송하자 그걸 듣고 있던 안성근이 말했다.

"너무 슬프다. 동근아. 그 시를 노래로 만들어 볼까?"

"만들 수 있겠어. 그렇다면 만들어봐."

"일주일만 기다려, 멋진 노래를 만들어 줄 테니."

'피어보지 못하고 시든 여동생이 너무 불쌍하단 말이야.'

그날 밤부터 안성근은 부용산 오리길을 노래로 만들기 시작했다. 일주일 후 그는 노래를 만들어 내놓았다. 그날 밤 순천중학교 음악선생인 김현수의 하숙에서 친구들과 자축연을 벌였다. 성악가 김현수는 부용산을 구성지게 노래했다.

"최고의 명곡이다. 너의 누이동생이 영민할 수 있는 노래야." 친구 노학년이 극찬했다.

"그래, 이 노래를 듣고서 내 누이동생은 편히 승천 할거야." 박동근은 울먹였다.

노래는 친구 김현수에 의해서 세상에 빛을 보게 되었다. 김현수는 이 노래를 즐겨 부르면서 제자들에게 가르쳤다. 애절하고 슬픈 서정을 지닌 노래는 어느새 여학생들의 입을 통하여 여수, 순천,목포 등 전남 남부지방에 널리 불리게 되었다.

아, 슬픈 비극이여, 1948년 여·순사건이 발발하고 이 노래는 김현수에 의해서 빨치산의 영가로 변조되고 말았다. 누이동생을 위해 만든 노래가 빨치산 영가로 불린 것을 안 박동근은 몹시 분노했다.

"왜, 그 노래가 빨치산 영가가 되었어?"

"김현수, 고맙다. 훌륭한 영가구나." 노학년과 김현수가 서정어린 그 곡을 빨치산 영가로 부르게 하였다. 김현수는 당시 남로당 남부대원이었는데 그 사실을 박동근은 몰랐다.

노학년은 김현수와 함께 여·순사건 때 남로당의 간부이며 빨치산의 용사였다. 반란이 발발하기 전 어느 날 김현수의 집에 친구들이 모여 이념논쟁을 벌였다. 김현수, 노학년, 안성근, 박동근,

나이 어린 소녀 이수임이 모였다. 술을 마시며 밤늦도록 토론과 언쟁은 끝나지 않았다.

"박동근 정말 남로당에 가입하지 않을 거야? 넌 우정을 배신한 놈이야." 김현수가 박동근을 압박했다.

"공산주의는 허울 좋은 이론에 불과한 이념이야. 세상을 변화시키고 인간을 행복하게 할 수는 없는 이론이라고." 박동근이 반론을 폈다.

"박동근, 우릴 배반할 거야?" 노학년이 다그쳤다.

그날 밤 남로당 주창론자들이 공산주의만이 해방 정국의 혼란한 민심을 바로잡고 가난한 지성인과 농민을 구제할 수 있다고 논쟁을 하였다. 미국이 한국을 식민지화하려는 음모를 막아야 해, 우리가 독자적인 정부를 만들고 잘살기 위해선 공산주의가 필요한 거야. 자유민주주의는 희망이 없어. 우리의 희망은 오로지 노동자, 농민 대중이 잘사는 이상국가라는 거야. 그런 이상국가를 형성하는 것은 공산주의만이 가능하다고 떠들어댔다.

박동근이 강하게 반론을 폈다.

"너흰 마르크스 레닌의 풀레리타리아 이상주의자에 말려든 미치광이라고, 노동자, 농민이 잘사는 나라, 이론은 번드레하지만 그것은 선동적이고 일시적인 이상에 불가해. 권력자의 감언이설이라고, 지금 미국을 배경으로 하는 정부가 들어서면 우린 곧 잘살게 될 거야."

"너 분명히 우리와 한길을 갈 수 없다 그거지. 내일이면 천지개벽이 일어난다. 우리들은 14연대의 군부 반란에 동조하여 우리가 주도하는 이상주의를 만들 거야." 노학년이 강하게 어필했다.

"뭐라고 14연대가 반란을 일으켜?" 박동근이 반문하였다.

"그래, 신월리에 주둔한 14연대가 정부에 반기를 들고 반란을 일으킬 것이다. 그 반란의 민간인 참여 시나리오는 내가 작성했다." 노학년이 자랑스럽게 말했다.

"뭐라고? 군대가 반란을⋯ 그 반란에 네가⋯?"

"그래, 나와 김현수, 김태삼, 장인석, 한재수, 안성근이 가담했다. 넌 어떻게 할 거야." 노학년이 말했다.

"못난 놈들, 어쩌려고 그런 짓을⋯ 그 반란이 성공할 것 같아. 난 절대 공산주의완 타협하지 않아."

"비밀을 안 이상 우린 널 살려둘 수 없다."

김현수가 박동근의 멱살을 잡고 흔들며 말했다. 그걸 본 이수임이 설득하였다.

"동근 오빠, 제발 우리와 행동을 같이해요. 그렇잖으며 죽어요."

"죽는 한이 있어도 좌익 편에 설 수는 없어."

"목숨은 하나야. 그래 내가 널 죽여주지." 김현수가 발칵 화를 내며 일어났다. 그때였다. 노학년이 박동근의 가슴에 권총을 들이댔다.

"당기면 끝장이야. 이래도 우리와 동행할 수 없다고?"

"죽여라. 우익 친구를 죽이면 넌 공산주의의 영웅이 되겠지."

"내일이면 세상이 바뀐다. 빨리 결정을 하라고."

"비열한 자식들… 지성을 모독한 쓰레기 같은 놈. 뭐 반란을 동조하자고? 넌 민족을 기만하는 살인마야." 박동근이 소리쳤다.

순간 노학년이 방아쇠를 당겼다. 그러나 실탄은 허공을 가르며 벽에 박혔다.

"왜 명중시키지 못해?" 박동근은 그에게 냉소의 미소를 짓고 자리를 피했다.

다음날 노학년이 순천에서 여수로 내려갔다. 그리고 아침에 반란이 발발하고 말았다. 박헌영은 여수의 노학년, 한재수, 장인석, 김태삼을 포섭했고 순천에서 김현수, 안성근, 이수임을 포섭하여 남로당의 공작원으로 만들었다.

박헌영은 14연대의 좌익 장교들을 선동 자극하여 반란을 일으켰는데 그때 김지회 중위가 선동하였다. 반란군은 순식간에 여수 경찰서를 장악하고 북진하였다. 김현수와 안성근은 군복으로 갈아입고 반란군에 가담했다.

그러나 세상을 바꿀 것 같은 붉은 전사들의 욕망은 끝내 이루어지지 않았다. 반란은 3일 만에 끝났다. 김지회는 지리산 피아골로 들어갔다. 백두산 호랑이 유종하 장군에 의해서 지리산에 숨어있는 빨치산과 반란군 잔당들이 체포되었고 김지회도 잡혔다.

진압군은 잔인하게 소탕전을 벌여 빨치산과 반란군을 잡아들

였다. 김현수도 잡혀 순천역 광장으로 끌려 나왔다. 수많은 반란
군이 형장의 이슬로 사라져 가는 현장에서 김현수가 한마디 했다.

"제게 노래 한 곡을 부르게 해주십시오."

"그래, 죽을 놈이니까 소원을 들어주지."

집행관은 김현수의 소원을 수락했다. 그는 '부용산 오리길'이
란 노래를 불렀다. 노래가 끝나자마자 그는 저격수의 총탄에 쓰러
졌다. 그 후로 김현수가 부른 '부용산 오리길'은 빨치산의 영가로
부르게 되었다. 부용산 오리길은 남부지방에 확산되었다. 그런데
반란이 진압되자 부용산을 작곡했던 안성근은 어느새 쥐새끼처럼
방어망을 뚫고 월북을 해 버렸고 마지막 화살은 친구인 박동근에
게 던져졌다. 부용산 빨치산 영가를 작사했다는 이유로 박동근 시
인은 경찰서로 끌려갔다.

'당신이 지은 부용산 오리길 시가 빨치산 영가로 작곡되어 불
린 것을 천하가 다 아는 사실입니다. 당신은 빨갱이입니다. 인정
하죠?' 취조실에서 경찰은 난폭하게 그를 다그쳤다.

"노랫말은 내가 쓴 시 맞습니다. 그러나 빨치산 영가로 작시하
진 않았습니다."

"처음부터 빨치산 노래로 당신이 작사했고 안성근이 작곡, 김
현수가 불렀어."

"그 노랫말은 요절한 내 누이동생의 영혼을 추모하기 위하여
지은 시입니다."

"어쨌든 그 노래는 빨치산 영가로 불렸기에 당신의 사상을 의심하지 않을 수 없습니다. 그리고 제보가 있었어요. 박동근. 안성근, 김현수는 일본 유학을 마친 지성파들로 남로당 지령을 받은 빨갱이라고 말입니다."

"그건 음모입니다."

그때 노학년이 들어왔다. 그는 반공청년단 회장으로 변신하고 빨갱이를 심문하고 있었다.

"그놈은 내가 처리하겠습니다." 노학년이 말했다. 박동근은 노학년이 심문하였다. 노련한 여우였다. 빨갱이가 반공청년단으로 변신하였다.

"인정해라. 그럼 내가 참작 할 테니…"

"개새끼, 네놈은 빨갱이였어. 그런데 어떻게 반공주의자로 변장을 해?"

"떠들지 마라, 내가 살려줄 테니 외국으로 떠나라. 친구로서 마지막 네게 기회를 주는 것이다." 노학년이 윽박질렀다.

"왜, 내가 한국을 떠나니? 난 공산주의자도 좌익도 아니다. 양심적인 선생이며 시인일 뿐이다."

"마지막 경고다. 처형을 당하던지, 한국을 떠나던지 양자를 택하라." 노학년은 계속 협박하였다.

다음날 그는 여수로 내려와서 홍콩으로 가는 밀항선을 탔다. 그렇게 한 시대의 이상주의자들은 사라졌다. 박동근 시인은 외국으로 추방당하고 안성근은 월북했고 김태삼, 장인석, 김현수, 한재수는 처형당하고 노학년만 살았다.

선후는 부용산을 내려왔다. 노시인은 택시를 세웠다.

"김선후 작가. 나랑 같이 갈 데가 있다네."

"네. 같이 어딜 가죠?"

두 사람은 택시를 타고 벌교 읍내를 한 바퀴 돌아 '조성관'이란 한식점으로 들어갔다. 조성관은 80년 전통을 자랑하는 벌교의 최고 식당이었다. 식당 안으로 들어서자 고풍이 풍겨왔다.

"아직도 여전하구먼. 80년이 넘은 식당이라네."

"네, 오래된 식당이군요."

"옛날에 즐겨 왔던 추억의 식당이지."

식당 안으로 들어서자 중년 남자 주인이 정중히 모셨다. 바다와 정원이 보이는 고풍스런 곳에 자릴 잡았다.

"이집 주인장이 하씨인데 여전한가?" 노시인이 물었다.

"네, 조부 때부터 아버지로 이어 제가 물려받았습니다."

"그렇군, 난 박동근이란 시인인데 74년 만에 찾아왔다네."

"네, 어르신 감사합니다. 귀한 손님이 오셨군요."

"식당이 여전하군, 옛 그대로야. '조성정찬'으로 해주게."

곧 근사한 점심상이 나왔다. 걸판진 전라도 식단에다 벌교의 해산물이 오른 근사한 꼬막 한정식이었다. 새조개, 피꼬막이 맛깔스럽게 올라 있었다.

"선후양, 들게. 이 집엔 예부터 새조개와 피꼬막이 일품이야."

"정말 오래 된 식당이군요?"

"예전에도 조성관 별식은 별미 중의 별미였어. 특히 새조개, 피꼬막은 최고의 별식이지."

조성관은 벌교에서 제일가는 한정식 식당이었다. 맛 좋기로 소문이 나서 벌교 사람들 뿐 아니고 순천, 여수, 광양에서 온 손님들로 붐볐다.

"별양주 있나?" 노시인이 종업원에게 물었다.

"네, 있습니다."

"가져오게." 종업원이 꽃 주병에 담은 별양주를 내놓았다.

김선후 작가는 노시인께 잔을 따라 올렸다. 노인은 그녀가 내민 술잔을 죽 비워냈다. 수수로 담근 막걸리를 증류해서 만든 쇠주다. 별양주 역시 이 집 조성관의 명물이었다. 잔을 주고받았다. 안주가 좋아 술이 술술 넘어갔다. 선후는 술이 떨어지자 주인장을 불렀다. 50대 남자가 술병을 받쳐 들고 들어왔다. 박시인은 남자에게 물었다.

"이곳 주인이 누굽니까?"

"제가 이 집주인입니다. 3대를 대습하여 식당을 경영하고 있답니다."

"3대 대습으로… 조부가 하륜인가?"

"그렇습니다."

하륜은 여동생 남편이었다.

"이분은 이 지방 출신 최고 시인인 박동근씨입니다." 선후가 말했다.

"박동근 시인, 알죠. 말씀 많이 들었습니다. 어릴 때 아버지께서 말해주더군요. 부용산 오리길 노래 작사가가 박동근 시인이라고요."

"맞아요. 내가 박동근이요."

"아버님이 늘 말씀 하셔서 압니다."

노시인은 친구이며 매제인 하륜을 떠올리고 있었다. 당시 조성관엔 이 지방 문사와 예술가들이 자주 드나들었다. 지금도 가끔 그때 추억을 일깨우려 어르신들이 찾아오곤 하였다.

"자네의 조부 하륜은 예술가들을 좋아했었지. 문학을 아는 멋진 분이셨어."

"귀한 손님을 맞았군요. 저의 조부와… 고맙습니다. 오늘 음식은 제가 조부님 친구를 뵙게 된 의미로 대접하겠습니다. 마음껏 드세요."

주인장은 노시인께 잔을 올리고 나갔다. 피꼬막에 새큼한 새조개 막회가 일품이었다. 술잔을 받고 박동근 시인은 눈물을 글썽이고 있었다. 옛날을 회상하는 것 같았다. 얼마나 보고 싶고 그리운 조국인가. 그러나 자신을 내친 조국에 어떤 불만도 원망도 못 하고 묵묵히 혼자 슬픔과 고통을 삭이며 살아왔다.

한국전이 끝나고 자유당 정권이 들어서자 좌익 빨갱이 가문이 연좌제로 탄압받았다. 과거 공산당원이었거나 남로당에 가담했거나 좌익운동을 했던 모든 인사가 정치적인 피해를 보게 되었다. 공산주의가 뭔지 모르는 사람들이 좌익 편에 들었다고 빨갱이가 된 것이다.

죽기 싫으면 조국을 떠나라는 노학년의 명령을 받고 홍콩으로 피신하였다. 홍콩에서 부두 노동자로 활동하다가 영국 화물선을 타고 유럽으로 가서 네덜란드에서 부두 하역 잡부로 일했다. 떠돌이 집시에겐 정착이란 말을 쓸 수가 없었다. 다시 독일로 스웨덴으로 떠돌다가 그곳에서 한 여인을 만났다. 호주 여인인데 화물선 식당일을 하였다. 그 여인의 동정과 구애로 마침내 결혼했고 그녀의 고향으로 이주를 했다. 20대에 한국을 떠나 97세가 되었으니 오랜 시간이었다. 가난하지만 아내의 도움으로 마음 놓고 살 수가 있었다. 그러나 그의 가슴엔 그리운 고국으로 돌아가는 일념이 가득했다. 그러나 돌아가면 방공법으로 감옥 생활을 하는 처지라서 귀국을 피했다.

순천 중학교에서 교편을 잡으면서 문단에 데뷔했고 기라성 같은 시인들과 어깨를 나란히 하며 시를 발표하였다. 당시 서정주 신석정을 능가하는 대시인으로 지목받았으며 장차 한국 문단의 거목으로 등장할 시인이었다. 그런데 좌익이란 죄명과 변절자란 누명을 쓰고 조국을 떠나야 했던 불행한 엘리트였다.

노시인과 선후의 만남은 운명적이었다. 어느 날 선후는 서울
의 모 카페에서 열리는 시 낭송회에 동석했다. 그런데 한 여류 시
인이 작자불명의 시 '부용산 오리길'을 낭송하였다. 가슴이 찡하
는 슬픈 시였다. 그리고 흘려버렸다. 그런데 어느 날 또 덕소 강변
카페에서 라이브 뮤직 쇼를 관람하는데 신인가수 한 명이 '부용산
오리길'이란 노래를 불렀다. 너무나 가슴이 저린 노래였다. 선후
는 그 가수를 만나 노래를 작곡한 분이 누구냐고 물었다. 그랬더
니 박동근 작시, 안성근 작곡, 김현수 노래라고 하였다.

1947년에 작곡된 노래인데 빨치산 영가로 불렀다는 것이었다.
금지곡인데 좌익 연좌제가 풀리면서 세상에 다시 등장했다는 것
이다. 한국전쟁을 전후하여 전라도 순천 지방에서 가장 많이 유행
되어 전국적으로 유행한 노래였다.

선후가 서울의 지인 모임에서 그 노래를 듣고 깜짝 놀랐다. 너
무나 서정적인 고향의 노래였다. 그 가수에게 물었다. '어디서 그
런 노래를 배웠어요?' 가수가 사연을 이야기했다. '남로당 빨치산
노래래요.' 전라남도 보성의 녹차 밭을 구경하러 갔는데 그곳에
녹야원綠野園이란 전통 찻집을 경영하는 노파가 들려줬다는 것이
다. 녹야원에서 주인 노파가 불러준 노래가 너무 좋아서 리바이블
해서 부른다는 것이었다.

작곡한 분은 월북하여 죽었지만, 작사가는 조국을 떠나 지구촌
어딘가에 살고 있다는 슬픈 이야기였다. 한국 시인 협회에서 박동

근 시인이 한국전쟁 후 추방당한 사실을 알게 되었고, 선후는 그 이야길 오빠 김동민에게 말했더니 동민 오빠가 수소문 한 결과 호주에 살고 있다는 사실을 알고 모셔왔다.

"선생님, 부용산 오리길을 작시하고 작곡한 그때 상황을 말씀해 주시겠습니까?" 조심스럽게 여쭈었다. 노시인은 눈을 지그시 감았다.

"말 못 할 것도 없지."

순천에서 일본 유학파 김현수, 안성근, 박동근, 엘리트 3총사와 여자가수 이수임이 자주 만났다. 성악가 이수임은 김현수 제자였다. 박동근은 그녀를 좋아했는데 그녀는 스승 김현수를 사랑하였다. 세 사람의 삼각관계는 팽팽하게 맞서곤 하였다. 이수임은 친구 박서란의 죽음을 애도하는 노래를 불러 순천, 여수, 목포뿐 아니라 전남도의 젊은이들이 즐겨 불렀고, 특히 여학생들 사이에선 순애보적 노래로 불렀다.

"사연은 이렇게 된 거지." 노시인은 말끝을 흐렸다.

식사를 마치고 정원을 거닐고 있는데 박철 형사에게서 전화가 왔다.

"김선후 작가님. 이왕 별교에 간 김에 보성의 녹야원綠野園이란 찻집으로 조부를 안내하세요."

"왜요?"

"그곳에 가면 할아버질 아실 분이 있을거예요."

"그렇게 하겠습니다."

선후는 노시인을 자기 승용차에 태우고 벌교에서 그리 멀지 않은 보성의 녹차밭 농원으로 달렸다. 한 시간여 달렸는가. 짙푸른 녹차 밭이 끝없이 눈앞에 전개되었다. 승용차는 짙은 찻잎이 휘늘어진 차밭을 끼고 한참 계곡 쪽으로 달렸다. 그때 '녹야원'이란 전통 찻집의 간판이 보였다. 푸른 차밭에서 찻잎을 따는 아낙들의 평화롭고 잔잔한 풍경이 한눈에 들어왔다.

선후는 녹야원으로 노시인을 모셨다. 그때 주인 노파가 나와서 맞았다.

"아, 당신은…?" 박동근 시인이 그녀를 보고 파랗게 질려버렸다.

"선생님 왜 그러세요?"

"아, 조금 어지러워서 그래." 시인이 정신을 가다듬었다.

"어서 오십시오. 제가 이 녹야원 주인입니다." 할머니가 자길 소개 하였다.

"이분은 박동근 시인이라고 외국에서 오랜만에 귀국했어요."

"뭐요? 박동근 시인…?" 노파가 비명 같은 소릴 질렀다.

"네. 아세요?"

박동근 시인이 노파를 물끄러미 바라보았고 노파도 시인을 보고 굳어졌다.

"시인 박동근… 귀한 분이 오셨군요. 안채로 모셔라." 갑자기 반색하고 친절하게 맞았다. 예쁜 아가씨가 선후와 박 시인을 안채로 모셨다. '부용담'이란 간판이 붙어있는 아담한 별실이었다. 노시인은 부용담 실내를 두루 살피며 어떤 묘한 분위기에 젖는 것 같았다. 처음 녹야원이란 간판을 보면서도 그랬다. 어쩐지 낯익은 정원 같은 정감이 느껴지는 것이었다. 부용담 이란 별실은 시인의 내재적 감동을 충혈시키는 것 같았다. 주인 노파가 차를 들여와서 곱게 앉아 따르며 말했다.

"선생님, 살아계셨군요. 저, 서란이 친구 이수임입니다."

노파는 떨리는 목소리로 자신의 이름을 밝혔다. 노시인은 아무 반응 없이 그녀를 바라보았다.

선후도 그녀가 이수임이란 말에 놀랐다. 너무나 충격적인 사실이었다. 장동원의 애첩이며 블루베리 다이아몬드 정체를 알고 있는 그 유명한 여수 황금 다방 마담 이수임이란 사실이었다. 그러니까 리만 데이비스가 찾는 여인이었다. 선후는 그녀가 이수임이란 말에 깜짝 놀라 그녀를 바라보았다.

"선생님, 절 기억하시죠. 이수임을 말입니다."

"기억하지요. 이수임 성악가, 난 돌아가신 것으로 알았는데…"

노시인의 목소린 떨리고 있었다.

"선생님, 용서하세요. 제가 몹쓸 년입니다. 낯선 외국 생활에 얼마나 고생이 많으셨습니까?"

"내가 이 나라에 살지 못하고 쫓겨 간 사실을 아나요?" 노시인이 물었다.

"네, 알고말고요. 노학년이 보냈지요."

선후는 이수임 노파를 매서운 눈으로 바라보았다. 아버지를 죽인 원수였다.

"할머니, 하석주씨가 남편이었나요?"란 물음에 그녀는 깜짝 놀랐다.

"아니요."

"장동원씨완 어떤 사입니까?"

"아가씨, 뭘 알고 싶어요? 장동원은 사업상 만난 사이지요."

"이수임씨, 저 아가씬 말이요. 김영일의 아들 김경섭 경장의 딸이라오."

"뭐라고요? 김경섭 경장의 딸이라고?" 노파는 엉겁결에 그만 큰 소리로 되물었다. 하석주는 바로 사랑하는 여동생 박서란의 남편 하륜의 후처 아들이었다. 이수임은 노시인과 김선후 앞에서 어쩔 줄을 몰랐다. 노시인은 먼 허공에 시선을 두고 한참 뭔가 깊은 명상에 젖어버렸다.

"당신도 참 힘든 인생을 살았겠군요."

"죄송합니다. 선생님…"

노시인은 옛일을 회상하였다. 사랑하는 김현수가 총살당하고 심문을 받자 그녀는 박동근이 빨갱이라고 고발했다. 부용산 노랫말을 지어 빨치산 영가로 불리도록 한 빨갱이라고 증언하였다.

"죄송합니다. 어떨결에 내 살자고… 저도 10년 간 옥살이를 하고 나왔어요."

"당신은 왜 나를 빨갱이라고 고발했나요?"

"노학년이 그렇게 증언하라고 상황을 만들었답니다."

노시인 앞에서 그녀는 죄인이었다. 그를 남로당원이라고 고발한 죄인이었다.

술잔을 기울다가 그녀는 기타를 들고나왔다. 그리고 기타를 치며 노래를 불렀다.

부용산 오리길에 잔디만 푸르러 푸르러

솔밭 사이사이로 회오리바람 타고

간다는 말 한마디 없이 너는 가고 말았구나

피어나지 못한 채 병든 장미는 시들어가고

부용산 봉우리에 하늘만 푸르러 푸르러.

소프라노의 구성진 목소리가 울려 퍼졌다. 고령인데도 힘과 정열이 있었다. 그녀는 타고난 성악가였다. 성악가인 김현수 선생을 사랑했고 그에게서 성악을 사사 받았다. 그녀는 당대 최고 여가수 이난영에 버금가는 성악가였다.

박동근 시인은 그녀의 노래를 경청하며 눈물을 흘리고 있었다. 사랑했던 여인이었다. 그러나 그녀는 그보다 김현수를 사랑했다. 노래를 끝내고 그녀는 노시인에게 다가앉았다.

"선생님, 선생님의 노후는 제가 책임지겠습니다."

"슬픈 과거는 잊기로 합시다. 기억하고 싶지 않은 시간인 걸요."

"제가… 제가 죄인입니다."

그녀는 끝내 슬픔을 참지 못하고 울음을 터뜨렸다. 그러나 이제 와서 가엾은 여인의 위장된 슬픔을 이해해 줄 사람은 아무도 없었다.

"그동안 어떻게 지냈소?" 노시인이 입을 열었다.

전쟁이 끝나고 잡혀 10년 동안 옥살이를 했고 사상전향 각서를 쓰고 출소했으나 오갈 데 없어서 홍콩으로 가서 호스테스로 떠돌다가 장동원을 만나 여수로 와서 다방을 경영하면서 밀수를 했다고 고백하였다.

"죄송합니다. 제가 왜 선생님을 빨갱이라고 증언했는지 모르겠어요."

노시인은 생각만 해도 분통이 터지는 일이었다. 항상 우익의 입장에서 좌익을 비판하고 공산주의에 미친 두 친구를 맹렬히 비난했었다. 눈앞에 것만 보는 눈먼 지식인이라고 욕설을 퍼붓고 싸우기도 하였다.

"세상이 다 미쳤던거야."

"선생님의 말이 옳았어요. 뒤늦게 선생님이 외국으로 축출 당했다는 소식을 들었어요…" 이수임 노파의 눈물어린 절규를 바라보는 노시인의 심정은 착잡하기만 하였다. 노시인은 자리에서 일어섰다. 도저히 더 이상 버틸 수가 없었다.

　이수임은 선후가 김경섭 경장의 딸이라는 사실을 알고 몹시 당황하였다. 선후는 복받치는 울분을 간신히 참아냈다. 그녀를 만났으니 이제 블루베리 다이아몬드의 실체가 밝혀질 것이다. 그러나 블루베리 다이아몬드의 정체는 묻지 않았다.

　선후는 노시인을 모시고 여수로 돌아왔다. 며칠 후 박철 형사가 선후를 찾아왔다.

　"할아버지가 떠났어요."

　"왜요? 왜 갑자기 떠나요?"

　"이수임을 만나고 와서 심경의 변화가 생겼나봐요."

　"사랑하던 여인을 만난 충격이 컸던 거죠. 잡지 그랬어요?"

　"내가 없는 사이에 떠났어요. 할아버진 김 작가에게도 편지를 남겼어요."

　박철은 할아버지가 홀연히 떠나면서 써놓고 간 한 통의 편지를 내놓았다.

　ㅡ사랑하는 후배 소설가 선후에게

　'미안하네. 자네의 노력에 부응하지 못하고 떠난 나약한 내 자신에 심한 질시를 보내며 결단을 했네. 자네들의 노력에도 난 한국에 살 수 없는 위인이라는 것을 알았지. 내가 작가로써 이상을 키워올 땐 이런 모습이 아니었는데 오랜 70여생을 외국에서 떠돌다보니 난 고국에 낯선 나그네가 되고 말았어. 세월이 많이 흘러나 같은 좌익 작가도 누명이란 입장으로 새로운 평가를 받을 수있다는 것만으로 충분하네. 난 역사의 희생물이지만 그것을 운명으로 받아들였네. 그래서 지금의 내 모습에서 인생을 마칠까 하네.

내가 고국에 돌아와서 살려고 했는데 세월이 너무 많이 흘렀어, 고국에 와서 아무것도 할 수 없고 적응이 힘들다는 생각이 들었지. 그러나 호주엔 사랑하는 처와 자식들이 있어. 그래서 삶터를 옮길 수 없다는 거야. 또 조국에 와서 재평가를 받는다고 해도한번 망가진 내 인생을 회복 못 한다는 것, 그리고 용서할 수 없는 것은 내가 외국으로 쫓겨 간 이유야. 도저히 용서가 안 된다는 거지. 고국은 날 용서했지만 난 고국을 용서할 수 없다네. 그래서 다시 고국을 떠나는 거야. 그동안 베풀어준 은혜는 마음에 새기겠네.'

선후는 노시인을 보낸 슬픔을 감추지 못했다. 그날 밤 선후는 박철 형사와 밤새도록 술을 마셨다. 선후는 박동근 옹이 써준 편지를 들고 이수임을 찾아갔다.

"어서 오게. 김선후 작가라고 했지."

"할머닌 세상에서 도저히 용서할 수 없는 짓을 했어요."라고 퍼부었다. 노파는 파랗게 질려 선후의 거동만 살피고 있었다.

"내 인생을 알고 말하는군. 그래, 파란 만장한 인생을 살았어. 난 죄인이야."

"할머니 때문에 박동근 시인이 한국을 다시 떠났어요. 속이 시원한가요?"

"박 선생님이 떠났어? 이것이 슬픈 나의 자아상이라네."

"왜 붙들지 못했어요. 붙들고 사죄를 하셨어야죠."

"글쎄, 그걸 못했어."

이수임 노파는 다시는 고국에 오지 않겠다는 박동근 시인의 편지를 읽고 긴 한숨을 몰아쉬더니 그만 파랗게 굳어져 버렸다. 그것은 허공을 응시한 소리 없는 통곡이었다. 선후는 비로소 이수임 노파에게 본격적인 공세를 펼 생각이었다. 아버지를 죽인 범인을 용서할 수가 없었다. 선후는 정색하고 말했다.

"이수임 할머니, 할머니를 찾는 사람이 있어요."

"나를 찾는 사람?"

"네. 장동원의 식솔들이 할머닐 찾고 있어요." 화가 나서 내뱉었다.

"장동원의 식솔…?"

"아들 마린 장과 조카 리만 데이비스가 할머닐 찾고 있어요."

"그들이 왜 나를 찾아?"

"할머니가 '블루베리 다이아몬드'를 갖고 있다면서요?" 단도직입적으로 물었다.

"블루베리 다이아몬드가 뭔데?" 시치미를 떼고 있었다.

"영국 여왕의 다이아몬드를 가지고 계시다면서요?"

"몰라. 나 그런 것 몰라."

"장동원이 준 다이아몬드요. 박인숙 노파께선 이수임 할머니가 가지고 갔다는데요."

"그녀를 만났어? 왜 애먼 말을 해, 난 그런 것 몰라."

"박인숙 할머니가 말했어요. 블루베리 다이아몬드를 가지고 있다고 말입니다."

"나쁜 년…" 그녀는 떨고 있었다.

"할머니, 우리 아버지 김경섭 경장은 누가 죽였나요?"

"그걸 왜 내게 물어? 난 죽이지 않았어."

"알고 묻는 겁니다."

선후는 분통이 터져서 직설적으로 내뱉고 말았다. 이수임 노파는 더 이상 아무 말도 하지 않았다.

어머니의 섬

　수잔 벨리는 대조 리조트 전망대에 앉아 도시의 풍경을 바라보고 있었다. 갑자기 어머니 모습이 떠올랐다. 해양 엑스포 개최지로 여수가 확정 발표되자 영국의 조이너스사가 가장 먼저 전시장 건설 사업에 뛰어들었다. 운이 좋게 '조이너스'가 전시장 건축 사업자로 확정되자 수잔은 수석 설계 책임자로 한국 파견 명을 받았다. '잘 됐구나. 그곳 여수는 내 고향이란다. 가서 훌륭한 전시관을 만들어라. 엄마는 너무 기뻐 평생 못 이룬 소원을 이룬 것 같구나.'

　어머닌 딸이 한국으로 파견되는 것을 반겼으나 그녀는 싫다고 하였다. 어머닌 딸을 붙들고 애원했다. 제발 부탁이다. 여수로 가거라. 훌륭한 전시장을 만들어라.

　'왜요, 어머니가 싫어하는 한국이잖아요. 그런데 왜 가라고 하는 거예요?'

207

거절하자 어머닌 실의에 찬 표정으로 누워버렸다. 어쩔 수 없이 어머니 요구에 그만 승복하고 마지못해 한국행을 결행하였다. 그러나 지금은 한국에 오길 잘했다고 생각을 하였다.

수잔은 영국의 세계적인 리조트 전문 회사인 조이너스사의 전문 건축디자이너였다. 엑스포가 확정되자 한국에 와서 전시장을 짓게 되면서 대조 해운과 관계를 맺고 전시장이 완성되자 김동민 회장의 리조트 사업에 참여하였다.

그녀는 여수 엑스포 전시장을 자신의 꿈과 이상대로 만들어 냈다. 전시장은 바다와 인간을 융화하는 훌륭한 조형물이란 평가를 받았다. 축제가 끝나고 그녀는 대조해운 김동민 회장이 추진하는 리조트 사업을 도왔다. 마침내 신월리에 리조트 촌이 형성되면서 수많은 외국인이 입주를 신청했다.

수잔은 해양 리조트를 디자인하면서 세계 여러 도시와 해양을 돌아다녔지만, 여수의 다도해만큼 아름다운 해변은 없었다. 여수의 바다는 한 폭의 수채화 같은 청정해역으로 아름다운 섬까지 끼고 있어서 휴양지론 최고였다. 따라서 리조트 조성의 최적지였고 그곳에서 그녀가 꿈을 펼치고 있었다. 호수 같은 다도해에 수많은 섬과 섬 그 사이로 그림같이 조성된 해양 리조트에 떠다니는 유람선은 세계인의 주목을 받고도 남았다.

어머니는 여수에서 태어났지만 영국으로 입양되어 나이 70이 넘도록 한국에 가지 못했다. 한국 동란을 맞은 이듬해 영국군 장교에게 입양되어 지금까지 줄곧 영국에서만 살았다. 무슨 사연인지 모르나 어머닌 고집스럽게 한국에 가지 않겠다고 하였다. 아니 가고 싶어도 갈 수가 없다는 것이었다. 어머니 가슴 속엔 한국을 증오하는 무거운 앙금이 깊이 침적되어 있었다. 그래서 그녀도 한국이 싫었다.

그러나 막상 엑스포 건설 책임 디자이너로 임명받고 여수에서 일할 땐 그런 선입감이 사라졌다. 짙게 드리운 거부의 앙금이 희석되고 있었다. 그렇게 거부하던 관념 속 어머니의 고향이 그녀에겐 편안한 공간으로 안겨 왔다. 이 땅의 자양분으로 어머니가 태어났고 이 땅에 형성된 유기물을 먹고 자란 어머니의 유전자를 그녀가 전수하였다는 생각이 들면서 앙금이 점차 희석되었다.

그녀는 새로 짓는 신월리 리조트를 국제적인 휴양시설로 만들겠다는 야심찬 꿈을 갖고 있었다. 설계도를 들고 현장에서 이리저리 뛰어다니는 동안 그녀는 한국인이 되어가고 있었다.

신월리 리조트는 해변에 다용도 유락시설을 갖추고 있어서 관광과 연계한 휴양지로 최고의 평판을 받고 있었다.

수잔은 해변을 따라 돌산으로 곧게 뻗은 도로에 시선을 옮겼다. 그때 해안 도로를 타고 그림처럼 달리는 빨간 승용차 한 대가 있었다. 승용차는 한없이 속력을 내고 달렸다. 뒤이어 형형색색의 승용차들이 뒤따라 달리고 있었다. 해안 드라이브를 즐기는 동호인들의 행렬이었다. 승용차는 바다 위를 날아가듯 해변 도로를 굽

이쳐 달렸다. 새로 만든 해안도로는 드라이브 천국이었다. 관광객들은 그 환상의 해변로를 질주하고 있었다.

수잔은 당장 차를 꺼내 나가서 달리고 싶은 충동을 일으켰다. 선후씨를 불러낼까, 리만씨나 박 형사님은 바쁠 텐데…

그때 전화가 왔다. 리조트 프런트에서 돌린 전화였다.

"33번 룸 손님, 외부 전화입니다. 받으시겠습니까?" 프런트맨이 전했다.

"외부 전화라고요? 돌리세요." 수잔이 전화기를 받아 들었다.

"여보세요. 수잔. 벨리입니다. 누구세요?"

"저 하멜 선장입니다. 시간이 나면 술이나 한잔하려고요."

"선장님, 언제 오셨어요? 그러잖아도 연락을 할까 했습니다."

"'레인수타인' 바에서 김선후씨랑 술을 마시고 있어요."

"선후씨와 같이 술을 마신다고요?"

"네, 오세요. 차를 보내겠습니다. 30분 후에 리조트 프런트로 나와 계셔요."

하멜 선장이 김선후 작가를 불러 술을 마신 것은 김선후 작가가 자신의 신상을 집요하게 파헤치려는데 제동을 걸기 위해서였다. 하멜은 일본 선적 하이트 베어란 유람선을 끌고 한국에 왔다. 선후는 그가 할아버지 친구인 김태삼의 손자라는 것을 알고 관심을 가졌다.

하멜과 수잔은 김동민 회장의 소개로 만났다. 어느 날 김동민 회장이 리조트 설계 건축사인 수잔을 자기 방으로 불렀다.

"수잔 벨리양, 내가 좋은 남자 친구 한 명 소개해 줄까?"

"네 좋아요. 회장님."

"그럼 저녁을 같이해요. 마침, 오늘 그분을 만나거든요."

그렇게 회장님을 따라 디오션 플라워 크루즈에서 하멜 선장을
만났다. 하얀 양복을 입은 잘생긴 마도로스였다. 국제신사 마도로
스, 수잔은 그의 외모에 그만 빠져들고 말았다.

나이 40의 중년 노총각, 그는 일본 선적의 하이트 베어 크루즈
호를 끄는 선장이었다. 식사하면서 내내 그녀는 그에게 끌려가고
있음을 의식했다. 그리고 자주 만나는 동안 관심을 갖게 되었다.
그의 부모도 고향 여수를 떠나 살았고 그는 외로운 타국에서 성장
한 탓으로 한국에 별 애착이 없는 남자였다. 김동민 선장은 그에
게 말하였다.

"하멜 선장, 당신의 아버지 김주원은 내 아버지 친구였어요."

"정말이에요?"

"당신의 조부 때문에 아버지 김주원은 어린 나이에 한국을 떠
났어요."

"조부 때문이라고요?

"당신의 조부는 빨갱이였답니다." 김동민 회장이 진지하게 말
했다.

그는 왜 아버지가 한국을 떠나 살았는지 몰랐는데 한국에 와서

할아버지 때문이라는 것을 알았다. 여·순사건 때 좌익 활동을 했던 빨갱이였다. 김동민 회장은 분노를 꾹꾹 참고 있었다. 그자의 조부 김태삼이 노학년, 장인석과 같이 조부 김영일을 부르조아 원흉이라고 처단하였다.

"뭐라고요? 우리 할아버지가 회장님의 할아버질 죽였다고요?"

"그래요."

"복수하기 위하여 저를 부른 것입니까?"

"당신을 초청한 것은 복수가 아니고 용서와 화해를 하기 위함입니다."

김동민 회장은 마음에 담고 있는 말을 하고 말았다. 하멜은 순간 엄청난 충격을 받았다. 들어보지도 못한 사건이었다. 그 후 하멜은 조국에 관심을 갖고 자주 드나들었다.

수잔은 대충 외출복으로 갈아입고 호텔 프런트로 내려왔다. 벌써, 하멜 선장이 보낸 차가 대기하고 있었다. 그녀가 승용차에 오르자 요란한 엔진 소리를 내며 시내를 가로질러 나갔다.

하멜은 한국인 3세로 어린 시절 노르웨이에서 자라 그곳에서 해양대학을 나와 국제적인 선장이 되었고 지금은 일본 무역선을 운행하고 있었다. 김동민 사장이 외국에 사는 외국인들을 엑스포에 초청했을 때 와서 알게 된 마도로스였다.

그녀가 레인수타인으로 갔을 때 하멜 선장은 선후와 진지한 대화를 나누고 있었다. 수잔 벨리는 두 사람 사이를 의아하게 생각하였다.

"두 분이 언제부터 그런 사이가 됐어요?" 수잔이 대뜸 물었다.

"어서 와요. 사이는 무슨 사이, 하멜 선장이 술을 산다기에 만난 거예요." 선후가 해명하였다.

"밀회는 아니군요?"

"수잔씨, 제가 수잔씨를 부르라고 했어요."

"거봐요. 하멜씨가 나보다 수잔씨를 좋아하나 봐요." 선후가 선을 그었다.

"수잔씨, 오랜만에 만났으니 즐겁게 마셔요." 하멜이 관심을 보였다.

그들의 테이블 위엔 신선한 생선회가 놓여 있었다. 아름다운 무지개 색깔의 생선회였다. 그것은 꽃섬에서 하인수 선배가 내 놓은 그런 생선회였다. 살아있는 생선회의 속살이 움직이면서 오색찬란한 빛을 발산하고 있었다.

"선후씨, 이 물고긴 꽃섬에서 봤던 생선 아닌가요?" 수잔은 형광물고기를 바라보며 감탄사를 연발하였다.

"맞아요, 하멜씨가 선어 사업을 한다기에 주문했어요."

"어쩌면 이렇게 색이 고와요. 생선 살에서 빛이 나요."

"선후씨, 하인수 사장께 이야기해서 거래를 트게 해 주십시오."

"그런데 이 사업을 예약한 사람이 있어요. 리만 데이비스란 보석상도 형광물고기 사업을 한댔어요."

"리만 데이비스도 이 사업을 한다고요?"

"네 지금 엑스포 전시장에 수족관을 만들고 있답니다."

"상관없어요. 장소가 다르니까요."

"물량 때문에 그렇죠."

선후는 수잔의 잔을 채워 주었다.

"수잔 벨리씨, 시간 내 주어서 고마워요. 우리 즐겁게 마셔요."

"감사합니다. 하멜 선장님."

하멜은 엑스포 전시 때 알게 되었다. 그의 한국 이름은 김경호 인데 할아버진 김태삼이고 아버진 김주원이었다. 그는 일본 여인 과의 사이에서 태어난 혼혈아였다. 처음 만날 때부터 그는 수잔에 게 관심을 보였다.

세 사람은 서로 잔을 채워 주고 부딪치고 러브샷을 하였다. 하 멜은 수잔에게 호감을 갖고 있었다. 수잔 역시 그가 싫은 것은 아 니었다. 같은 영국 출신이고 게다가 국제무역선의 젠틀한 마도로 스였다.

"수잔씨, 혹시 독신주의자는 아니죠?" 갑자기 하멜이 엉뚱한 질 문을 하였다.

"호호호, 일을 하다보니 30을 넘긴 올드 미스가 되었어요."

"저도 바다에서만 살다 보니 40인데 장가를 못 갔습니다."

"하멜씨, 구혼하시는 거죠? 두 분이 잘 어울려요." 선후가 손뼉 을 쳤다.

"저도 세월 가는 줄 모르고 일만 했네요." 수잔은 좋다는 의사를 표했다.

"선후씬 자유분망한 소설가니까 결혼 같은 건 생각 안 하겠지요?" 하멜이 농을 걸었다.

"저도 여잡니다."

사랑에 굶주린 청춘들이 술을 마시며 서로를 위로하는 장면이 재미있었다. 인생은 소설이다. 좋아하고 미워하고 미워했다가 좋아하고, 좋아했다가 헤어지고 아무리 사랑이라지만 운명이 가라는 대로 가는 것이 인생이고 그것을 찾아 만든 것이 소설이다. 선후는 야릇한 감상에 젖어 있었다. 하멜이 수잔의 잔을 채워주며 말했다.

"저, 곧 여수를 떠납니다. 일정이 홍콩으로 잡혔어요."

"가시면 만나기 힘들겠군요." 수잔이 섭섭한 표정을 지었다.

"수잔 벨리 박사님을 보러 와야죠. 존경합니다."

"멘트가 끈적대네요." 선후가 넌지시 질투 난다는 투로 던졌다.

"통역관님, 왜 이러세요." 하멜이 미소를 지었다.

그리고 형광물고기 생선회를 안주하며 진하게 술을 마셨다. 생선 살 색감이 미각을 촉발해서 술맛을 당겼다. 바다에 사는 다양한 플랑크톤의 형광 색소를 물고기 몸속에 넣어 만든 물고기인데 일본에서는 관상용보다는 생선회로 미식가들의 인기를 독차지하였다. 선후는 하멜이 괜찮은 남자라고 생각했는데 수잔을 좋아하는 것 같아서 눈치가 보였다.

선후는 생선회를 씹다가 물끄러미 형광생선회를 바라보았다. 하인수 형 생각이 났다. '잔인한 인간.' 갑자기 그녀가 내뱉는 소리였다. 물감을 들인 것이 아니고 세포를 변형시켰다. 꿈틀거리는 육질의 형광을 보면서 즐기는 것이다. 왜 그랬을까. 이것은 무서운 변형이고 가면이며 위장이었다. 그것은 마치 빨갱이가 파란 옷을 입고 나타난 모습이었다. 대체 하인수 형은 무엇 때문에 이런 물고길 만들었을까. 가면과 위장으로 즐겨라, 그런데 리만과 하멜은 형광물고길 아주 좋아했다. 그것은 자신들의 색깔을 지우는 유전자 변형이다. 하륜과 하석주, 하인수, 김태삼과 김주원, 하멜 계보 상종해선 안 될 사람들이다.

형광물고기 생선회로 자정이 될 때까지 술을 마셨다. 하멜 선장은 적극적으로 수잔에게 애정 표시를 하였다. 수잔 역시 그의 매력에 빠져 있었다. 좋은 사람들끼리 자리라서 모두 인사불성이 되도록 마셨다. 하멜 선장은 술에 취한 두 아가씨를 크루즈의 VIP실 객실에 모셨다.

다음 날 아침에 선후는 숙취로 비틀거리면서 크루즈를 나왔다.

할아버지 김영일은 국내 최초로 여수에서 한일 고무주식회사 고무신 공장을 만들어 경영하던 재벌이었다. 여·순사건때 좌익 반란군 앞잡이 남로당원이 김영일 한일 고무사장을 부르조아란 이유로 처형하였다. 여수 경찰서장 김우현이 형 김영일을 죽인 이들을 체포하려고 나섰다. 그들이 처단되자 그들의 아들은 바람처럼 한국에서 사라졌다. 김태삼의 아들 김주원은 한국전에 참가한 노르웨이 병사를 따라 한국을 떠났다. 그곳에서 결혼하여 하멜을 낳았다. 하멜은 자력으로 해양대학을 나와 젊은 나이에 세계 최고의 무역선 선장이 되었다. 김 회장이 그를 초청하였다.

"자네 아버진 나의 아버지와 친구였는데 맺힌 감정이 있다네. 그것을 초월하여 초청했으니 고향이 여수라는 자부심을 가지게. 우리 과거는 잊어버리고 용서하고 화합하면 살자고…"

"회장님, 몰랐던 사실을 알려줘서 고맙습니다."

그런 면에서 수잔도 같은 처지였다. 아무튼 그는 수잔과 한국을 증오하는 부모를 가진 동병상련의 고통을 겪고 있었다.

다음 날 수잔은 박철 형사를 태우고 선후를 찾아왔다.

"우리 섬으로 드라이브나 가요."

"빨강 승용차가 너무 예뻐요."

"승용차가 마음에 드세요? 이 차 선후 작가에게 드릴게요. 소설가에게 딱 어울리는 색깔이에요."

"싫어요. 저도 차 있어요."

"선후씨, 소리도로 가요. 그곳에 나를 초청하는 분이 있어요."

"소리도? 누가요?"

"가보면 알아요. 통역 안내원으로 같이 가는 겁니다. 그리고 박 형사님은 보디가드로 가는 거고요."

오랜 만에 데이트를 하려고 부른 줄 알았는데 통역 안내원으로 불렀고 박 형사를 보디가드로 불렀다는 말이 이상했다.

"수잔씨, 소리도에 반길 사람이 있다고요?"

"네, 나도 모르는데 날 아는 분이 초대했어요."

"누군지도 모르고 가요?"

"그래서 박 형사님을 대동하는 겁니다."

박철 형사는 느낌이 좋지 않다는 표정을 지었다.

"수잔씨, 하멜을 좋아하나요?"

갑자기 박 형사가 물었다.

"네. 그런 감정이에요."

"그자, 의문이 많은 놈입니다. 수잔씨를 위해서인데 마음 주지 말아요."

"왜요?"

"순수하지 않단 말에요."

"순수한 마도로스에요. 이럴 땐 박 형사님은 좋다가도 거리감 느껴져요."

"헛듣지 말아요. 선후씨도 그놈 경계하세요."

박 형사는 수잔과 김선후에게 하멜을 조심하라고 몇 번이고 되뇌었다.

빨강 승용차는 해변 도로를 달려 돌산도로 접어들었다. 섬과 섬을 이어 놓은 연륙교를 타고 달려 다시 금오도에는 배를 타고

가야 한다. 여수 시내에서 뱃길로 1시간 30분 정도의 거리인데 연륙교를 이용하면 30분 정도는 줄일 수 있었다. 돌산대교에서 화태대교를 지나 금오도로 이어지는 해상도는 다도해 해상의 풍치를 한눈에 볼 수 있는 최상의 드라이브 코스였다.

박 형사는 속도를 내었다. 섬과 섬, 해변과 해변을 돌아 이어지는 연륙교는 환상적인 그림이었다. 차는 금오열도를 향하여 내달렸다. 섬과 섬이 점점이 내 박힌 열도를 지나 호수 같은 바다를 달렸다. 잔잔한 파도, 청빛 바다, 그 속에 그림 같은 섬들이 평화로웠다. 연륙교 밑으론 배들이 물결을 가르며 달리고 있었다.

멀리 소리도 검은 섬이 보였다. 소리도 등대가 햇빛에 반짝거리고 있었다. 소리도 등대는 여수항으로 입항하는 뱃길을 안내하는 눈이었다.

"수잔 벨리씨, 어머니가 어떻게 영국까지 가셨어요?" 박철 형사가 물었다.

"한국 전쟁 때 입양되어 갔대요. 부모가 어머니를 버렸답니다."

"어떻게 부모가 자식을 버려요?"

"사정이 있었나봐요. 그래서 입양되어 갔겠지요."

"얼마나 가슴이 아팠을까요." 선후가 동정어린 위로를 하였다.

"난 슬픈 잔해입니다."

"우리 할아버진 여·순사건때 우익의 골수라고 친구에게 살해당했어요." 선후가 슬픈 표정을 지었다.

"우익이라서 죽음을 당했다고요?" 수잔이 애석한 표정을 지었다.

선후는 가족사를 이야기하였다. 할아버진 한일고무 회사를 경영한 분인데 남로당 가담 친구들이 노동자를 착취한 부르조아 계급 제1호로 처형하였다.

"할아버질 죽인 자는 노학년과 장인석, 김태삼, 한재수 무리들이죠." 그 후 여수 경찰서장 김우현은 형을 죽인 그들을 처형했다. 그런데 한국 전쟁 이후 여수 경찰서장 김우현은 어디론가 사라져 버렸다. 사람들은 그가 빨갱이 후예들에게 살해당했다고 생각하였다.

"그런 일이 있었군요. 저의 어머니는 어느 쪽인지 모르겠어요."

"한국에서 살지 못했다면 좌익일 수 있어요." 박철 형사의 말투는 사뭇 의미가 있었다.

"어머닌 자세한 이야길 안 해줬어요. 그러면서 조국이 싫고 고향에 절대 가지 않겠다고 했어요." 수잔이 눈시울을 글썽이며 말했다.

좌,우를 고사하고 고향을 증오하는 사람들이 많았다. 그래서 김동민 회장은 서로 이해하고 용서하며 화해해야 한다고 그들 후예를 고향에 불러들였다. 이야길 나누고 있는 사이에 해양 경비 쾌속정은 어언 소리도의 덕포에 도착하였다. 경비정에서 내려 등대가 있는 언덕으로 올랐다.

"대체 이곳에서 수잔씰 초대한 분이 누굴까요?"

"그곳에서 어장을 하는 하미녕 사장이라고 했어요."

"그분은 어떻게 수잔을 알았대요?"

"대조 해운 김동민 회장님의 소개로 알게 되었나봐요."

"오빠가 소개했다고요…?" 선후가 의아해하였다.

"몰라요. 만나보면 알겠지요."

어둠이 내리고 있었다. 언덕에 우뚝 선 등대에서 불이 켜졌다. 이곳 소리도는 남해안에서 가장 멀리 있는 등대로 밝기가 유명하였다.

"경치가 좋군요. 멋진 등대예요." 수잔이 감탄을 연발하였다.

소리도 등대는 남해안을 달리는 선박들의 이정표였다. 중국에서 일본을 가는 배나 서해에서 남해를 거쳐 부산으로 가는 배들과 고기를 잡는 어선들의 항로를 알려 주는 생명의 불빛이다. 그리고 여수항을 알리는 불빛이기도 하였다. 박철 형사는 자상하게 등대를 설명하였다. 어느새 바다에 어둠이 깔리고 언덕의 등대 불빛이 바다를 가르고 있었다.

수잔은 어둠이 내리는 포구에서 등대불이 가르는 바다를 바라보았다. 아름다운 섬이었다. 바다엔 온통 가두리 양식장의 부표가 하얗게 깔려 있었다. 등대가 돌 때마다 강렬한 섬광이 멀리 바다를 찌르듯 넓은 가두리 양식장을 스치고 있었다. 등대는 일 초도 어김없이 저녁 7시에 켜져 다음 날 아침 7시에 꺼진다. 바람 소리,

파도소리, 등대가 우는 소리, 등대불이 울면 날씨가 흐려진단다. 멀리 여수로 들어가는 배들이 줄을 잇고 있었다.

선후는 수잔이 말해 주는 대로 해조海潮에 전화를 걸었다.

"해조 사장님이세요. 수잔씨가 등대섬에 와 있어요."

"기다리세요. 제가 모시러 가겠습니다." 곧 해조의 종업원이 달려왔다. 그는 바다목장 해조로 안내하였다. 해조는 넓은 가두리 양식장의 수상 가옥이었다.

"수잔씨, 어서 오세요." 60대 초반의 여인이 맞았다.

"김동민 사장님의 안내를 받고 왔습니다."

"제가 하미녕입니다. 오느라고 고생이 많았지요. 들어가시죠."

"전 같이 온 통역사고요, 이분은 길 아내인 박철 형사입니다."

"알아요. 김동민 사장이 선후씨와 박 형사님과 같이 갈 거라고 하더군요."

그녀는 우릴 수상 가옥으로 안내하였다. 물 위에 세워진 이국적인 가옥이었다. 가옥의 물밑엔 물고기들이 놀고 있었다. 수상가옥의 응접실은 수족관으로 둘러싸여 있었다. 그곳의 엄청난 물고기를 보고 놀랐다. 그것은 마치 인수형의 바다목장과 흡사했다. 하미녕 사장은 우릴 별실로 모셨다.

"시장할 텐데 얼른 식사를 준비하겠습니다."

그리고 곧장 준비해 놓은 저녁 식사가 나왔다. 화려한 해물로 된 식단이었다. 생선회, 생선구이, 생선찜, 생선 무침, 생선 튀김으로 짜여 있었다. 선후는 그 속에 눈을 크게 뜨고 입을 빠끔거리는 형광물고기 횟감을 발견하였다. 몸은 죽었는데 머리만 살아 있었다. 놈의 살에서 오색찬란한 빛이 발산되었다.

"반가워요. 수잔 벨리씨, 전 해조의 사장 하미녕이라고 합니다."

선우는 선뜻 꽃섬의 하인수 형을 생각했다. 같은 하씨라는 것이다.

"절 부른 이유가 뭐지요?" 수잔이 의아해서 물었다.

"어머니가 한국 분이라면서요?" 하미녕 사장이 물었다.

"네,"

"김동민 회장님이 수잔 벨리씨를 자주 말씀해서 압니다."

"어떻게 소개를 하던가요?"

하미녕 사장은 슬픈 표정을 지었다.

"수잔 벨리씨, 어머니 성함이 김해녕인가요?"

"맞습니다."

"김해녕씨는 저의 언니입니다. 그러니까 난 아버지가 다른 여동생이지요."

청천벽력 같은 소리였다.

"그게 사실인가요?" 선후가 얼굴을 붉히면 물었다.

"네, 맞습니다."

우선 식사를 하고 이야길 하기로 하였다.

"소리도 생선요리가 맛있네요." 수잔이 감탄했다.

선후는 얼룩 물고기 생선회와 도미찜, 서대회, 금풍쉥이 구이, 감성돔, 장어 매운탕, 여수의 특미 음식을 먹으며 감탄하였다. 갯벌이 좋아서인지 여수산 물고긴 우리나라에서 제일 맛있다고 소문이 나 있었다. 그런데 특미 음식을 내놓았다.

"갯벌이 좋아서 그런 것 같아요." 박철 형사가 대응하였다.

"수잔씨 외모가 출중해요. 참 곱네요. 어머니도 색시처럼 고운가요?"

"네, 아버지가 동양의 미인이라서 결혼을 했대요."

"아버지는 영국인이고 어머니는 동양인 사이에 난 혼혈이라 예쁘군요."

그녀는 수잔 벨리 밥에 생선구이를 발라서 올려놔 주었다. 수잔은 의외라는 듯 맛있게 먹었다.

"사장님, 형광물고기 말예요. 이곳에서 기르나요?" 선후가 물었다.

"네, 저의 어머니가 개발해서 길러요. 가두리 양식장에 가면 볼 수 있어요."

하미녕 사장이 답했다.

"어머님이 개발했다고요. 그럼 대량 생산 하나요?

"네."

"양어장을 보고 싶네요. 어머닌 어디에 계십니까?"

"연구실에 계십니다. 오신 줄 몰라요. 식사 후에 뵙게 될 것입니다."

"사장님, 이 댁 할머니가 형광물고길 기른다고요?"

선후는 선배 하인수를 떠올리며 물었다.

"네, 저의 어머닌 형광물고길를 개발했어요."

이상한 일이었다. 인수 선배가 개발한 물고기와 너무 흡사했
다. 이곳 양어장에서 형광물고기 양식한다는 것이다.

수잔이 형광물고기에 관심을 보였다.

"신월리 리조트에 형광물고기 수족관을 만들고 싶어요."

"수족관을 만들면 고긴 공짜로 대 줄게요." 하미녕 사장이 제안
하였다.

선후는 꽃섬에 있는 하인수의 바다목장과 이곳 사장님과 연관
이 있다고 생각하였다.

"사장님, 꽃섬에도 이런 양어장이 있어요." 의아한 표정으로 말
했다.

"하인수 말이군요, 제 동생입니다."

"하인수 선배가 동생이라고요?"

"성씨가 같잖아요."

"어떤 사연인지요?" 선후는 다가서며 물었다.

"잘 모르고요. 나와 그는 배다른 남매인데 우리 어머니가 그 아
이를 길렀어요."

"하인수 선배는 박인숙 할머니가 길렀다는데요?"

"어머니가 그분에게 맡겼어요."

그러니까, 남의 자식을 자식처럼 길렀다는 것이다. 점점 궁금해지기 시작했다. 어쩐지 인수형의 정체가 의심스러웠다. 어딜 가나 새로 들리는 이야기가 그녀를 혼란스럽게 하였다. 그 사연이 알고 싶었다.

"그 어머니 친구분의 이름을 아세요?"

"이수임이라고…"

"네, 이수임씨가 미녕씨 어머니의 친구라고요?"

선후는 이 놀라운 사실 앞에 그만 질식할 것 같은 충격을 받았다. 숨이 멎는 듯하였다. 한참 후 진정을 되찾았다.

"하인수가 이수임씨의 손자라고요?"

"그렇다니까요? 그런데 김선후씬 왜 그리 당황하세요?"

"아는 분이라서… 어머님 성함은 뭡니까?"

"한채연이라고 합니다."

"수잔씨 외할머니 성함이 한채연씨라고 했잖아요?"

선우는 그만 졸도할 것 같은 충격에 빠지고 말았다. 왜 오빠는 진즉 이런 사실을 이야기해 주지 않았을까. 한채연, 여수의 남로당 간부 한재수의 동생이며 바로 빨치산 여전사였다. 가문의 비밀인데 그녀는 바로 작은 할아버지 김우현 서장의 첩이었다. 즉 작은 할머니였다. 그렇다면 하미녕은 고모였다. 그런데 왜 이수임의 손자를 한채연에게 맡겼을까?

아무튼 잠적해버린 작은 할아버지 김우현은 한채연 빨치산 여전사 첩과 소리도에서 살았다. 그것은 아무도 모르는 비밀이었다. 빨갱이 잡던 경찰이 빨갱이 여전사와 동거를 했다는 기막힌 사연이 드러났다. 하미녕씨가 수잔을 부른 것은 혈육의 확인이었고 김동민 사장이 만든 충격이며 선후에겐 엄청난 폭풍이었다.

"꽃섬 바다목장에서 기르는 형광물고긴 한채연 할머니가 개발한 치어군요?"

"맞습니다."

상상이 안 되는 미스터리였다. 하나씩 밝혀지는 의문에 선후는 혼란과 당황에서 헤어나지 못했다. 얽히고 설킨 혈연의 미묘한 갈등이었다.

"그럼 인수형의 할머니 박인숙씨도 알겠네요."

"알죠. 어머니가 그분께 인수를 맡겼어요."

사연은 점점 복잡해지고 있었다. 밀수범으로 도주를 하던 이수임이 손자 인수를 데리고 와서 한채연 노파께 맡겼는데 어느 날 박인숙이 찾아와서 이수임의 외손자를 기른다기에 줬다는 것이다. 그리고 그 후 박인숙과 한채연은 자매처럼 지냈다. 그런데 밤이 저무는데도 한채연 할머닌 나타나지 않았다. 저녁 식사를 마치고 미녕 이모는 깨끗한 침실을 따로 마련해 주었다. 수상 가옥 안에 있는 침실이었다.

"한채연 할머닌 어디 계셔요."

"안도에 계셔요. 내일 오실 겁니다." 변명 같았다. 한채연 할머니가 나타나지 않는데는 이유가 있는 것 같았다.

아침에 하미녕 사장이 선후 일행을 깨웠을 땐 해가 중천에 떠 있었다. 안채에 아침 상이 마련되어 있었다. 아침을 먹고 하미녕 사장은 가두리 어장으로 안내하였다. 바다를 그물로 막은 엄청난 규모의 가두리 양식장이었다.

"이곳에서 주로 무슨 물고길 길러요?"

"광어, 놀래미, 도미, 농어, 전복, 우렝쉥이, 금풍생이, 가자미, 장어, 우럭 등 20여 가지 물고기가 자라고 있어요. 물론 자라는 양식장이 달라요.

"엄청나군요." 박철 형사가 고갤 끄덕였다.

"하루에 1톤 이상 출하되어요. 단일 어장으론 우리나라에선 가장 클 거예요." 이제는 잡는 어업은 안 되고 기르는 어업만이 경제성이 있었다. 상품은 주로 일본으로 수출되고 소량이 서울 등 전국 각지로 분배된다고 하였다. 하미녕 사장은 사업에 포부를 가진 패기찬 여인이었다. 60대 초반인데도 50대 초반의 젊음과 미모를 가진 건강한 부인이었다.

"몇 년이나 이 사업을 하셨나요?"

"40년째에요. 우릴 보고 사람들은 모녀 어부라고 해요."

억척 어부였다. 어머니와 배를 타고 먼바다에 나가서 고길 잡아 팔아 생업을 이었는데 나이가 연만해지자 먼바다에 못 나가게 되었고, 어머닌 새로 가두리 양식을 시작했는데 성공하였다.

"평생 배를 타고 고길 잡았다니 어머님이 참 대단하신 분이시
군요." 박철 형사가 찬사를 연발하였다.

"남자 어부 못지않아요. 90세 고령인데도 어장을 하시면서 간
혹 배를 타고 먼 바다로 나가서 고길 잡곤 해요."

그때였다. 가두리 양식장을 걸어 다니는 노파를 발견하였다.
빨간 모자를 쓰고 노란 작업복을 입은 노파가 물고기의 먹이를 주
고 있었다. 한채연 노파 같았다. 나이가 구순을 훌쩍 넘긴 노령의
할머니가 젊은이 같이 움직이며 먹이를 주고 다녔다.

"저분이 어머님이신가요?"

"엊저녁에 왔어요. 참 정정하답니다."

하미녕씨는 어머니가 하루에 아침, 저녁으로 두 번씩 가두리
양식장을 둘러보며 먹이를 주는데, 등대가 켜질 저녁때 주고 등대
가 꺼질 새벽에 먹이를 주고 산책을 하고 낮에 주무신다고 하였
다.

"등댓불을 좋아하시나 봐요?"

"너무 사랑해요. 하루 두 번 등대의 망루에 올라 먼바다를 바라
보곤 해요."

"등대를 사랑하는 것은 누군가를 기다리나 봐요."

"맞아요. 자신이 등대라고 생각해요. 찾아올 사람을 기다리나
봐요."

"그 사람이 누굴까요?"

"글쎄요."

수잔의 발길은 은연중에 노파가 서 있는 가두리 양식장으로 옮겨지고 있었다. 노파는 아무 생각 없이 자기 일만 하고 있었다.

"등대가 꺼지는 날, 그 사람이 오면 이 섬을 떠날 거래요…"

"그 사람이 언제 오는데요?"

"글쎄요, 영원히 안 올지도 모르죠."

하미녕 사장은 어머니 이야길 계속하였다.

노파는 소리도[鳶島]에 와서 어부가 된지 40년이 지났다. 따라서 등대는 그녀의 유일한 친구였다. 늘 밤늦게까지 등대를 바라보며 고길 잡았다. 소리도 등대. 다도해 여수 끝자락 청정해역에 우뚝선 등대는 한채연 노파의 희망이며 꿈이었다. 지금은 수많은 국제화물선이 여수를 출입하지만, 예전엔 하루 몇 척의 배가 지나는 한적한 등대였다. 노파는 등대를 생명이라고 했다.

등대 앞에 서서 늘 눈물을 흘리는 것이었다.

'오늘 밤은 유난히 별빛이 밝구나. 날씨가 맑고 파도가 잔잔하며 불빛은 저 먼 지평선을 가르며 가는데, 그립다. 보고 싶다. 큰 딸이 보고 싶다.'

그 모습을 보고 미녕은 마음속으로 어머니를 원망했다. 그녀는 큰딸과는 아버지가 다른 딸이었다.

'또 언니 생각이야. 죽은 사람을 기다려서 뭘 해, 나도 딸이야.

내게 그만큼 간절해 봐.'

수잔은 한채연 노파의 모습이 곧 어머니의 모습 같다고 생각하였다. 어머니도 그랬다. 늘 갈 수 없는 고향이라고 했다.

"한채연 할머닐 만나고 싶어요."

"어머닌 당신들이 온 줄을 몰라요."

"왜, 말씀을 안 드렸어요?"

일행은 할머니 옆으로 다가섰다.

"어머님, 이분들은 형광물고기 사업차 오신 분들입니다."

"서양사람 같은데…?"

"네, 외국에서 왔답니다. 관상용 수족관을 만들어 형광물고길 기르고 싶대요."

"할머니, 제게 물건을 대 주세요."

"글쎄요."

선후 일행은 하미녕 사장을 따라 노파의 연구실로 들어섰다. 그곳은 한채연 노파가 형광물고기를 양식하는 연구실이었다.

작은 치어들이 어항 속에서 현란한 색을 발하며 놀고 있었다. 크기 별로 각기 다른 방에서 자라고 있었다. 너무나 아름다운 모습이었다. 선후는 잠시 현란한 색을 발하는 물고기들에 혼을 놓고 있었다. 무지개색을 띤 물고기들이 유유자적하며 헤엄치고 있었다. 양어장의 4면 벽에선 강렬한 빛이 발사하여 물고기 내장까지 파고들어 현란한 형광빛을 발산하고 있었다. 물고긴 울긋불긋 어장을 맴돌았다. 선후는 형광물고기를 보면서 변신의 귀재라고 생각하였다. 추한 모습을 감추고 현란한 아름다운 색으로 자신을 방어하는 것, 그것은 여·순사건의 가해자 같았다. 빨갱이가 하얀 옷으로 갈아 입었으니 아무도 그가 빨갱인 줄 몰랐다. 마치 형광물고기처럼 위장하였다.

"이쪽으로 앉으세요." 노파가 의자를 빼주었다.

하미녕 사장은 어느새 커피를 끓여냈다. 커피를 마시며 담소하였다.

"외국인이 한국에서 관상용 수족관을 만들겠다고요?"

"네, 전 신월리 리조트에 살아요. 그곳에 대형 수족관을 만들어 관광용으로 키우려고요." 수잔이 대답하였다.

"신월리. 그곳에서 관상용 수족관이 있어? 좋은 생각인데 우리집 물고긴 관상용이 아니랍니다."

"수족관에 키우면 관상용이 되죠."

"아니요. 난 내가 생각하는 형광물고길 변종했는데 사람들이 회로 즐겨서 불쾌했어요. 허락은 했으나 관상용은 안 돼요." 할머닌 의미심장한 말을 하였다.

"형광물고길 관상용으로 두면 사람들이 즐거워할 겁니다." 박형사가 수잔의 생각을 도왔다.

"그러잖아도 김동민 김 회장이 그런 말을 하더군요. 내가 만든 물고기가 세계시장으로 나가면 엄청난 부자가 될 거라고요. 그러나 형광물고긴 내 생명과 같은 것입니다. 관상거리나 식감으로 만든 고기가 아니라는 겁니다. 저놈들 몸속에서 발산하는 빛은 내 가슴의 한 맺힌 빛이랍니다."

할머닌 알아들을 수 없는 말을 하였다. 그리고 긴 한숨을 내 쉬었다.

"어머니 이분들에게 물고길 대 주세요."

"안 된다니까, 외국인 아가씨가 어떻게 알고 여길 왔소?"

"관광차 왔대요. 수잔썬 건축학 박사고요. 어머니 고향이 한국이랍니다." 미녕이 대변하였다.

"외국, 어느 나라에서 왔소?"

"영국이요. 저의 어머님 고향이 여수래요. 한국 전쟁 때 입양되었답니다."

수잔이 또렷하게 설명해 주었다.

"입양되었다고?" 할머니가 매섭게 노려보았다.

"네."

"그럼, 색시는 곧 영국으로 가겠네요."

"네, 일이 끝나면요. 지금 여수에서 건축물을 짓고 있어요. 감독이거든요. 끝나면 갈 겁니다."

"참, 여식을 훌륭하게 키웠구먼." 노파는 수잔의 손을 매만졌다.

"할머니가 저의 외할머니 같아요."

"그래요. 그렇게 느꼈어요. 나도 수잔양이 손주 같아요. 자주 놀러 와요."

한채연 노파는 미소를 지어 보였다.

"우리 어머님은 성악가예요. 노래를 잘해요." 하미녕 사장이 말했다.

수잔은 한채연 노파의 얼굴을 빤히 쳐다보았다. 주름살 사이로 가득한 수심이 어쩜 어머니 얼굴과 같았다. 생계를 위하여 거친 바다에서 일하던 어부의 모습이 떠올랐다. 거칠고 험난한 파도와 싸운 인생이 얼마나 고달팠을까. 처음엔 먹고살기 위해서 시작한 일이 큰 사업이 되어 지금은 부러움 없이 사는 모습이 훌륭했다. 그러나 뱃일과 어장 일을 딸이 맡아 하는 바람에 연구에만 전념하고 있었다.

"하나밖에 없는 딸이 내 일을 돕느라고 시집도 못 가고 저 지경으로 늙어 버렸답니다." 노파는 먼바다를 응시하며 말했다.

"어머니, 그런 얘긴 왜 해요? 시집 못 간 것은 어머니 때문이 아니에요."

"말은 저렇게 하지만 어머닐 원망 많이 할 거예요. 그런데 수잔 벨리양. 어머니가 여수에서 태어났다고?"

"네, 입양 갔어요. 살기가 어려워서 어머니가 강제로 보냈대요. 그래서 한국에 가기 싫다고 했어요."

"그랬어요? 어머니 한국 이름이 뭔지 알아요?"

"김해녕입니다. 하미녕 사장님의 성함과 비슷해요."

"김해녕, 정말 김해녕이라고요?"

노파는 숨이 넘어가는 비명같은 소릴 질렀다. 노파의 표정이 하얗게 굳어지고 있었다. 하미녕 사장도 놀라 말없이 수잔을 바라보고만 있었다. 노파의 눈엔 어느새 눈물이 고이더니 주름살을 타고 흘렀다.

"왜 이러세요. 할머니?"

"원래 이런다오. 말을 많이 하면 눈물이 나고 이렇게 맥이 빠지면서 정신이 흐려진다오. 죽을 때가 되어서 그러나 봐요. 그럼, 난 좀 쉬어야겠어요."

한채연 노파는 자리를 떴다. 하미녕 사장은 어머닐 부축하고 나갔다. 수잔은 말없이 돌아가는 노파의 뒷모습을 쳐다보았다. 안채로 모시고 하미녕 사장이 돌아왔다.

"미안해요. 안 그랬는데 오늘 유난히 약해 보여요."

"나이가 연만하니까 그러시겠죠."

선후는 당장 달려가서 나도 손녀라고 말하고 싶었다.

"수잔 벨리, 그리고 김선후 작가님 부탁이 있어요. 바쁘시겠지만 하루만 더 쉬었다가 가세요. 어머니가 할 이야기가 있나봐요."

"글쎄요. 바쁜데…"

"부탁입니다."

박철 형사는 하미녕씨 가족사를 경청하고 일어났다.

"그러세요. 그럼, 난 먼저 갈 테니 수잔씨와 선후씬 하룻밤 할머니와 지내다가 오세요. 할머니께서 할 말이 있다잖아요."

박 형사는 많은 정보를 얻었다는 듯 가볍게 먼저 소리도를 떠났다.*

소리도 등대

다음날 밤, 등대가 켜질 시각에 하미녕 사장은 선후와 수잔을 데리고 등대섬으로 올라갔다. 마침 등대불이 켜지고 있었다. 어머닌 등대불이 켜질 시각이면 언제나 덕포의 언덕에 올라 등대불이 비치는 먼바다를 바라보며 누군가 기다림에 간절했다.

"어머니는 이곳에서 늘 누군가를 기다렸어요."

"누굴 기다리는데요?"

"김해녕, 큰딸을 기다렸어요."

"저의 어머닐 기다렸군요." 수잔이 응답했다.

"수잔을 보았을 때 해녕 언니가 살아온 것 같았어."

한채연 노파는 수잔이 언니 이름을 말할 때 충격으로 실신할 뻔하였다. 그녀는 큰딸 앞엔 늘 죄인이었다.

"우리 어머닐 왜 버렸대요?"

"딸을 살리기 위해서라고 했어."

"무슨 뜻이죠?"

"빨갱이의 딸이기 때문이야. 어머니가 남로당 빨갱이였거든."

"할머니가 반란군 앞잡이였군요."

"그래, 맞아."

한채연은 빨갱이 딸이라서 여수에서 살 수 없었기 때문에 딸을 몰래 도피시켜 입양을 보내고 자신도 자취를 감추었다.

"말도 안 되는 소립니다. 어떻게 열 살 난 어린 딸을 입양 보냅니까?"

"어머니 입장에선 그럴 수밖에 없는 운명이었어."

카인의 후예들이다. 선후는 그만 쓰러질 것 같은 현기증을 느꼈다. 수잔은 계속 울먹이고 있었다. 도저히 한채연 할머니의 입장을 이해할 수가 없었다. 수잔은 아픈 가슴을 어루만지고 있었다. 어머니가 그토록 고향에 갈 수 없는 한을 눈물로 달래던 뜻을 알 수 있었다. 고향에 갈 수 없었던 이유가 공산당 빨갱이 자식이라 비판받을 오욕보다는 자기가 버린 어머니에 대한 증오가 더 컸다고 생각하였다.

"외할아버지는 누굽니까?"

"…" 하미녕 이모는 말을 못 하고 있었다.

"외할아버지가 누구냐고요?" 수잔이 울먹이면서 물었다.

"수잔, 이모가 말 못 할 사연이 있어. 다음에 내가 말해줄게."

선후는 수잔을 안으면서 말했다. 통역을 하면서 도저히 그 상황을 사실로 전해 줄 수가 없었다.

하미녕 사장은 눈물만 흘리고 있었다.

"미안하다. 할머니가 저지른 일이라서…"

"글쎄요. 난 뭐가 뭔지 모르겠어요." 그러나 그 일이 사실이라면 어머니 입장에선 절대 용서가 안 될 것 같았다. 늘 그랬다. 고향에 가고 싶은데 갈 수가 없다. 자길 버린 할머니 때문이란 이야긴 안 했다. 그러면서 딸에겐 여수 엑스포 사업에 참여하라고 하였다.

"언니 처지에서 그럴 수밖에 없었을 거야. 그러나 박사님은 외할머닐 용서를 해줘야 해요."

"글쎄요. 어머니 일이에요."

"미안해, 정말, 언니에겐 미안해."

그녀는 수잔을 안고 크게 울었다. 선후도 그들의 비통한 모습에 끝내 참지 못하고 따라 울고 말았다.

"선후씨, 당신은 이해가 됩니까? 용서할 수 있느냐고요?"

수잔은 선후에게 동정어린 질문을 하였다. 딸을 버린 것이 아니고 딸의 앞날을 위해서 보냈다지만 용서가 안 되는 일이었다. 김해녕은 작은할아버지 딸이다. 어떻게 경찰 서장이었던 김우현 조부가 남로당 빨갱이 여전사 한채연과 사이에서 아이를 낳았을까 의문이었다. 선후는 작은할아버지 이야길 알지 못했다. 오빠는 알고 있을 것 같았다.

"사장님, 한채연 할머닌 세상과 인연을 끊고 소리도에서 누구와 살았나요?

"김우현 서장과 같이 살았어요."

"두 사람은 원수지간이었는데요···."

"사랑은 원수도 국경도 초월한다잖아요. 슬픈 연인들이었죠."

하미녕 사장은 눈물만 흘리고 있었다. 진정하고 어머니의 소리도 생활과 모녀가 헤어진 내막을 절절하게 이야기하였다.

1948년 여수에서 군인들이 반란을 일으켰을 때 어머니 한채연은 여수 남로당 여맹위원장을 지냈다. 어머닌 군중 앞에서 공산주의 천국을 역설하는 혁명가였다. 어머니 집안은 4형제가 일본 유학을 마칠 정도의 재력을 가졌던 집안이었다. 여수 돌산의 재력가이며 최고 엘리트 집안의 셋째로 태어났는데 자식들은 모두 유학을 마치고 좌익 활동을 하였다.

그것은 큰오빠 한재수가 사회주의 이념에 깊이 물든 인물로 동생들에게까지 세뇌시켜 공산주의 이론가 집안으로 만들었고, 남로당 핵심 당원이 된 그는 신월리 주둔 군부와 밀교하여 민간인으로 여·순사건에 동조했었다. 어머닌 바로 큰 오빠의 영향을 받은 사회주의자였다.

당시 여수엔 세 재벌이 있었는데 노학년의 집안과 김영일의 집안, 그리고 한재수의 집안이었다. 세 사람은 일본에서 대학을 나온 여수 최고의 엘리트였다. 노학년은 사회주의 철학가로 활동했고, 한재수는 남로당 중앙간부였고 그의 딸 한채연은 여맹위원장이었다. 그리고의 김영일은 여수 한일고무 주식회사를 세워 운영하였고 동생 김우현은 경찰 서장이었다. 당시 김우현과 한채연은 연인 사이였다. 그런데 김우현은 빨갱이 잡는 경찰이었고 그녀는 남로당원이었다. 슬픈 연인들이었다.

여·수사건 때 좌익 골수 친구들은 김영일과 김우현 형제를 부르조아라고 비판했다. 결국 노학년이 김영일을 우익으로 몰아 죽였다. 반란이 끝나고 여수경찰서장 김우현은 이들을 처형하였다. 그런데 김우현 서장은 한재수 동생 한채연은 몰래 빼돌려 숨겨줬다. 그러나 한국 전쟁 후 그녀는 잡혀 옥살이를 했고 출옥하여 김우현과 다시 만나면서 딸 해녕을 낳았다. 한채연은 금오도에서 숨어 살다가 김우현이 누군가에 의해서 살해당하자 딸을 데리고 소리도로 사라져 버렸다.

선후는 하미녕 사장의 이야길 들으면서 착찹한 심기로 우울해 있었다. 아버지 김경섭은 할아버지 김영일의 원수를 갚기 위하여 작은아버지 김우현처럼 경찰이 되어 공산당을 잡는데 앞장을 섰다. 아버지는 밀수꾼을 찾아다니다가 빨갱이 후예들에 의해서 살해당하고 아들 김동민은 해운업으로 성공하여 가문의 한을 삭이고 있었다. 그런데 한채연은 아무도 모르게 소리도로 숨어들어 평생 어부로 살았다.

수잔과 선후는 미녕 사장의 말을 진지하게 듣고 있었다.

"어머니가 조국을 증오한 이유를 알겠네요."

수잔은 병적으로 조국을 거부한 어머니를 떠올리고 있었다.

"수잔, 할머닌 얼마나 큰 딸을 그리워했는지 몰라."

날마다 등대에 올라가서 혹시나 딸이 올지 모른다고 기다렸다는 것이다.

"애절한 모정이었군요."

그런데 해녕 언니는 이렇게 훌륭한 딸을 낳아 박사님을 만들 정도로 잘살고 있었다. 하미녕은 몽롱한 의식에 젖어 있었다. 선후는 조용히 한채연 노파의 연구실로 찾아갔다.

"할머니, 할머니께 전할 말이 있어요."

"소설가라고 했지?"

"네, 저 이수임 노파를 만났거든요."

"이수임을 만났어? 어디에서…?"

"보성에서 녹야원이란 찻집을 경영하고 있더군요."

"그런데 어떻게 이수임을 아느냐고?"

"박동근 시인과 같이 가서 만났어요."

"박동근 시인이 살아 있었나?"

노시인이 한국에 왔다가 이수임을 만났는데 다시 호주로 돌아갔다는 이야기를 하였다. 그리고 박동근 시인의 손자 박철 형사가 소리도에 왔다 간 이야기도 하였다.

"같이 온 경찰이 박동근 시인의 손자였다고…"

"네."

갑자기 한채연 할머니 표정이 굳어졌다. 그 표정은 뭔가 불안에 떠는 모습이었다. 선후는 박철 형사가 왔다가 한채연을 확인하고 돌아간 이유를 알 것 같았다.

"몹쓸 년, 나쁜 인간. 이수임이 내 거처를 알려주던가?"

"아닙니다. 여기 와서 알았습니다."

오빠는 모든 사실을 알고 있었다. 문제는 박철 형사가 한채연을 알아보고 아무 말도 안 하고 돌아간 것이 마음에 걸렸다. 그는 뭔가 감을 잡은 것 같았다.

"내가 그년을 만나야겠어."

"기회가 되면 안내하겠습니다."

한채연 할머닌 선후가 이수임을 만났다는 말을 듣고 파랗게 굳어졌다. 선후는 작은할머니를 저주의 눈으로 바라보고 있었다. 조부를 죽인 빨갱이 족속이었기 때문이었다. 어둠이 짙게 내린 바다엔 등대만이 혼자 세찬 불빛으로 뱃길을 가르고 있었다. 그 빛 속에 작은 어선 한 척이 미끄러져 가고 있었다. 파도가 일지 않은 바다는 마치 호수 같았다.

선후는 한채연 노파가 작은할머니란 것을 알면서도 말을 하지 못했다. 그것은 할아버지 김영일을 죽인 남로당원이기 때문이었다. 그런데 그녀가 어부가 되어 과거의 오욕을 숨기고 무거운 침묵으로 일관하고 있었다는 것은 과거에 대한 후회와 회한일 수도 있었다. 소리도를 떠나려고 했지만 자신에게 드리운 굴레가 너무 무거워 그걸 벗고 나설 수가 없었을 것이다. 문제는 작은할아버지 김우현을 죽인 범인을 그녀는 알고 있을 것 같았다.

소리도 등대섬, 솔개가 나는 형상을 한 섬이라 하여 여수말로 솔개를 소리로 말하여 소리섬이 소리도로 불렸고, 마치 그 모습이 바람에 날리는 연 같기도 하여 일명 '연도'라고도 하였다.

소리도 등대는 1910년 한·일 합방이 되던 해 세워졌다. 남해안의 중간에서 중국과 일본으로 가는 뱃길을 알리는 등대였다. 그러나 지금은 목포에서 부산으로 가는 뱃길이나 여수로 들어가는 뱃길을 알리는 길잡이다. 소리도 등대는 거문도 등대와 같이 남해안의 고기잡이배들이 항구를 찾아가는 이정표이며 다도해 어장의 해표로 알려졌다.

어둠이 내리자 우린 등대섬을 내려왔다. 등대는 혼자 깜빡거리고 있었다.

아침을 먹고 선후는 다시 한채연 노파의 연구실로 들어갔다. 할머닌 열심히 실험에 열중하고 있었다. 물고기 몸에 플랑크톤 색소를 넣는 실험이었다. 주사기에 빨간 색소의 플랑크톤 액을 물고기의 몸속에 찔러 넣으며 물고기 몸에 색소가 배여 빨갛게 변하는 것이다. 할머닌 계속 다른 물고기에게 주사기를 찔렀다. 흰 살의 물고기가 어느새 빨갛게 변색하여 나왔다. 할머니는 묵묵히 유리벽 안에서 춤추는 얼룩 물고기를 바라보고 있었다. 선후는 그 모습이 변장과 위장의 가면이라고 생각하였다. 형광색으로 본색을 지워버리는 변장술이다. 그런다고 빨갱이의 죗값을 숨길 순 없는 것이었다. 한참 그녀의 행동을 지켜보고 있는데 할머니가 선후를 발견하였다.

"뭘 그렇게 유심히 봐."

"신기해서요."

"신기해? 이건 살생이야. 한 생명을 죽이고 다른 생명을 잉태하는 살생이지."

"살생을 왜 하세요?"

"먹고살기 위해서지."

"그렇군요. 먹고살기 위하여 살생을 하는군요."그 말에 할머닌 힐끗 선후를 쳐다보았다.

"수잔 말이야. 참 착한 아가씨 같아. 볼수록 정이 드는 아가씨야."

"네. 심성이 고운 효녀예요."

모든 속내를 보이지 않는 할머니가 야속했다. 할 말이 많았는데 말이 나오지 않았다. 당장 한채연 할머니, 난 김영일의 손녀이며 김경섭 경장의 딸이라고 말하고 싶었다. 그러나 말이 나오지 않았다. 그것은 잔인한 증오 같았다. 그때 수잔이 연구실로 들어왔다.

"할머니 저 가겠습니다."

"가겠다고? 할미가 싫어서겠지."

"네, 이곳에 더 머물고 싶지 않아서요." 수잔은 쌀쌀맞게 내뱉었다. 돌변한 것이다. 선후는 그녀의 행동에 당황하고 있었다.

"미안하다. 내 사랑하는 손녀야." 한채연 할머닌 수잔을 끌어안았다.

"건강하게 지내셔요."

"잘 가거라. 어머니에게 전해라. 내가 죽기 전에 한번 다녀가라고 해라."

수잔은 차마 약속을 할 수 없었다. 그리고 말없이 해조를 나왔다. 선후는 수잔을 바라보았다. 그녀는 할머니의 하얗게 질린 표정을 바라보며 뭉클해오는 가슴을 부여안고 있었다. 모든 것이 꿈만 같았다. 사실이 아니었으면 좋았다.

선후는 그녀를 태우고 소리도를 떠났다. 수잔은 차 안에서 눈을 감고 꿈같은 이야길 회상하였다. 어머니를 생각하며 눈물을 흘리는 것 같았다.

여수로 돌아와서 수잔은 리조트에 누워지냈다. 도저히 일할 기분이 나지 않았다. 그때 하멜 선장에게서 전화가 걸려왔다.

"수잔씨, 형광물고기 사업은 잘됐어요?"

"잘 되긴 했는데… 선장님. 저 지금 몹시 힘들어요. 다음에 이야기해요."

"왜죠? 한채연 노파 때문인가요?"

"네, 어머니가 싫어할 만해요. 어머니가 보고 싶어요."

"답답하면 저의 배로 오세요, 식사나 같이하게요."

"알겠어요. 우리 술이나 실컷 마셔요."

수잔은 하멜이 끌고 온 크루즈 하이트 베어로 갔다. 언제부터인지는 모르나 하멜은 그리워지는 사람이다. 처음 한국에 와서 알게 된 사람이지만 같이 지내는 동안 묘한 연민이 발동하여 그를 그리게 되었다. 수잔은 그를 사랑하고 있다는 것을 의식하였다.

둘은 외국인이지만 한국인 피를 받은 사람이라는 것, 어머니 고향에 동병상련의 아픔을 갖고 있다는 동질성 때문에 더욱더 친해질 수 있었다. 술잔을 놓고 마주 앉았다.

"하멜, 나를 좀 안아줘요."

하멜은 그녀를 안았다. 그녀는 그의 볼에 키스를 하였다.

"하멜, 사랑해요."

"나도요."

수잔은 그만 눈물을 글썽였다. 그는 다시 한번 그녀를 포옹하였다.

"하멜, 저 지금 미치겠어요. 왜 이렇게 혼란스러운지 몰라요. 어머니가 불쌍해요. 여수를 떠난 이유가 정말 슬퍼요."

"생각을 바꾸면 아무 일도 아녜요."

"아무 일도 아니라고요? 우리 어머니가 불쌍해요."

어머님은 늘 '그리운 고향 여수, 그리운 고향 여수', 하면서도 여수에 갈 수 없다고 말씀하셨는데 그 이유를 알았다. 그것은 외할머니 때문이었다.

"나도 수잔보다 더 큰 아픔을 안고 있어요. 그러나 용서하기로 했답니다."

같은 빨갱이로 활동했는데 그들은 내 조부님을 죽이고 내 아버지를 내쫓고 잘살고 있다는데 화가 난다는 것이다.

"노학년가를 말하는가요?"

"네. 그런데 그자의 죽음을 봤어요."

"그 아들도 죽었잖아요."

"복수의 음모가 무서웠어요."

연상되는 죽음의 공포는 계속되는데 피해자만 있고 가해자는 없는 사건이 돌발하고 있었다. 반란의 주역은 좌익이고 반란의 진압은 우익이었다. 가해자인 좌익은 피해자의 복수를 견딜 수 없었다. 이젠 피해자가 가해자가 되고 말았다.

"우리 어머닌 가해자의 딸로 고통받고 있어요."

"누구는 나를 가해자의 자손이라고 해요. 그런데 난 피해자거든요."

"그런 셈이 됐군요."

증오하고 미워하고 누가 누굴 미워하며 누가 승리자인가. 실체가 없었다. 하멜은 알고 있었다. 그래서 용서할 수 없다는 것이다. 화해와 용서, 다 소용없는 일이다. 김동민 회장은 한채연이 남편 김우현을 죽였다는 것이다. 하지만 김동민 회장은 할아버지와 작은할아버지를 죽인 한채연을 용서하고 있었다.

"하멜씨, 그게 사실입니까?"

"맞아요, 한채연이 사랑하는 애인 김우현을 죽였어요."

이해할 수 없는 몹쓸 여인이었다.

"수잔씨, 어머니가 김동민 회장이 고모님이예요."

"맞아요. 그런데 한씨와 김씨는 원수지간이랍니다."

김동민 회장의 조부 김영일은 한재수에게 죽었고, 김우현 서장은 빨갱이 한재수를 죽였다. 그런데 한채연은 사랑하던 애인인 김우현을 죽였다. 무서운 이데올로기 사상의 병든 비극이었다.

"모든 것은 이데올로기 대립이었어요."

"사상이 뭡니까? 죽여야만 산다는 논리였죠. 미스터리 같아요. 엉킨 실타래처럼 복잡해요."

이념이 다른 자를 죽였지만 같은 이념을 가지고 활동했던 사람들이 배신하여 죽이고 죽이는 참극을 가했다.

"맞아요, 엉킨 실타래예요. 난 그것을 풀려고 한국에 왔습니다." 하멜이 말했다. 외할머니가 외할아버지를 죽였다는 하멜의 말을 듣고 수잔은 그만 졸도할 것 같은 충격을 받았다.

모든 것이 밝혀졌다. 하멜에게 미안한 생각이 들었다. 그리고 선후씨에게 고개를 들 수 없었다. 선후씬 다 알면서도 아무 말이 없었다. 그러니까 한채연 노파는 수잔의 외할머니이고 김동민 회장은 고종사촌 오빠이며 김선후 작가는 고종사촌 언니다. 하미녕 사장은 성씨 다른 이모이다. 아무튼 반가운 사람들이다. 그런데 수잔의 마음은 가볍지 않았다. 어쩐지 수잔은 자신이 피해자란 생각이 들어 혼란스러웠다. 용서가 절대 안 되는 일이었다.

소리도를 다녀온 후 수잔과 선후도 자기 일에 몰두하였다. 그런데 김동민 회장이 수잔에게 전화를 하였다.

"수잔양, 할 말이 있어요. 잠시 내 사무실에 다녀가요."

"저 소리도에 다녀왔어요."

"알고 있어요. 소개할 사람이 있어요"

"싫어요. 남자엔 관심이 없어요."

"한채연 외할머니가 와 계셔요."

"전 외할머니 싫어요." 수잔은 짜증을 내었다.

그러나 수잔이 김동민 사장의 사무실로 갔을 때 너무 놀라 우뚝 굳어버렸다. 외할머니가 아니고 하미녕 이모와 나란히 앉아있는 사람은 바로 어머니였다. 어머니가 소식도 없이 오신 것이다.

"엄마, 어떤 일이세요? 죽어 생전 안 가겠다던 여수 땅에 어떻게 오셨어요?"

"오, 내 딸, 수잔 벨리. 너 보려고 왔지." 어머닌 그녀를 포옹하였다.

"어떻게 된 거에요?"

"네가 보고 싶었는데 오빠가 초청을 해줬단다."

"엄마도 이젠 늙었나 봐, 고향으로 머리를 돌리는 죽음 앞의 여우 같아."

"미녕아, 우리 수잔 예쁘지?"

"만났어요. 해녕 언니, 딸을 너무 잘 키웠어요. "

그때 하멜이 들어왔다.

"하멜, 여길 어떻게…?"

"웅, 하멜이 영국에 가서 고모님을 모시고 왔어."

김동민 회장이 말했다.

"수잔씨, 제가 영국에 가서 어머닐 모시고 왔어요." 하멜이 자랑스럽게 말했다

"어떻게 하멜씨가 어머닐 모시고 와요?"

"내가 부탁을 했다. 영국에 가면 고모를 모시고 오라고 말이다." 김동민 회장은 하멜의 손을 잡고 고맙다는 인사를 하였다. 사실 김동민 회장은 해녕 고모를 알고 영국에 갈 때마다 그녀의 안부를 물으며 지켜보았다.

"수잔, 맞아 하멜 선장이 데리고 왔단다." 어머니가 하멜을 보면서 말했다.

"해녕 고모, 수잔은 정말 자랑스런 동생이에요." 김 회장의 칭찬에 수잔은 어리둥절하였다. 엄마는 밝은 표정으로 딸과 김동민 회장을 번갈아 바라보았다.

"고맙다. 김 회장."

"해녕 고모, 이제 우리 같이 살아요." 김 회장의 말에 해녕은 감격의 눈물을 흘렸다. 김동민 회장은 해녕과 미녕의 손을 잡았다. 선후는 불만 어린 표정으로 그들을 지켜보았다. 동민 오빠가 미워지는 것이었다. 원수의 자식들을 불러들인 것이다.

"해녕 고모, 수잔이 재주꾼이에요. 내 리조트 사업을 돕고 있어요."

"김 회장, 수잔을 살펴주고 사랑해 줘서 고맙다."

"고모, 살아있어 줘서 고마워요."

김동민 회장은 해녕과 미녕 고모를 품에 안았다. 선후는 계속 못마땅한 표정으로 주시하고 있다가 그만 자릴 떠버렸다.

"작은 할머닌 어디에 계셔요?" 김 회장이 미녕에게 물었다.

"조카! 건강이 나빠서 못 오셔요." 미녕이 말했다.

그 말에 해녕의 표정이 어두워졌다. 사실은 어머니를 만나러 왔는데 딸이 왔다는데 어머닌 오지 않았다.

"몸이 몹시 아프셔서…" 미녕이 변명을 하였다.

"미녕아. 엄마가 매우 아프시다니?"

"응, 몹시 아파."

"미녕아, 내가 죄인이다."

해녕은 어머니가 나타나지 못한 이유를 짐작하였다. 자식이 미안해서다. 자식을 버린 죄인이라서 못 오신 거다. 마치 어머닌 죄인 같았다.

"해녕 언니, 엄마가 몹시 보고 싶지. 집으로 가요."

"글쎄다. 몸이 아파서 못 왔으니 집에 가서 뵈면 되겠네."

그러나 해녕은 어머니가 나타나지 못한 것에 화가 났다. 영국에서 고통받고 산 딸에 대한 예의가 아니었다. 물론 어머니와 미녕이 소리도에 은둔해 사는 세월을 생각하면 얼마나 고통스러웠는지 안다. 오죽했으면 어린 자식을 버렸을까 사정이 있었겠지 하며 용서하려고 했다. 그러나 지금 입장에선 용서가 안 되는 것이었다.

"난 어머니를 용서할 수가 없다. 그리고 앞으로도 용서하지 않을 것이다." 해녕은 갑자기 울부짖으며 소리쳤다. 수잔은 그런 어머니 모습을 바라보며 같이 울었다.

"고모가 한국에 나온 것은 할머닐 용서하는 것이었잖아." 동민 회장이 위로했다.

"아니야, 싫어졌어. 어머닐 만나지 않겠어. 영국으로 돌아갈 거야." 해녕은 갑자기 돌변했다. 수잔은 어머니를 포용했다. 그날 밤 수잔은 어머니를 달래고 위로했다.

"엄마, 외할머니를 만나봐요. 얼마나 기다렸는지 몰라."

"싫다, 나타나지 않은 노인네를 왜 만나. 자식을 버린 어미야."

수잔은 밤새워 설득하였다. 할머니가 편찮으시다는 말을 듣고 다음 날 수잔은 어머니를 모시고 소리도로 향했다.

김선후 작가는 통역관으로 동행하였다.

환상의 연륙교를 타고 금호도로 가서 소리도에 다다랐을 때는 태양이 물밑으로 자지러들 시각이었다. 등대가 켜졌다. 다도해의 저녁을 알리는 신호였다. 등대불이 어둠이 내리는 해역을 찌르고 있었다. 해조 수산에 닿았을 때 할머닌 없었다. 수중가옥 해조를 바라보는 엄마의 표정은 몹시 일그러져 있었다. 수중가옥은 할머니가 한평생을 죄인으로 살았던 감옥 같은 바다목장이었다.

"할머니 어디로 갔을까요?" 미녕이 일꾼에게 물었다.

"등대로 갔을 겁니다."

미녕은 해녕 언니를 데리고 곧장 등대 언덕으로 달려갔다. 등대의 망루 벽에 할머닌 기대고 앉아있었다. 사람이 온 것을 알 것 같은데 미동도 하지 않고 앉아있었다.

"할머니, 할머니." 수잔이 불렀다.

"어머니, 제가 왔어요. 해녕이가 왔어요."

해녕은 어머니 앞으로 나가서 불렀다. 말이 없었다. 해녕은 어머니 등을 흔들었을 때 할머닌 땅으로 스르르 나가떨어졌다.

"어머니…"

미녕이 달려와서 할머닐 흔들었다. 미동도 하지 않았다.

"언니가 온다는 말을 듣고 잠을 이루지 못했는데…"

갑자기 미녕의 얼굴이 굳어졌다.

"어머니, 제가 왔어요." 해녕이 불러보았다. 그러나 의식이 없었다.

"어머니가… 어머니가 돌아가셨어요." 미녕은 그만 통곡하고 말았다. 해녕은 죽은 어머니를 멍하니 바라보고 있을 뿐 울지 않았다. 싸늘하게 굳어진 할머니 시신을 바라보는 그녀의 눈빛은 차갑고 어두웠다. 수잔은 어머니의 그런 태도가 너무 무서웠다. 그런데 어머니의 행동은 발작적이었다.

"미녕아, 엄마는 내가 싫어 자살한 거야."

"할머니…" 수잔은 할머니를 불렀다. 그러나 할머닌 말이 없었다. 허무한 죽음이었다.

해녕은 할머니 장례도 치르지 않고 훌쩍 소리도를 떠났다. 지난 세월에 대한 울분이었다. 그렇게 한 많은 인생을 산 딸이 왔는데 그런 딸을 보지 않고 돌아가신 것에 화가 났다. 수잔은 미녕 이모와 같이 외할머니 장례를 치렀다.

그런데 여수로 돌아온 어머닌 말없이 한국을 떠나고 말았다. 용서가 안 되었다. 할머니는 자식을 용서했는데 엄마는 할머닐 용서하지 않았다.

김동민 회장은 해녕 고모의 태도를 몹시 불쾌하게 생각하였다. 그러나 선후는 그럴수 있다고 생각하였다. 선후는 해녕 고모의 행적을 다 알고 있으면서도 말하지 않은 오빠를 증오하였다.

박 형사가 한채연 노파의 장례식을 끝내고 돌아온 선후를 불렀다.

"선후씨, 어젯밤에 하멜이 소리도에 다녀갔다는 정보를 입수했습니다."

"네, 왔다가 갔어요."

"하멜이 한채연 노파를 죽였습니다."

믿어지지 않은 낭보였다.

"하멜이 한채연 할머닐 죽여요?"

"네, 그자의 소행입니다. 그자가 소리도에 갔다가 자취를 감추었어요."

"왜 하멜이 할머닐 죽였다고 단정하나요?"

"한재수와 한채연이 할아버지 김태삼을 죽이고 아버지 김주원을 한국에 못살게 했기 때문이죠."

"복수였군요." 선후는 어둡게 내리비치는 암울한 내일이 걱정스러웠다. 작은아버지를 죽인 빨갱이 한채연을 용서할 수 없었다. 그녀는 천륜을 어긴 살인자였다.

그날 밤, 박철 형사와 김동민 회장이 피가 터지도록 싸웠다.

"김 회장이 만든 비극이니까 책임을 지라고?" 박 형사가 항의하였다.

"무슨 책임?" 김 회장이 반박하였다.

"조용한 호수에 왜 돌을 던져, 지금 일어나는 일련의 사고들은 모두 자네가 빨갱이를 불러들여서 생긴 불행이라고."

"말이면 다하는 줄 알아. 난 고향을 떠난 불행한 사람들을 불러 용서하고 화해하는 장을 만들었을 뿐이야."

"조용히 묻혀가야 하는 일이었어. 사그라드는 불씨를 불러일으 킨 거야."

"말조심해. 우리가 언제까지 불행한 역사의 한을 안고 살아야 하느냐고?"

"생각과 방법이 틀렸어, 절대 화합이 안 되는 일이었어. 한채연은 자네의 작은 조부를 죽였어. 카인의 후예들이 겪는 고통이라고. 자네가 그들을 불러들여 일어난 사고와 사건이 수십 건이야. 못난 짓을 했어."

박철 형사는 친구인 김동민 회장을 사납게 꾸짖었다. 겉으로 보기엔 그런 결과가 되었다. 화해하려고 만난 사람들의 화를 불러 일으켰다. 불씨는 쉽게 사그라질 것 같지가 않았다.

연쇄살인 사건

사건은 더욱 복잡해지고 있었다. 리만 데이비드는 본격적으로 블루베리 다이아몬드를 찾겠다고 나섰다. 저녁에 리만이 선후를 찾아왔다.

"이수임 노파를 찾았다면서요?"

"네, 만났습니다."

"블루베리 다이아몬드 이야길 해 봤나요?"

박동근 시인과 만남이기에 차마 그 말은 물을 수가 없었다.

"성급해 하지 말아요."

"이수임이 어디에 사나요? 내가 만나겠습니다."

"다이아몬드를 가졌다는 확실한 증거가 없잖아요. 일 그르치지 말고 조금만 기다려봐요."

그녀가 다이아몬드를 숨겼다고 박인숙 노파가 증언했고, 범인이 눈앞에 있는데 언제까지 기다려야 하느냐고 성화였다. 안 되면 경찰이라도 불러 수사를 해야겠다고 안달이 나서 방방 뛰었다.

"박인숙 노파와 대질을 하면 밝혀질 것인데 왜 망설여요?"

김선후 작가는 의문이 많다는 표정으로 다시 물었다.

"리만 데이비드. 정말, 문제의 블루베리 다이아몬드가 실재했던 보석인가요?"

"네, 외삼촌이 그녀에게 맡긴 것이 분명해요."

"그런데 직계인 장동원의 아들 마린 장은 그런 것을 모르고 있던데요."

"알 리가 없지요. 어머니와 삼촌만 아는 일이니까요. 삼촌이 죽기 전에 저의 어머니에게 그 다이아몬드 소유권을 양도했습니다."

"글쎄요. 뭘로 증명하나요? 믿어지지 않아요."

"선후씨, 이제와서 왜 이러세요? 다이아몬드를 찾으면 후한 보상을 하겠습니다."

"보상을 바라는 건 아니에요. 사실을 묻는 거죠. 박 형사님이 수사하고 있어요. 기다리세요."

선후는 집으로 돌아와서 골똘한 상념에 젖었다. 여·순사건의 후유증을 화해와 용서로 풀어가려는 오빠의 생각은 오산이었다. 오히려 모르는 사건이 우후죽순처럼 들추어지는 바람에 진상은 복잡하게 얽혀 가고 있었다. 서재에 박혀 둔 원고를 뒤척였다. 지금까지 메모한 진척 상황을 짧게 정리한 원고들이었다.

노학년이 만든 불행의 연속이었다. 여·순사건의 마지막 한 사람인 한채연이 죽었다. 그렇다면 앞으로 어떤 사고가 발생할지 모른다. 박 형사는 '끝나지 않은 전쟁'이라고 했다. 살인사건이 나는 날엔 늘 전조가 있었다. 부두의 조직들이 패싸움하는 것이었다. 그 파문은 꼭 살인극으로 이어졌고 내막은 돈에 얽힌 쟁탈과 여·순사건의 후유증이었다. 그날의 악인들이 한 사람씩 죽어가고 있었다. 박철 형사는 김동민 회장이 괜한 짓을 하여 사건을 만들었다고 불평하면서 현장을 뛰어다니며 예견되는 징후를 막으려고 애썼다.

분명히 피해를 받은 후손의 복수극이라고 생각했는데 상황은 그런 것이 아니고 가해자가 피해자를 가해하고, 피해자가 가해자가 되는 그런 양상으로 연쇄살인이 벌어지고 있었다. 과연 이것을 어떻게 막을 수 있단 말인가.

모든 사건의 중심에 노학년이 있었는데 그가 죽은 후에도 마의 악령은 복수로 이어지고 있었다.

선후는 살인사건의 잔불이 살아난 것은 정체불명의 블루베리 다이아몬드를 놓고 벌어지는 것이라고 단정하였다. 박철 형사는 다이아몬드의 정체를 추적하면서 리만의 뒤를 캐고 다녔다. 그자가 범인이다는 가정은 맞아떨어지고 있었다. 분명히 분출되는 사건은 다이아몬드에 얽힌 내막이었다. 리만의 말처럼 박인숙과 이수임을 대질시켜 그들의 입에서 나오는 진실을 들어보는 것이 옳

왔다.

파도가 잔잔한 아침이었다. 선후는 창문을 열고 호수 같은 바다를 바라보았다. 그때였다. 스마트 폰이 울렸다.

"선후씨, 살인사건이 또 일어났어요." 성급한 박철 형사의 목소리였다. 꽃섬에서 박인숙 노파가 죽었다는 비보였다.

"뭐라고요? 박인숙 노파가 죽었다고요?"

"네. 현장으로 가는 중입니다."

선후는 하던 일을 접고 서둘렀다.

"박 형사님, 저랑 같이 현장에 가요."

"지금 빨리 오셔요."

박 형사는 급히 경비정을 몰고 꽃섬으로 달려갔다. 현장에 도착하여 살인 현장으로 뛰어갔다. 시신을 보고 깜짝 놀랐다. 박인숙 노파가 가두리 양식장에서 반신은 물에 잠기고 반신은 철제구조물에 묶인 채 싸늘한 시체로 굳어있었다. 비참한 죽음이었다. 하인수는 없었다. 박 형사는 하인수 사무실로 달려갔다. 그런데 하인수가 책상, 의자에 묶여 있었다. 그의 입엔 테이프가 붙여져 있었다. 박철은 그를 풀어주었다.

"무슨 일입니까?"

"범인이 나를 묶어두고 갔어요."

"박인숙 할머니 죽음은 알아요?"

"놈들이 끌고 갔어요."

하인수는 의외로 할머니 죽음 앞에 초연했다. 선후는 하인수의 초췌한 얼굴을 말없이 바라보았다. 하인수는 멋쩍은 표정으로 선후를 보았다. 두 사람은 서먹한 표정을 지을 뿐 말이 없었다. 박 형사는 그를 의심하였다.

"사실대로 말해요. 범인이 누군지 알아요?"

"모릅니다."

박철 형사는 양어장 입구에 바리케이드를 치고 하인수의 사무실 출입을 차단하였다. 아무리 살펴봐도 범인이 침입한 흔적이 없었다. 그렇다면 범인은 어디로 들어왔단 말인가? 어젯밤 꽃섬에서 조직들이 선상 난투극을 벌이고 있었다는 것이다. 총기가 동원되는 난투극이었다. 그런데 대체 무슨 일로 조용한 꽃섬에 그들이 와서 난투극을 벌였으며 노파를 죽이고 그를 포박했을까, 도무지 상상이 안 되었다.

항구의 패거리들은 언제나 이권이 있을 때 싸움을 벌였다. 어업권을 놓고 벌이는 난투극이거나 밀수나 마약의 운송권을 놓고 벌이는 싸움이었다. 그런데 하필 꽃섬에서 난투극을 폈다는 것은 이곳에 분쟁의 목표가 있었다는 것이다. 그런데 그들의 싸움에 박인숙 노파가 희생을 당했다. 그것은 우연한 사고가 아니었다.

역시 충무파와 신항파가 바다에서 난투극을 벌인 것이었다. 그러나 바다는 아무 일도 없었던 것처럼 고요했다. 박철은 블루베리 다이아몬드를 놓고 벌어진 살인극이라고 판단하고 하인수와 리만 데이비드를 의심하였다. 아니면 이수임의 장난인지도 모른다. 예상한 대로 블루베리 다이아몬드의 악령이 되살아나서 또 다른 불행을 자초할 것 같은 예감이 들었다. 분명히 블루베리 다이아몬드에 하인수가 연관된 살인극이라고 생각하였다. 박 형사는 그의 뒤켠 빈방으로 하인수를 데리고 가서 심문하였다.

"하 박사님, 누가 할머닐 죽였나요?"

박 형사가 거친 어조로 물었다.

"모릅니다. 갑자기 괴한이 와서 절 포박했어요."

"바다에서 왜 난투극이 벌어졌는지 알아요?"

"모릅니다."

"할머니가 왜, 누가 살해했다고 생각하세요?"

"할머니 재산을 노리는 신항파 아니면 충무파겠지요."

하인수는 횡설수설하였다.

"그걸 말이라고 하세요? 할머니가 왜 죽었는지 의심나는 점은 없어요?"

"그건 모르죠."

박인숙 할머닌 양어장에서 물에 반쯤 잠겨 죽었다. 단서는 가두리 양식장 그곳에 있는 것 같았다. 하인수가 노파의 다이아몬드를 빼앗고 꾸민 장난인지도 모르는 일이었다. 그러나 하인수는 할머니의 죽음이 자신과는 아무런 상관이 없다는 표정을 지었다. 역시 그는 의문이 많은 사나이였다.

외국 유학을 마치고 불현듯 나타나서 연고도 없는 꽃섬에 바다 목장을 지을 때 도서민들은 반대했다. 우선 주변 어장이 오염되기 때문이었다. 그러나 박인숙 할머니는 돈을 주고 섬 주민의 반발을 무마시켰다. 그는 할머니의 도움으로 꽃섬에서 거대한 바다목장을 만들어 경영할 수 있었고, 사업이 번창하자 유전자 합성 물고길 길러 목장 사업을 더욱 번창시켰다. 사업이 커지자 기업화할 꿈과 야망을 갖고 있었다. 정부에선 그가 한국 해양육종 사업에 성공할 수 있는 젊은 사업가라고 극찬하며 어업 자금을 대주었다.

박철 형사는 하인수씨에게 다시 물었다.

"할머니 죽음에 짐작되고 예견되는 일은 없었나요?"

"낮부터 이상한 배들이 오갔어요."

"그 이유가 뭡니까?"

"내 추측은 꽃섬의 어딘가에 숨겨진 보석을 찾는 것 같아요."

"보석이요? 블루베리 다이아몬드 말인가요?"

"네. 전부터 그 다이아몬드가 이 섬 어딘가에 숨겨져 있다는 소문이 있었어요."

"소문이 있었다고요? 그런데 전에 물었을 때 왜 모른다고 했어요?

박철 형사는 집요하게 하인수를 심문하였다.

"확실한 근거를 모르니까요."

언젠가 해상 난투극을 보고 할머니가 투덜거렸다. "다이아몬드몬드가 어디에 있다고 저 지랄이야. 있다곤 치더라도 물속에 버린 것을 어떻게 찾아." 하인수는 할머니의 말을 전하였다.

"그러니까 문제의 다이아몬드가 이 섬에 있긴 있군요?"

"모른다니까요."

그래서 조직들이 냄새를 맡고 이곳 바다 어딘가에 숨겨진 다이아몬드를 찾으려고 싸움을 하는 것이었다. 조직들은 할머니를 주목하고 있었다. 그날도 할머닌 평소처럼 물고기 먹이를 주려고 나갔고 그는 연구실에서 치어를 돌보고 있었는데 괴한들이 들이닥쳐 강압적으로 포박하고 갔다는 것이다. 말도 안 되는 횡설수설이었다.

"박인숙 할머니께서 다이아몬드를 가지고 있었던 것이 아닐까요?"

"모릅니다."

"아무래도 다이아몬드 때문에 죽임을 당한 것 같은데요."

"설마요. 헌데 박 형사님은 왜 나를 의심하는 겁니까. 나도 피해자예요."

박 형사는 포박을 풀어주었다. 분명히 다이아몬드를 놓고 조직들이 패싸움을 했고 다이아몬드를 빼앗으려고 박인숙 노파를 죽인 것이다. 아니면 하인수의 자작극이다. 그러나 그가 모의하기엔 너무나 완벽한 살인이었다. 범인은 누구인가? 박철 형사는 심각한 고민에 빠졌지만 어떤 해결책을 강구할 수 없었다. 경찰의 조사가 끝나자 하인수는 무혐의로 풀려났다.

그는 조촐하게 할머니 장례를 치렀다. 선후는 장례를 도왔다. 장례 후 하인수는 아무 일도 없었던 것 같은 냉담한 표정을 짓고 있었다. 선후는 그의 냉정한 태도에 화가 났다. 마치 할머니가 죽길 바라는 그런 태도였다.

"슬프지도 않아요. 할머니가 죽었는데 왜 그리 태연해요?" 선후가 물었다.

"글쎄, 선후씨, 내 감정이 어떤지 잘 모르겠어."

"할머니 죽음 앞에 지극히 이성적으로 냉담해요."

"헌데 선후씨 내게 왜 그렇게 싸늘해요?" 그가 정색하고 물었다.

"내 말이 틀렸어요? 어떻게 할머니 죽음 앞에 그렇게 냉정해요?"

"이별 앞에 더 이상할 말이 없어요."

박 형사가 조용히 선후를 뒤뜰로 불러냈다.

"하인수씨를 아직도 사랑하나요?

"모르겠어요."

"관계를 청산해야 합니다. 그자가 범인일지 몰라요."

하인수씨가 박인숙 할머닐 죽였다는 어떤 단서를 가지고 있다는 확신이었다. 혹시 수사 중에 선후씨 때문에 곤란한 일이 생길까 걱정되는 말이었다.

"할머니 죽음에 상처가 컸나 봅니다."

"선후씨. 이건 추리이고 생각인데 하인수가 박인숙 할머니의 다이아몬드를 빼앗고 벌인 자작극일 겁니다."

"설마요?"

박 형사는 분명히 그가 다이아몬드를 빼앗고 살인을 가장했다는 것이었다. 리만 데이비드 씨는 분명히 박인숙 노파가 블루베리 다이아몬드를 소유하고 있을 거라고 했다. 그렇다면 박인숙 노파가 문제의 다이아몬드를 꽃섬의 어딘가에 숨겨둔 것을 하인수가 빼앗고 괴한에게 강탈당한 것처럼 위장한 것이라 추리하였다. 그럼 해상 난투극은 무엇인가, 그것이 문제였다. 박 형사는 먼 산을 보고 깊은 생각에 젖어 있었다.

"선후씨, 하인수의 부모가 누군지 아세요?"

"모릅니다."

"내가 알기로는 박인숙 할머니 남편이 하석주라는 말을 들었습니다."

"하석주? 그분은 이수임의 정부였습니다."

"박인숙과 하석주가 불륜으로 태어난 아들이 있는 것 같아요."

"그럼, 하인수의 아버진 누구니까?"

박 형사의 추리는 그럴싸하였다. 그런데 불현듯 하인수가 하석주의 손자가 아니고 아들이라는 생각이 들었다. 뭔가 잡히는 것이 있었다. 박인숙씨가 그 문제의 다이아몬드를 꽃섬의 어딘가에 숨겨뒀는데 부두 조직들이 그 냄새를 맡고 다이아몬드를 빼앗으려고 해상 난투극을 벌였고 그녀를 죽였을 것이다. 그렇다면 하인수가 깽단을 불러 다이아몬드를 갖기 위한 자작극을 벌인 것이다.

만약에 조직들의 짓이라면 하인수씨의 목숨을 노렸을 텐데 범인들은 그를 해치진 않았다.

"김 작가님, 하인수가 박인숙 노파의 친손자가 아닌데 왜 바다목장을 짓게 하고 거대한 자금을 투자했을까요?"

"글쎄요."

"박인숙 노파가 그 다이아몬드를 팔아서 사업 자금을 대 준 것이 아닐까요."

박 형사의 추리는 명료했다.

사실 선후도 하인수 출생에 관해선 잘 알지 못했다. 대학에서 고향이 같다는 이유로 친해졌는데 대학을 졸업하고 유학을 가는 바람에 잊어버렸다. 그런데 5년 후에 그는 바람처럼 여수에 나타나서 바다목장을 경영한다고 알려 왔다. 다시 만나 각별한 선후배 사이로 지내다가 서로 사랑하게 되었다.

"김 작가님, 하인수씨가 하석주의 자식이라는 것은 분명한데 이수임과 박인숙 노파 중에 진짜 할머니는 누굴까요?"

선후의 아버지 김경섭이 하인수의 아버지 하석주를 죽였고 아버진 하석주 무리에게 저격당했다. 그런데 원수의 자식과 친교를 가졌다. 박철 형사의 추론은 항상 정확했다. 하인수씨가 그 문제의 다이아몬드를 가지고 벌인 자작극이란 확신이었다. 선후는 잠시 섬뜩한 공포에 떨었다.

"앞으로 우린 협력해야 합니다." 박 형사의 말이 진지했다.

선후는 하석주, 하인수의 연계라며 녹야원의 이수임 노파를 의심하였다. 박인숙과 이수임 사이는 황금 다방 마담과 레지 사이란 긴밀한 관계를 가지면서 거리감이 느껴지는 것이다. 과연 하인수가 하석주 자식일까? 어머니는 누구란 말인가?

"박 형사님, 녹야원의 이수임 노파가 박인숙을 죽인 것이 아닐까요?" 선후는 별안간 그런 생각이 들었다.

"그럴 수도 있네요."

박 형사 생각으론 하인수 박사가 이수임의 손자 같은데 왜 박인숙씨를 할머니라고 부르는지 의문이었다. 박철 형사는 먼저 하인수와 이수임, 박인숙이 관계를 추적하였다.

"하인수 박사님, 이수임과 박인숙 씨 중에 누가 진짜 할머니입니까?"

"할머니 죽음을 규명하는데 그런 것이 왜 필요해요."

"이수임씨를 범인으로 생각하고 있으니까요."

"어떻게 그런 의심을 합니까? 두 분은 절친한 친구예요. 그리고 이수임 할머닌 나를 가르쳤고 박인숙 할머닌 나를 키웠습니다."

"뭐라고요. 그럼, 이수임씨를 알고 있었군요. 근래에 만나봤나요?"

"어디에 사는지 모릅니다."

"이수임씨가 보성 녹야원에 살고 있다는데 몰라요?"

그는 굳은 표정으로 일관했다. 아는지 모르는지 시치미를 떼고 있었다. 박 형사는 점점 의문을 가지고 그에게 접근하였다.

"하인수씨, 그럼 이수임을 한번 만나보시겠어요?"

"네. 뵙고 싶어요."

분명히 박인숙 할머니 죽음은 블루베리 다이아몬드와 연관이 있었다. 그래서 깽 조직이 냄새를 맡은 것이다. 인수씬 박인숙 할머니가 그 다이아몬드를 갖고 있다고 생각을 하였다. 황금 다방 마담 이수임이 문제의 다이아몬드를 어느 섬에 숨겨놨는데 그걸 박인숙씨가 알고 그 다이아몬드를 빼냈을 것이다. 홍콩의 보석상 리만 데이비드 씨의 증언에 의하며 이수임과 박인숙 중 한 분이 그 다이아몬드를 갖고 있다는 것이다. 그런데 하인수는 부인했다.

그럼 누구의 말을 믿어야 할까? 박인숙 할머닌 이수임 노파가 그 다이아몬드를 가지고 있다고 하고 리만은 박인숙 할머니를 의심하였다. 두 사람 중에 한 사람이 다이아몬드를 가지고 있을 거라는 애매한 증언은 신빙성이 없었다.

"죽음의 욕망을 털고 나오세요." 박 형사는 그를 압박하였다.

"뭘요?" 하인수는 강하게 부정하였다.

블루베리 다이아몬드를 가진 자가 범인이다. 그 다이아몬드가 연쇄살인 사건을 일으키는 원흉이었다. 분명하게 이 모든 살인사건은 다이아몬드를 가지려는 욕망 때문에 일어나고 있었다. 그래서 박철 형사는 꽃섬을 의심하고 집요하게 뒤졌다.

박 형사는 박인숙의 죽음은 하인수와 이수임 노파가 문제의 키를 가지고 있을 것 같은데 풀리지 않는 비밀은 안갯속으로 접어들었다. 박 형사는 하인수에게 이수임 노파를 만나러 가자고 제의하였다.

"네, 갑시다."

"만나보면 비밀의 키가 있을 것 같아요."

"속단하지 마세요."

"하인수씨, 절대 할머니 물건엔 손대지 마세요." 박 형사는 금줄을 쳐 놓고 말했다.

"날 의심하나요?"

"섣부른 장난은 하지 말란 뜻입니다."

아무튼 이수임 노파를 만나면 뭔가 단서를 찾을 것 같았다. 이수임, 그녀는 한국 근대사의 비밀을 온통 간직한 여인이었다. 여·순사건 때 좌익분자의 여걸이었고 전후엔 형 집행이 금지되자 화류계의 신데렐라로 등장하였다. 홍콩으로 도주하여 호스티스로 전전하다가 장동원의 정부가 되면서 인생이 달라졌다. 박인숙은 이수임의 하수인이면서 선후의 아버지 김경섭 경장의 정부였다. 깽들이 그녀를 죽인 것은 그녀가 소유한 블루베리 다이아몬드를 빼앗으려다가 일으킨 살인이라고 의심하였다.

박 형사는 하인수를 취조하고 유치장에 처넣고 싶었지만 사태 추이를 위해서 풀어주고 꽃섬에서 나왔다. 그런데 꽃섬에서 하인수가 전화를 하였다.

"박 형사님, 할머니 비밀 창고에서 이상한 것을 발견했어요."

"이상한 유품? 할머니 유품엔 손대지 말라고 했잖아요."

"유서 같아요."

박 형사는 선후를 불러 꽃섬으로 달려갔다. 하인수는 할머니 방에서 비밀의 문을 열어 보였다. 동굴이 나왔다. 조심스럽게 동굴로 들어갔다. 비밀의 동굴에 다이아몬드가 숨겨져 있을 것 같았다. 한참 들어서자 커다란 철제 금고가 있었다. 움직일 수 없는 강철로 만든 금고였다. 보물 상자 같았다. 금고는 잠겨있지 않았다. 금고문을 열었다. 금고 안엔 아무것도 없었다. 빈 금고였다. 다이아몬드가 숨겨져 있을 것이라는 추측을 해보았지만 이미 누군가가 내용물을 빼가고 없었다.

"다이아몬드를 숨겼던 금고 같은데 비었군요."

"그런데 이 물건이 나왔어요." 하인수는 보자기에 싼 물건을 내놓았다.

"뭡니까?"

"이것이 빈 금고에서 나왔습니다."

박 형사는 하인수가 넘겨준 보자기를 열어 보았다. 비단 보자기에 싼 편지였다. 박 형사는 유서 한 장을 꺼내 읽었다.

(양도 증서)

−내가 죽으며 이 바다목장은 내 딸 김해녕에게 돌려줘라. 난 내 딸을 위하여 바다목장을 만들었다. 따라서 이 목장을 내 사후 김해녕에게 양도한다.−

박철은 곰곰이 생각하였다.

"선후씨, 이걸 보세요. 김해녕은 수잔의 어머니잖아요."

"맞아요. 수잔의 어머닌 저의 고모예요."

바다목장 주인이 한채연으로 밝혀졌다.

"왜 이 목장을 김해녕에게 줘야 한다고 했을까요?"

"딸이니까요."

하인수는 김해녕을 모른다고 하였다. 죽은 한채연이 연계되었다는 사실이 더욱 의문을 자아내었다. 박철은 하인수가 빠져나가려고 황설수설, 알리바이를 만들고 있다고 생각하였다.

박철은 그에게 쇠고랑을 채웠다.

"당신을 보석 절취자로 체포합니다."

"박 형사님, 난 범인이 아닙니다."

"박인숙 노파 살인죄와 다이아몬드 강탈죄의 혐의자로 체포합니다."

"무슨 근거로 이러세요. 혐의가 있다면 증거를 대세요."

"도주할 우려가 커서 체포하는 것입니다."

선후는 말없이 하인수를 바라보았다.

"박 형사님, 이건 너무 하는 것입니다. 난 혐의가 없어요."

"위험 인물에 도주할 염려가 있어요."

"제가, 보증합니다. 그렇진 않을 겁니다."

"김선후 작가님의 말을 믿고 풀어줄 테니 하인수씨 내일 당장 경찰서로 오십시오."

다음 날 그는 경찰서로 출두하지 않고 사라져 버렸다. 목장을 샅샅이 뒤져봐도 그의 흔적은 없었다. 박 형사는 도망을 갔다고 생각했고, 선후는 살해 되었다고 생각하였다. 그의 흔적을 찾아봐도 아무 단서 없이 사라져 버렸다.

박철 형사는 하인수가 박인숙 노파를 죽였다고 의심했는데 그가 사라져 버렸으니 사건은 미궁으로 빠져들었다.

선후는 갑자기 리만 데이비드를 떠올렸다. 그의 짓일지 모른다. 그녀는 꽃섬의 바다목장에 머물며 앞으로 일을 궁리하였다

'바다목장의 소유권은 김해녕에게 있다.'

그러나 고모는 영국에 있었다. 어쨌든 바다목장의 주인은 무주 공산인데 유언대로 김해녕에게 인수할 수밖에 없었다. 그렇다면 박인숙 노파는 이런 상황을 예측했음인가. 결론적으로 바다목장은 한채연 할머니 소유였다. 목장 경영자는 하인수인데 왜 목장을 김해녕에게 주라고 했을까. 선후의 의구심은 복잡하게 얽혀 갔다.

여수로 돌아온 선후는 수잔 벨리의 사무실로 찾아갔다. 수잔은 영국에 갔다가 막 돌아왔다.

"고모님 잘 계셔?" 선후가 물었다.

"그래요, 언니."

해녕은 작은할아버지 딸이니까 선후의 고모였다. 수잔 벨리가 가까운 혈육인데 친근감이 없는 것은 한채연 할머니의 과거 이력 때문이었다. 수잔이 아무것도 모르는 상태에서 소통하면 혼동을 일으킬까 봐 말을 안 했다.

"언니, 이제 우린 피를 나눈 형제입니다. 수잔을 사랑해 줘요."

"그래, 언니는 수잔을 사랑한다. 하멜 선장 소식을 들었나?"

"연락했더니 곧 한국에 온답니다. 사업을 할 모양입니다."

"그래. 오시면 연락해줘."

"언니, 하멜 선장에게 관심 있어요?"

"하멜은 네가 좋아하잖아."

"그런데 하멜 선장에게 언니가 관심이 많은 것 같아요."

"이성 관계는 아니야."

고국에 왔다가 어머니의 죽음을 보고 장례도 치르지 않고 영국으로 돌아간 해녕 고모는 큰 병이 났다는 것이다.

"엄마는 절대 외할머니를 용서할 수 없답니다."

"…미녕 고모에겐 자주 연락하니?"

"형광물고기 수족관 때문에 만났어요."

"그 사업을 하기로 했니?"

"네, 그리고 언니. 엄마가 곧 한국에 올 것 같아요."

"그랬어, 해녕 고모 오시면 날 만나게 해줘."

해녕 고모가 오면 미녕 고모의 아버지가 누구냐고 묻고 싶었다. 그리고 선후는 하멜의 존재를 의심하는데 수잔은 하멜 선장을 좋아한다는 것이 마음에 걸렸다. 박철 형사는 하멜이 한채연 할머니를 죽인 범인이고, 하인수가 박인숙 노파를 죽였다고 단정하였다. 그렇다면 수잔이 하멜을 만나는 것을 막아야 한다. 선후는 하멜과 리만을 주의할 인물로 간주하고 있었다. 특히 하멜은 정체를 알 수 없는 주의할 인물이다. 그는 할아버지 김태삼을 죽게 하고 아버지 김주원을 한국에서 내쫓은 자들에 관한 복수를 하겠다고 벼르는 인물이었다. 그래서 박철 형사가 뒤를 캐고 다녔다.

자꾸 마음에 걸리는 것은 꽃섬 가두리 양어장에서 죽은 박인숙 할머니의 죽음이었다. 목장 소유권과 블루베리 다이아몬드 소유권을 놓고 마치 박인숙 할머니와 하인수가 재산권 쟁탈을 하다가 일어난 사건처럼 되어버렸다. 그러나 박인숙의 죽음으로 두 사건은 미궁에 빠지고 말았다. 선후의 생각을 복잡하게 하는 것은 한채연 할머니와 이수임의 관계였다. 그 사이에 하인수가 끼어 있었다.

선후는 오빠에게 물었다.

"이수임에게 하인수란 손자가 있거든. 그런데 그 손자의 부모가 누군지 알아?"

"하인수 부모 말이냐? 아버진 누군지 모르겠고 그의 어머닌 미노에라는 일본 여인이다. 미노에는 바로 이수임의 딸이지.”

“뭐, 미노에가 한국인이었어? 이수임의 딸이라고… 마린 장의 어머니인 것으로 알고 있는데…”

“응, 맞아. 미노에가 하인수를 낳고 남편이 죽자 장동원의 후처로 가서 마린 장을 낳았어”라고 설명해 주었다.

“그렇다면 가정인데, 하인수가 하석주의 아들이 아닐까?” 선후의 말에 김동민 회장의 표정이 굳어졌다.

“그건 모르겠어. 그런데 선후 너. 하인수에 관심이 많다. 어떤 사이야?”

“선후배로 친할 뿐 더 이상은 아니야.”

“다행이다. 그자는 박인숙 할머니를 죽인 살인자다.”

“뭐라고…?”

“그렇게 믿어도 된다. 그리고 너 처신 잘해.” 오빠는 확신하고 있었다.

“그럼, 박인숙이 하인수 선배를 기른 이유가 뭐야?”

오빠는 무겁게 입을 열었다. 이수임이 손자 하인수를 박인숙에게 맡겼다. 그래서 하인수는 박인숙 노파가 기른 것이다. 미노에가 전 남편의 아들을 친정어머니 이수임에 맡기고 장동원의 애첩이 되었다. 박인숙이 그 사실을 알고 하인수를 길러 줬다는 것이다.

“뭐가 그렇게 복잡해. 참 오빠는 아는 것도 많아.”

"내가 아버지 원수를 갚으려고 조사했던 사실들이야. 내가 모든 것을 제자리로 돌려놓고 말거야." 단호한 말투였다.

"오빠가 무서워."

대충 가닥이 잡혀갔다. 선후는 인수 선배가 행방불명이 된 사실과 박인숙 할머니가 죽은 후 바다목장을 해녕 고모에게 주라는 유언을 알 것 같았다.

"한채연 할머니와 박인숙은 어떤 관계야?"

"생명의 은인이지. 박인숙 할머니가 한채연 할머닐 살려줬어."

김동민 회장은 미소를 지으며 말했다.

전쟁이 끝나고 도망자 신세가 된 이수임과 한채연을 숨겨준 것은 박인숙이었다. 세 명의 여인은 꽃섬에 머물며 죽음을 피했다. 꽃섬은 한채연 할머니가 고기잡이하면서 개척한 섬이었다.

"그래서 바다목장이 해녕 언니 몫이 된거군."

"그전부터 그런 말을 했었어. 해녕 고모가 영국에서 오면 돌려준다고…"

"그럼, 이젠 바다목장을 수잔이 경영하게 되겠네."

"응, 빨리 이전을 시켜야겠어."

이제 의문이 풀렸다.

하멜은 할아버지를 죽인 원수를 찾고 다녔다. 그런데 미노에가 할아버지를 죽인 이수임의 막내딸이란 사실을 알고 접근하였다. 그러나 그녀는 하멜의 존재에 관해선 아무것도 몰랐다. 다만 그가 한국계 영국인이라는 것밖에 모른다. 그의 정체를 아는 사람은 오직 김동민 회장뿐이었다.

선후는 리만이 블루베리 다이아몬드를 자기 소유라고 주장하는 것은 잘못이라고 생각하였다. 엄연히 주인이라면 미노에와 마린 장이었다. 그래서 하인수가 발작을 한 것이다. 그렇다면 하멜의 정체는 다이아몬드를 빼앗으려는 사기꾼. 그렇다면 그가 박인숙 살인사건에 연루되었다는 생각이 들었다.

그 다이아몬드는 장동원이 이수임에게 맡긴 것이다. 다이아몬드 때문에 김경섭 경장이 죽었다. 선후는 사건의 추이를 추정해 보았다. 이수임은 장동원이 준 다이아몬드를 가지고 섬으로 자취를 감추었다. 그런데 그 다이아몬드를 박인숙이 훔쳐 숨겼다. 그리고 그 다이아몬드를 손자인 하인수가 박인숙을 죽이고 갈취하였다. 그렇다면 하인수는 그 다이아몬드를 어떻게 했을까. 선후양은 소설가답게 치밀하게 사건을 전개해 나갔다.

한편 박철 형사는 친구인 김동민 회장을 찾아갔다. 어쩐지 그가 문제의 다이아몬드 실체를 알고 있을 것만 같았다.

"김동민 회장, 대체 하멜이란 자가 누구인가?"

"영국의 유람선을 끄는 선장이잖아."

"그자가 김태삼의 손자이며 김주원의 아들이 맞나?"

"응, 그렇게 알고 있어."

"그런데 그자가 자주 한국에 오는 이유를 아는가?"

"아버지 조국이라서 자주 오는 거야."

"난 그렇게 생각하지 않아, 그자는 복수하려고 한국을 드나드는 거야."

"뭐라고?"

"한채연 노파의 죽음과 박인숙 노파의 죽음이 그자의 소행일지 몰라."

"하인수라며…"

"동일 선상에 두고 조사를 하는거야."

그자의 조부 김태삼은 여·순사건 때 여수 사람들을 괴롭힌 빨갱이였다. 피의 역사를 만들어 낸 원흉이었다. 그래서 그의 자식 김주원은 한국에 살지 못하고 추방당했다. 그런데 가해자인 그의 손자가 피해자라고 자칭하면 자길 버린 자들에게 복수하러 온 것이라고 박철 형사는 추정하였다.

"너무 비약하는 거야. 내가 아는 그는 자기의 조부가 한국인이라는 사실, 그것을 자랑스럽게 생각하고 뿌리를 찾는 중이야."

"그가 영국에서 자랐나?"

"그런가봐 어머닌 일본 여인이지."

"난 하멜이란 자를 경계하고 있다네. 정보 있으면 주게나."

꽃섬의 박인숙 할머니 살인사건을 수사하다 보니까 하인수, 리만, 하멜이 의혹자로 떠올랐다. 리만과 하멜이 주기적으로 꽃섬에 들려 하인수를 만났다는 것, 그리고 하멜은 소리도에 가서 하미녕 사장과 친분을 가졌다, 등등 그런 행보를 추적하고 있었다.

"박 형사, 너무 과민하지 말게."

"노학년. 노동식, 한채연, 박인숙을 죽인 범인이 하멜이 아닌가하는 생각이야."

"설마 그런 일은 아닐거야."

"자네가 말했잖아요. '탐욕과 쟁취욕이 불타는 친구라고.'"

"그건 사실이야."

"그럼, 자네 생각으론 그 다이아몬드를 누가 소유했을까?"

"내가 그걸 어떻게 알겠나."

선후는 박철 형사와 같이 다이아몬드의 소유자 한채연과 박인숙, 이수임의 관계를 확인하려고 보성 녹야원으로 이수임을 만나러 갔다. 그녀의 녹야원은 보성 녹차밭이 한눈에 보이는 산마루에 있었다. 푸른 녹차 밭을 끼고 돌아 바다가 보이는 언덕의 전통 한옥 찻집이었다.

"잘 왔어, 김선후 소설가, 만나고 싶었어. 그런데 이분은 누구야?"

"박철 형사라고, 박동근 시인님의 손자잖아요."

"박동근 시인이 손자? 아 그렇지. 박동근 시인의 소식은 듣고 있나요?"

"모릅니다. 호주로 간 후 소식이 없습니다. 그렇게 사는 것이 편하답니다."

"그럴걸세. 떠나면서 다시는 고국엔 안 오겠다고 말했어요."

이수임 노파는 잠시 울적한 표정을 지었다. 박동근 시인이 한국에 왔다가 다시 호주로 돌아간 것은 한국에 적응을 못 해서가 아니고 존재에 대한 회의였다. 화를 입고 화를 품은 사람이 다시 그 화를 불지를까 두려워서 떠났다는 것을 박철은 알고 있었다.

"네, 다시는 한국에 오지 않을 것입니다."

"내가 그분을 이 땅에 살지 못하게 만들었어요."

그녀는 실의에 찬 한숨을 내쉬었다. 이수임 노파의 눈가에 이슬이 맺히고 있었다. 그것은 진정한 참회였다. 그러나 박철은 그 눈빛 속에서 무엇인가 진실을 찾으려고 하였다. 그렇게 착한 분을 왜 그렇게 만들었나 묻고 싶었다.

"사랑했나 봅니다." 선후가 물었다.

"사랑했지. 서로가 너무나 사랑했지. 그러나 내가 시인을 차버렸어."

"왜죠? 김현수 선생님 때문인가요?"

"그래, 내가 미쳤어… 차 들어요. "

할머닌 더 이상 말을 하지 않았다. 풍상 거친 세월의 와류 속에서 선량한 시인을 빨갱이로 몰아세운 것도 죄악인데 시인의 친구를 사랑했던 것이 일생일대의 실수였다. 그녀는 온갖 죄악을 저지르고 살아온 여인이었다. 그러나 그녀는 화려한 미모를 자랑하듯 세상에 부와 권력을 다 누려봤다.

"아직도 박 시인을 사랑하나요?"

"난 사랑을 말할 자격이 없는 여인이야. 나를 사랑했던 그분에게 난 악인이었어."

"그분이 한국에 왔을 때 왜 잡지 않으셨어요?"

"죽기 전에 한번 만나야겠다면서 막상 만나니 용기가 안 나더군. 난 그분에게 죄인이거든." 이수임 노파는 크게 울어버렸다.

"어떻게 그런 인생을 사셨어요?"

"박 형사, 난, 난…" 이수임 노파는 말을 흐리고 있었다.

"이수임 할머니, 사실은 할머께 여쭐 말씀이 있어서 왔습니다." 박철 형사가 무거운 입을 열었다.

"무슨 말인가?"

"블루베리 다이이몬드를 누가 가지고 있어요?"

"난 그런 것 몰라."

"장동원의 동생, 장미령의 아들 리만 데이비스가 그 다이아몬드를 찾으려고 할머닐 찾고 있어요."

"장미령의 아들? 지가 무슨 권리로…?"

"외삼촌 장동원이 자기 어머니에게 준거래요."

"미친놈. 헛소릴 하는 거야. 대체 그자의 정체가 뭐야?"

"할머니, 그 블루베리 다이아몬드가 실제 있는 보물입니까? 장동원씨가 할머께 맡겼다는 그 보석 말예요."

"난 모르는 물건이야." 그녀는 완강히 부인했다.

"그래서 내가 그 다이아몬드를 찾아주기로 했어요." 선후가 노파의 눈치를 보면서 말했다.

"선후 작가가 왜 그런 약속을 해요?"

"내 아버지를 죽인 다이아몬드라서요."

"지금 뭐라고 했나? 아버지를 죽인 다이아몬드라고…"

"네, 아버지 비망록 속에 적혀 있었어요."

"김경섭 경장의 비망록에 그 다이아몬드가 기록되어 있었어?"

"네. 할머니 이름도요."

"내 이름이 뭐라고 적혀 있었어?"

홍콩 정부가 찾고 있는 다이아몬드를 장동원이 이수임에게 줬다고 적혀 있었다.

"아버진 그 다이아몬드를 추적하다가 살해당했어요."

이수임 노파의 표정이 싸늘하게 굳어졌다. 하얗게 질린 노파는 쥐구멍이라도 찾아 빠져나갈 눈치였다.

"난 김 경장을 죽이지 않았어. 난 그 다이아몬드도 몰라."

"장동원씨 조카 리만 데이비드를 만나보실래요?"

박 형사가 그녀를 주시하고 말했다.

"그런 자를 왜 만나, 난 그자를 몰라요."

선후는 '할머니가 우리 아버질 죽인 범인이에요. 당시 밀수업을 했던 무리들이 죽였다는데 할머니가 당시 밀수업의 대모라면서요'라고 말하고 싶었다.

"아버진 우리 다방의 단골손님이라 친한 사이였어요."

홍콩에서 여수로 와서 황금 바와 황금 다방을 경영했고 그곳은 선후의 아버지 김경섭 경장이 매일 와서 죽치는 곳이었다. 김경섭 경장은 부두 깡패들이 벌인 이권 싸움의 내막에 밀수가 걸려있다고 업자를 추궁하고 다녔다.

"박인숙 할머니가 증언했어요. 이수임 마담이 김경섭을 죽였다고요." 선후는 직선적으로 내뱉었다.

"박인숙이 그런 소릴 했어. 나쁜 년."

"그런데 며칠 전에 꽃섬에서 살해당했어요."

"박인숙이 죽어? 정말 죽었어?"

"그렇다니까요. 그리고 하인수가 가지고 있는 양어장은 누구의 것입니까?"

"그것은 왜 물어?"

"박인숙 할머니 유언에 김해녕에게 준다고 했어요."

"김해녕에게 준다고 했다고…?"

"김해녕이 한채연 딸이 맞아요?"

"맞아, 친딸이야."

"그럼 이수임 할머니와 한채연은 어떤 사이며 박인숙과 한채연은 어떤 관계입니까?" 선후는 숨도 안 쉬고 질문을 퍼부었다. 비로소 이수임 노파는 입을 열었다.

"죽은 자는 말이 없는 법이야. 다이아몬드는 박인숙 그년이 가지고 갔어."

그렇게 이수임은 내뱉고 말았다. 박인숙 노파가 죽었다고 했더니 그녀에게 모든 것을 뒤집어씌우는 것 같았다.

"믿어지지 않는데요. 거짓말 마세요." 박철이 강한 말로 협박하였다.

"제발 날 의심하지 마라. 내가 가지고 있긴 했어. 그런데 그년이…" 그녀는 횡설수설하고 있었다.

"꽃섬에 사는 하인수씬 할머니 손자인데 왜 박인숙 할머니가 기르게 되었어요?" 박 형사가 짓궂게 물었다.

"아픈 상처지. 남편이 살해당하고 딸이 재혼한다기에 데리고 왔지."

이수임 할머닌 딸이 맡긴 외손자 하인수를 소리도에 숨어 사는 한채연에게 잠시 맡겼는데, 한채연이 박인숙 노파에게 줘서 기르게 되었다는 것이다. 하미녕 사장의 말과 일치했다.

"그럼 하미녕은 누구 딸인가요?"

이수임 노파는 침묵으로 결코 질문에 답을 하지 않았다. 아무튼 한채연에게서 박인숙에게로 넘겨진 하인수의 양육비는 이수임이 댔다. 그리고 꽃섬에 양어장도 만들어 주었고 집도 마련해주었다. 박인숙은 이수임의 손자 하인수를 자기 손자처럼 기르고 유학까지 보냈다.

"하인수가 박인숙 할머니 살해범으로 지목을 받고 있어요."

"뭐라고? 내 손자가 살인범?"

"모르지만 문제는 다이아몬드 때문 같아요."

'저주의 다이아몬드.' 이수임 노파는 허공을 응시하며 욕설을 퍼붓고 있었다. 박철 형사는 과거 이수임과 연관된 사람들과 그 자손들의 동태를 떠올리고 있었다. 그러나 하인수의 정체는 오리 무중이었다. 다이아몬드의 정체는 미궁으로 잠적했다.

"이수임 할머니, 다이아몬드 때문에 당신의 목숨을 노리는 자가 많습니다."

"뭐라? 그들이 나를…? 무섭지 않아, 다 잊혀진 세월인데 지금 와서 왜 그래?" 그녀는 체념하고 모든 것을 운명으로 받아들일 눈치였다. 이수임 노파는 선후의 손을 잡았다.

"아버지 김경섭 경장은 참으로 올곧은 사람이야."

"훌륭한 선배 경찰이었죠. 복수의 살인을 막으려고 했었죠." 박철 형사가 대변하였다.

"많이 후회했다네. 그런데 말이야, 김선후 작가 한채연을 용서하게."

한채연과 남편 김우현 관계를 말하려는 것 같았다. 그런데 한채연이 남편 김우현을 죽인 이유는 말하지 않았다.

"난 할머니 말을 믿을 수가 없어요. 빨갱이, 살인자, 배신자, 도둑, 백번을 죽어 마땅한 악인이 살아있어요." 선후가 직설적으로 쏘아버렸다.

"무슨 말을 해도 할 말이 없네. 믿어도 좋고 안 믿어도 좋아."

이수임은 입에 거품을 물고 말했다.

"아마 조만간에 장동원의 조카 리만 데이비드가 할머닐 찾아올지 모릅니다."

선후는 더 이상 대화할 상대가 안 된다고 그만 일어섰다. 박철 형사는 그녀를 따라 일어났다.

"할머니, 끝까지 다이아몬드를 빼앗기지 말고 잘 지키세요."

고집이 센 노인이었다. 비밀을 말하지 않았다. 그날 밤, 선후에게 낯선 남자가 전화를 걸어왔다.

"누구세요?"

"김선후 작가님, 슬픈 소식을 전합니다. 이수임 노파가 죽었습니다."

"뭐라고요? 누군데 그딴 소릴 하는 겁니까?"

"사실입니다. 가보세요." 전화가 끊어졌다.

기막힌 일이었다. 낮에 그녀를 만나고 왔는데 죽었다는 것이다. 대체 그 전화를 걸어 준 사람은 누구일까. 선후는 당장 박철 형사를 불러 녹야원으로 달려갔다. 이수임 노파는 싸늘한 시체로 안방에 누워있었다. 다원의 일꾼이 차밭에 쓰러진 그녀를 안고 왔다는 것이다. 현지 경찰이 달려왔다. 사인은 자세히 모르겠지만 목과 가슴에 칼자국이 있었다. 자살 아니면 타살, 그러나 경찰은 타살 쪽으로 심중을 두었다.

"김선후 작가님, 범인은 곁에서 우릴 지켜보고 있는 것 같아요."

"박 형사님. 무서워요."

철저하고 완벽한 살인이 계속되고 있었다.

"다음은 누굴까요?"

"노명신양과 마린 장일 겁니다." 박 형사는 범인이 누군지 아는 듯 말하고 있었다. 박 형사와 선후는 이수임 노파의 장례를 지켜보고 나와 심한 두통에 시달렸다. 그녀가 죽었으니 문제의 다이아몬드는 찾을 길이 없는 것이었다. 하나씩 문제가 풀리는 듯하다가 사라지고 있었다. 노학년, 노동식씨가 죽고 한채연 노파가 죽고 박인숙, 이수임 노파마저 죽었으니 여·순사건의 원흉들은 다 사라졌다.

현실은 김선후가 구상한 '끝나지 않는 전쟁' 스토리와 거의 일치되어 가고 있었다. 여·순사건 이후 가해자는 없고 피해자만 있는 반란 후유증이 도처에서 복수로 일어나고 있었다. 무서운 복수의 형극의 끝은 어디인가, 이렇게 연달아 사람이 죽어가고 있는데 어떻게 방비할 수 있단 말인가. 사람들은 얽히고 설킨 죽음을 두려워하였다. 살기 위하여 죽여야 했던 반란 후유증이었다. 그러나 끝이 보이지 않는 살인은 점점 잔혹하게 미궁으로 빠져들고 있었다.

박철 형사는 심각한 고뇌에 빠져 있었다. 문제는 뿌리 깊은 원한의 골을 풀어야 하는데 그 길이 보이지 않았다. 선후는 홍콩의 리만 데이비드에게 전화를 걸었다.

"리만씨 이수임 노파가 죽었어요."

"다이아몬드의 정체를 알아내지 못했나요?"

"영원한 수수께끼 같아요."

그는 이수임씨가 죽었다는 말을 듣고 분개했다. 비밀의 키를 가지고 있던 그녀가 죽었으니 다이아몬드를 찾을 길은 암담했다. 박철 형사는 끈질기게 하인수의 정체를 더듬고 다녔다. 그런데 갑자기 하멜이 떠오르는 것이다.

화해와 용서

선후는 명신이 은거하고 있는 금오도로 찾아갔다. 결혼 파탄과
아버지의 죽음은 그녀에게 엄청난 정신적인 충격을 안겨주었다.
혼사가 깨지고 마린 장마저 미국으로 돌아가버리자 그녀의 심정
은 엉망진창이 되어버렸다. 그녀는 금오도 별장에서 은둔하고 있
었다. 그러나 아버지의 죽음은 할아버지 노학년이 뿌려 놓은 업보
라는 사실을 모르고 있었다. 마린 장이 장인석의 손자라는 것도,
그의 아버지 장동원이 자신의 아버지 노명식과 친구라는 사실도
모르고 있었다.

연쇄살인 사건으로 여·순사건의 주역들이 하나씩 사라지고 있
다는 것도 몰랐다. 노학년 등 반란 동조의 주역이 사라지고 그 후
손들은 피나는 고통을 받았다. 노학년의 아들 노동식과 김태삼의
아들 김주원, 한채연의 딸 김해녕 그리고 장인석의 아들 장동원,
김영일의 아들 김경섭은 친구였다. 그러나 이들은 부친의 실수로

가해자와 피해자란 악연으로 세상 밖으로 밀려났다가 부활하는데 장애가 발생하였다. 한국에 살지 못하고 외국으로 쫓겨 간 2세들이 당한 슬픈 삶과 고통이 3세들에겐 복수로 앙갚음되고 있었다.

선후가 갑자기 명신을 찾아가자 그녀는 몹시 놀랐다.

"김선후, 어떻게 네가 여길…?"

그녀는 속옷 차림으로 거실에 앉아 있다가 선후를 맞았다.

"어떻게 지내는지 궁금했었지."

"잘살고 있어. 이렇게 편하게 말이야."

그녀는 약혼자인 마린 장이 종적을 감춘 것에 충격을 받아 거의 실신 상태로 지냈다. 창밖으로 보이는 바다 풍경이 너무 아름답다. 그러나 그녀에게는 아무 감각도 없는 바다였다.

"마린 장의 소식은 듣니?"

"나쁜 자식이야. 종적을 감췄어."

당연한 결과였다. 명신처럼 그도 아무것도 모르고 당하였고 준비할 순간도 없어서 대처할 수도 없었다.

"언제까지 이렇게 살 거야? 다 잊고 털고 일어나라."

"불난 집에 부채질하니? 어떻게 잊어."

"마린 장이 누군지 알아? 그는 너와 결혼해선 안될 사람이야."

"그건 무슨 소리니?"

"그는 네가 좋아서 결혼하려는 것이 아니고 복수하려고 나타난 거야?"

"뭐라고? 너 미쳤니. 어떻게 내 약혼자에게 그런 소릴 해."

"너의 조부 노학년이 친구인 마린 장의 조부 장인석을 죽였어."

"헛소리 마라."

"그걸 알고도 너의 아버지가 결혼을 밀어붙인 거야."

"그게 말이 되는 소리야?"

"말이 안 되지. 아무튼 그가 너를 해치지 않은 건 다행이야. 허나 언젠가는 그가 너를 해칠지 몰라."

"뭐라고… 나를 해친다고?"

빨갱이 노학년은 수많은 우익 인사를 죽인 살인자야. 그런데 전쟁이 끝나고 반공 분자로 위장하고 같이 활동하던 혁명 동지들을 색출하여 죽였다. 그렇게 변신한 그가 사업에 성공하여 떵떵거리며 여수의 부호가 되었다. 선후는 명신에게 조부 노학년에 의해 처형당했던 후손들이 복수를 벼루고 있다는 사실을 전했다.

"조심해, 이제 살인의 화살은 너를 겨누고 있어, 너의 아버지가 관리하는 조직을 멀리해야 하는 거야."

"네가 뭘 안다고 아버지 조직 운운하는 거야, 그들은 사업 동업자야."

"이권만 노리는 조직이야. 너의 아버지도 그들이 죽인 거야."

"닥쳐, 네가 뭘 안다고 지껄이는 거야?"

"내 말을 못 알아듣는군, 나도 너를 증오해. 이유가 뭔지 아니? 너의 조부는 우리 할아버지 재산을 빼앗아 부자가 되었어."

선후는 강하게 내뱉고 자릴 떴다. 옛일이 생각났다. 노학년은 사악한 강도였다. 김영일을 죽이고 재산을 강탈했는데 명신은 그런 제 할아버지 노학년의 악행을 알지 못했다. 선후는 그녀가 친구지만 가까이 할 수가 없었다. 명신은 선후의 말에 엄청난 충격을 받았다.

소문은 충무파 조직이 노동식을 죽였다고 했다. 사업상 김동민 회장은 신항파와 손을 잡았고, 노동식은 충무파의 비호를 받고 있었다. 그래서 두 파벌이 자주 해상 난투극을 벌였는데 그 배후에 노동식과 김동민이 있었다는 것이다.

어느 날 선후는 명신과 심하게 다툰 일이 있었다.

"너의 아버지가 충무파 조직의 두목이더라." 선후가 시비를 걸었다.

"알고 있나? 너의 오빠 김동민이 신항파 두목이란 것 말이야."

"너 함부로 그딴 소리 할 거야?"

세상이 다 아는 사실이었다. 그러나 선후는 사실무근이었다. 사업을 위해 잠시 조직을 이용했을지 몰라도 오빠는 조직의 보수는 아니었다. 선후는 명신에게 마음의 말을 하고 나니 속이 시원했다. 그녀가 돌아간 후 명신은 곰곰이 선후의 말을 상기했다. 그녀의 말은 사실인 것 같았다. 아버지 노동식과 그녀의 오빠 김동민은 여수 해운업의 강자였다.

저녁에 선후는 박철 형사를 만났다.

"다이아몬드를 찾는 일에 손을 떼야 할 것 같아요."

"왜죠? 리만을 의심한다면서요?"

"계속되는 죽음이 무서워요."

"그것을 찾아야 해결될 일이 아닌가요? 그래서 말인데요, 리만과 하멜이 김 회장을 자주 만난다는 겁니다."

"오빠가 왜요?"

"글쎄요, 김 회장 곁에 그들이 얼쩡거리면 의심 받지요." 오빠에게 전하라는 말투였다.

"그런 일은 없을겁니다."

"아무래도 김 회장이 그들과 사업을 같이 하는 것 같아요."

박 형사는 김동민 회장이 그들을 비호한다는 생각이었다. 누가 뭐라고 해도 김동민 회장은 지역 사회를 위하여 노력한 사업가였다. 따라서 이 지방에 일어나는 일련의 복수극을 종식시키려고 노력하는 분이었다. 그런데 박철 형사는 과거를 모르는 사람들을 불러들여 잘못된 역사를 알게 하는 것에 불만이 있었다. 결국, 원한을 알게 되고 그 원한은 살인을 발생케 한다는 것이었다.

그는 지난 엑스포 때 외국에 사는 후손들을 초청하여 조부들의 역사를 가르쳐 주었다. 그것이 발단되어 더 잦은 사고가 일어나고 있었다.

"김 회장, 나쁜 역사를 왜 들추는가? 그만하게."

"내 뜻은 화해와 용서야, 잘못된 역사 때문에 일어나는 사건을 막기 위해선 후손에게 자세히 알려야 한단 말일세.”

“옳고 나쁘건 역사가 판단하는 거야, 개인의 용서와 화해로는 안 되는 거야.”

“74년 전 증오가 아직도 남아 있어서 안타까워서 그래.”

“아무튼 그것을 알게 하는 것은 원한을 충동질하는 거라고.”

노동식이 죽은 후에 모든 패권은 신항파로 넘어갈 줄 알았는데 그렇지 못했다. 새로운 세력이 등장하였다. 리만과 하멜 선장이 한국의 조직에 발을 디뎠던 것이다.

“박 형사님, 정말 리만과 하멜 선장이 의심스러워요?”

“네, 철저하게 조사를 할 것입니다.”

박철과 헤어지고 집으로 돌아온 선후는 70년 동안 되풀이되는 복수극의 진상과 사건의 내막을 정리하고 있었다. 악의 보복은 끝없이 상처를 입히고 있었다. 문제는 더 이상 살인사건이 일어나지 않아야 하는데 그렇지 않았다.

명신과 마린 장, 하인수, 리만과 하멜, 수잔 벨리 중에 누군가 화를 입을 것 같은 예감이 들었다. 특히 명신이 불안했다. 선후는 심각한 고민에 빠졌다. 문제는 그 블루베리 다이아몬드였다. 대체 그 다이아몬드는 어디에 숨겨져 있단 말인가?

수잔 벨리가 잠시 영국에 갔다가 돌아와서 선후를 불렀다. 약속 장소로 그녀를 만나러 갔다.

“수잔, 반가워. 영국에 갔다 왔다면서?”

"우리 외할머니 친정 오빠가 언니의 할아버지 김영일씨를 죽였다면서…?"

"누가 그래, 그런 일 없었어."

"어머니가 그렇게 말했어. 그것 때문에 늘 고통스러운 세월을 살았나 봐."

"어머니가 그런 말을 했어?"

"남로당 좌익 분자들이 재산을 빼앗기 위하여 김씨가를 몰락시켰다는 거야."

"그런 말을 했어?"

"김우현 외할아버지가 그들을 처단했다더군."

"다른 말은 않했어?"

"응."

좌익 골수 노학년의 패거리들이 김영일의 재산을 노리고 벌인 살인이었다. 그러나 동생 김우현은 형 김영일을 죽인 그들을 처형하였다. 그런데 김우현은 연인인 한채연을 살려줬는데 한채연은 남편 김우현을 죽였다. 김동민 회장은 그들 조부의 수치를 후손들이 알게 할 수 없다고 온갖 노력을 다하였다.

수잔은 기분이 좋은지 싱글벙글하였다.

"언니, 나 말이야. 어머닐 모시고 와서 한국에서 살 거야."

"잘 생각했다. 대환영이다."

선후와 수잔이 식사를 하고 있는데 리만이 전화를 하였다. 식사 후에 선후가 그를 찾아갔다.

"이수임과 박인숙 노파가 죽었다면서요?"

"그런데 누가 그런 소식을 전해 줬어요?"

"하멜 선장이 말해줬어요."

"하멜이…? 하멜 선장은 배를 타고 대양에 있을 텐데 언제 만났어요?"

"홍콩에 왔더라고요."

"그럼 자주 만나나요?"

"사업을 같이하기로 했어요."

냄새가 났다. 어떻게 하멜과 리만이 친하게 될 수 있었단 말인가?

"블루베리 다이아몬드는 포기하렵니다."

"포기요?

"이수임만 찾으면 다이아몬드의 행방을 찾을 거라고 생각했었는데 희망이 없어졌어요."

"그러나 박철 형사가 문제를 캐고 있으니 희망을 가지십시오."

"아니요. 동안 고마웠어요. 그 뜻으로 식사를 같이 하려고요."

그때 박 형사가 다른 형사 2명을 데리고 커피숍으로 들어왔다. 박 형사는 리만 앞으로 나섰다.

"리만 데이비드씨. 당신을 사기꾼으로 체포합니다."

박 형사가 그의 손에 수갑을 채웠다.

"사기꾼이라뇨?"

"마린 장이 증언했어요. 경찰서로 가시죠."

"정확히 내 죄명이 뭔가요?"

"남의 물건을 사기로 쟁취한 것과 인척 사칭한 죄입니다."

"난 영국 사람입니다. 외국인을 함부로 체포할 수 있나요?"

"현장범이니까요."

박 형사는 부하 경찰에게 그를 연행토록 하였다. 리만이 잡혀
가자 선후가 박 형사에게 진위를 물었다.

"그자는 국제 사기꾼이었습니다. 그리고 마린 장의 사촌도 아
닙니다."

"그런데 장동원이 외삼촌이라고 했어요."

"거짓말입니다. 혹시 하멜 선장에게서 연락받은 일 있나요?"

"못 받았어요."

"아무래도 하멜이 리만을 조정하고 있는 것 같아요."

경찰은 리만을 체포해 갔다. 선후는 수잔이 리만에게 속고 있
다고 생각하니 화가 치밀었다. 처음부터 정체불명의 블루베리 다
이아몬드를 찾아달라고 접촉을 한 것이 이상했다. 그런데 그 다이
아몬드로 인해서 사건의 실마리를 열었다는 것은 소득이었다. 과
연 그가 말한 블루베리 다이아몬드가 실존한 보석인가 하는 의문
이 생겼다. 그의 말만 믿고 뛰어다닌 행각이 창피하였다.

선후는 행방불명이 되어버린 하인수 선배를 떠올리고 있었다.

죽었는지 살았는지 모르는데 박철 형사는 그가 죽었을 것이라고 추리하였다. 불온한 예감은 하멜과 리만이 인수형과 연관되어 있다는 생각이었다.

박철 형사에게서 긴급히 전화가 왔다.

"김선후 작가님, 저와 같이 금오도에 가요."

"갑자기 금오도엔 왜요?"

"신항파와 충무파가 해상 난투극을 벌인답니다."

"왜, 금오도에서…"

금오도에 노명신이 은익하고 있었다. 예감이 좋지 않았다. 선후는 박철 형사와 같이 경찰선을 타고 금오도로 들어갔다.

다도해의 어업 전진 기지인 금오도는 언제나 평화로운 바다색을 드러내고 있었다. 푸른 숲과 바다를 만끽할 수 있는 벼랑길을 따라 많은 관광객들이 함구미 포구부터 줄을 서고 있었다. 금오도 비렁길은 천연의 바다를 만끽할 수 있다는 소문이 나서 관광객들이 많이 찾았다. 비렁길은 벼랑길, 암벽의 벼랑을 따라 길을 낸 산책로인데 이곳 사투리로 비렁길이라고 하였다.

이곳은 명성황후의 사슴목장이 있었고 아름드리 해송은 경복궁 복원 때 목재로 사용했고 일제 땐 남해안 어업 전진 기지로 거문도 어장과 함께 최고의 어장으로 이름이 난 곳이었다. 삼국시대에 당나라와 일본 무역로의 중간역으로도 이름을 날렸던 곳이다. 이곳 어장의 대부분은 명신의 아버지 노동식 사장 소유의 어장이었다. 명신은 이곳 별장에서 지내고 있었다.

박 형사는 순시선을 타고 금오도를 한 바퀴 돌아보고 직포에 배를 정박하였다. 그곳에 명신양의 별장이 있었다. 민박집에 짐을 풀었다. 금오도에 밤이 되었다. 거칠게 일던 파도도 잠을 자는지 조용한 고요 속에 묻히고 있었다. 멀리 오가는 선박들의 불빛이 유난히 반짝이고 있었다. 바다를 바라보다가 자정이 넘은 시각에 선후는 잠이 들었다.

그때였다. 요란한 총성이 울렸다. 연안에서 들려오는 소리였다. 선후는 일어나서 창문을 열고 총소리의 방향을 찾았다. 포구, 그러니까 명신의 별장에서 들리는 소리 같았다. 또 사건이 벌어지는구나. 조폭들이 왜 저곳에서… 난투극은 살인을 예고하는 것이었다. 또 난투극이 시작되었다. 총성은 멈췄다. 그리고 요란한 쾌속정 엔진 소리가 났다. 누군가 도망을 치는 것 같았다. 박철 형사는 현장에 경찰을 급파하여 쾌속정을 쫓았다. 그러나 쾌속정은 멀리 사라져 버렸다. 허탈하게 경찰이 포구로 돌아왔다. 박철은 바로 총성이 울리던 곳으로 달려갔다. 그곳은 명신 양의 별장이었다.

별장 문을 열고 들어갔다. 그런데 안방에서 명신 양이 피를 흘리며 죽어 있었다. 그 옆에 그녀를 보호하던 조직원 3명도 죽어 있었다. 참혹한 광경이었다. 그리고 다른 방에 마린 장이 죽어 있었다. 미국으로 간 마린 장이 이곳에서 죽어있었다. 선후는 놀란 가슴을 진정 못하며 떨고 있었다. 박철은 현장에 수사본부를 설치하였다. 본서에 연락하고 현장 보존을 철저히 하였다.

아침에 증인들을 불러 조사를 하였다. 문제는 왜 마린 장이 이곳에 와서 죽었느냐는 것이다.

본서의 수사팀이 와서 진상을 조사하였다. 기막힌 내막이 밝혀졌다. 신항파와 충무파의 난투극이 아니었다. 홍콩의 밀수해적선과 우리 해양경찰의 충돌이었다. 그런데 경찰과 해적선의 충돌 과정에서 노명신 양과 보좌관들이 죽었다. 그리고 이들과 상관없는 마린 장이 죽은 것이다. 마린 장이 어떻게 이곳에 나타났을까.

노명신은 측근인 충무파를 금오도로 불러 아버지 사업을 논의하는 과정에서 해적선의 공격을 받은 것이다. 그런데 그곳에 마린 장이 등장한 것이 의문이었다. 노명신은 금오도에 숨어 조직인 충무파를 관리해 온 것이었다. 그런데 홍콩의 해적선이 분탕을 치고 쾌속정을 타고 금오도를 벗어났다.

경찰과 해경은 남해안 전역에 비상 경계령을 내리고 문제의 쾌속정을 쫓았는데 범인은 어디론가 잠적해 버리고 말았다.

수사팀은 홍콩 해적선이 충무파를 공격하는 과정에서 노명신과 마린 장이 죽었고 충무파 조직들이 죽은 연유를 알 수 없었다. 마린 장이 명신 양을 찾아와서 다투는 중에 해적단의 공격을 받은 것이라는 추측을 할 뿐이었다.

그런데 무서운 사실이 밝혀졌다. 해적단의 두목이 하멜이었다.

선후는 그 사실을 듣고 잠시 졸도를 하였다.

하멜이 박철 형사에게 전화를 하였다.

"박 형사님, 놀라지 마세요. 마린 장이 노명신 양을 죽였어요."

"뭐라고요? 마린 장이 노명신을 죽였다고요?"

"네, 그리고 마린 장이 노동식도 죽였어요."

"어떻게 그자가…?"

"복수를 한거죠, 노학년이 마린 장의 조부 장인석을 죽였잖아요."

"그럼. 마린 장은 누가 죽였나요?"

"홍콩의 밀수조직들이 죽였어요."

"뭐라고요? 하멜, 당신의 짓이 아닌가요?"

"오해하지 말아요. 난 아닙니다." 그는 전화를 끊어 버렸다.

박철은 올 것이 오고 말았다고 자책하였다. 원흉이 드러났다.
모든 것은 하멜이 조정한 것이었다. 자기 할아버지 김태삼을 죽인
자들에 대한 복수를 한 것이다.

하멜은 일본에서 한국을 오가며 김동민 회장의 신항파와 교분
을 쌓으면서 조부의 역사를 알게 되었다. 경찰은 해적선 두목 하
멜에게 국제 수배령을 내렸다. 선후는 오빠 김동민 회장의 사무실
로 찾아갔다.

"오빠, 마린 장이 노명신을 죽였어요. 노동식도 죽이고요."

"어떻게 그런 일이…" 별로 놀라지 않은 표정이었다.

"오빠는 하멜 김경호의 정체를 알고 있었지요."

"알고 있었다."

"사람들은 하멜이 조종하는 살인극이래요. 대체 하멜과는 어떤 사이예요?"

"관계는 무슨, 사업상 알게 된 것뿐이야. 나완 아무런 상관이 없다."

"말해줘, 오빠는 모든 것을 다 알고 있을 것 같아."

이 모든 살인은 하멜의 조직들에 의해서 일어났던 것이고 그 조직을 움직이는 세력이 있다는 소문이었다.

"오빠는 아버지를 죽인 자들에게 보복하려고 했었어."

"그건 너도 마찬가지잖아. 네가 지금 '여수의 추억'이란 소설을 쓰고 있는 내용이 아버지 이야기 아니냐고, 그것도 아버지의 복수를 위한 것이잖아."

"그런가…"

"난 비양심적인 일에 관여하지 않았으니 걱정하지 말라고. 내가 바라는 것은 오직 화해와 용서뿐이야."

박 형사는 김 회장의 태도에 불만을 가지고 있었다.

"김 회장, 하인수가 어디에 숨었는지 알고 있지?"

"왜 내가 하인수와 연관이 있다는 생각을 하는 거야?"

"그가 블루베리 다이아몬드를 가지고 도주했단 말일세."

"실망하지 말게, 하인수는 홍콩에서 죽었다네."

김 회장은 하인수가 홍콩에서 죽었다는 소식을 전했다.

"뭐라고? 하인수가 죽어?"

"홍콩의 지하 창고에서 시체로 발견되었다네."

"왜, 범인이 누구야?"

"홍콩 경찰은 하멜의 짓이라고 의심한다네."

"하멜이 왜 하인수를…?"

김 회장은 하멜과 하인수가 국제 마약단의 일원으로 마약 밀수를 전문한 도둑이라고 말했다. 그들은 장동원의 블루베리 다이아몬드를 찾고 다녔다. 하인수가 할머니 박인숙씨가 숨겨논 다이아몬드를 빼앗은 것을 하멜이 알고 그를 납치하여 홍콩으로 데리고 가서 죽였다는 것이다.

"정말 하인수가 그 다이아몬드를 가지고 있었어?"

"글쎄, 그렇다네."

"자넨, 정말 알 수 없는 인간이야." 박철은 냉정하게 한마디 던지고 돌아섰다.

선후는 인수형이 블루베리 다이아몬드를 소지하고 있었는데 하멜이 그 다이아몬드를 빼앗고 하인수를 죽였다는 오빠 말을 믿을 수가 없었다.

"오빠, 리만이 하멜 패거리라면서요?"

"맞아, 홍콩 경찰이 그를 체포하여 인터폴에 인계하여 영국으로 보낼거야."

그런데 수잔은 그 내용을 잘 모르고 있었다.

"수잔이 하멜과 결혼을 하려고 했어요."

"불행한 일이구나."

선후는 수잔의 사무실로 찾아갔다.

"수잔, 너 하멜과 결혼은 안 돼."

"왜 그래 언니. 난 하멜을 사랑해."

"수잔, 이 일을 어쩌면 좋으니… 하멜이 마약 밀수범으로 잡혀 갔단다."

"무슨 소리야?"

수잔은 파랗게 질려버렸다. 그리고 말없이 눈물만 흘리고 있었다. 선후는 그런 수잔을 안타깝게 바라보았다. 경찰은 금오도의 노명신과 마린 장 살인사건은 홍콩의 국제 마약단과 연계한 사건이라고 발표하였다. 그러니까 하멜이 명신과 마린 장을 죽인 것이다.

경찰은 영국인 하멜 김경호를 잡는데 온힘을 다했다. 그는 국제 마약단 조직원으로 한국에 분소를 만들었다. 그것이 신항파란 거대 깽 조직이었다. 신항파 두목 하멜은 밀수업과 마약 거래뿐 아니라 살인 등 엄청난 사건을 유발한 죄질이 나쁜 흉악범이었다.

하멜은 꽃섬에서 하인수를 납치하여 홍콩으로 데리고 갔다. 그를 지하 창고에 가두어 두고 괴롭혔다.

"블루베리 다이아몬드를 내놔, 그러면 살려 줄 테다."

하멜이 하인수를 협박하였다.

"난 그 다이아몬드 자체를 모른다." 하인수가 응수했다.

"넌 그 다이아몬드를 소유하기 위하여 너를 키워준 박인숙 할머닐 죽였다."

"난 할머닐 죽이지 않았다."

하멜은 하인수가 다이아몬드를 내놓을 때까지 지하 창고에 가두어 버렸다.

하멜이 경찰에 체포되었고 다음 날 아침 하인수는 지하 창고에서 싸늘한 시체로 굳어 있었다.

하멜, 정말 무서운 인간이었다. 그가 박인숙 노파를 죽이고 하인수를 죽였다. 그렇다면 일간 일어났던 모든 살인사건이 그가 저지른 일이었다. 그럴 수 있었다. 그는 장씨가와 노씨가에 복수를 한 것이다. 생각하면 여·순사건의 모든 복수는 노학년으로 시작되었지만 하멜에 의해서 절정을 이루었다.

그리고 한동안 부두는 조용했다. 그렇게 블루베리 다이아몬드 공포는 미궁으로 사라져 버리고 선후는 다도해의 깊은 어촌에 묻혀 작품을 쓰고 있었다.

1년이 지난 어느 날 박철은 선후를 찾아갔다. 선후의 '여수의 추억'이란 소설은 거의 완성 단계에 와 있었다. 출판되면 지인들을 모아놓고 출판기념회를 가질 생각이었다. 그녀가 그렇게 꽃섬의 집필실에 묻혀버린 것은 하인수의 죽음이 안겨준 상처가 너무

컸기 때문이었다.

"소설은 잘 되어가나요?"

"거의 마무리 단계에 와 있습니다."

"김 작가님께 이 사실을 꼭 소설에 삽입해 달라고 부탁을 합니다."

"무슨 사실을 삽입해요?"

"여·순사건은 끝나지 않았다고요?"

"보복의 끝은 화해와 용서로 매듭 했어요."

"용서로 끝난 전쟁인데 소설 속에 '보복사건일지'를 기입해 뒀으면 합니다."

"보복사건일지를?"

화해와 용서의 장으로 여·순사건을 마무리했는데, 박철은 그동안의 수사한 내용을 스토리 속에 삽입해 달라는 것이었다.

"그건 안 돼요. 화해와 용서로 끝난 사건에 보복일지가 들어가면 후유증이 나타나요."

박 형사는 사건 수사 일지를 소설에 삽입해 두는 것은 여·순을 겪은 사람들의 아픔을 영원히 기억하는 역사라는 것이었다.

"역사에 근거했지만 역시 소설입니다."

"그래서 하는 이야기입니다."

선후는 박철 형사가 정리하여 내놓은 수사 일지를 훑어보았다. 그것은 보복과 복수의 역사였다. 74 동안에 일어난 살인사건의 수사 기록이었다. 박 형사는 선후에게 자료를 주고 곧장 김동민 회장 사무실로 찾아갔다.

"박 형사, 웬일인가? 공무에 몹시 바쁜 모양이던데."

"자네가 만든 일이야. 하고 싶은 이야기가 있어서 찾아왔네."

"뭔지 들어보세."

"김 회장, 솔직히 말해봐, 외국에 사는 고향 사람들을 불러들인 이유가 뭐야?"

"새삼스럽게 왜 물어? 조국이 뭔지, 고향이 어딘지 모르고 살아가는 그들에게 정체성을 찾아주려고 불러들인 거지."

"그런데 그들에게 조국을 떠났던 이야길 꼭 했어야 했나?"

"억울하게 조국을 떠난 이유를 알려 주는 것이 잘못인가?"

"그래서 얻은 것이 뭐야, 사건을 더 크게 만들고 말았던 거야. 그들이 여수에 와서 많이 죽었다는 거네."

"글쎄."

박철 형사는 불만이었다. 공연히 그들을 불러들여 몰랐던 사실을 알게 하여 복수심을 길렀다는 것이었다. 그래서 죽이고 죽는 비극이 연생되었다고 생각하였다.

"그런 비극을 충동질한 사람이 자네였어."

"박 형사. 비약하지 말게. 헛소리 말라고, 그건 억지고 왜곡이야."

"글쎄, 내 생각일까?"

"과민하지 말게."

"그리고 자네 말이야. 영국인 하멜의 조직과 어떤 관계인가?"

"알다시피 사업 파트너야."

"김 회장이 그들을 비호하고 있다는 거야. 그리고 하멜을 조정하는 인물이 자네라는 소문이 있어서 묻는 거네."

"나를 모독하지 말게, 절대 그런 일은 없어." 김동민 회장은 버럭 화를 내었다.

박 형사는 언짢은 질문을 던지고 회장실에서 나왔다. 그런데 기막힌 사실은 여수에서 일어난 살인극은 모두 하멜 김경호가 벌였다는 것이었다. 외국인인 그가 이곳 연고를 어떻게 알아서 사건 속속 여·순사건에 연관된 자를 가려냈다는 것이다. 박 형사는 그 살인의 배후에 김동민 회장이 개입되었다는 것이었다.

"박 형사님, 그게 말이라고 하십니까?"

선후는 오빠를 의심하는 그에게 소리쳤다.

"김 회장이 조부와 부친을 죽인 범인을 없애겠다고 말했답니다."

"오빠가 그런 살인을 조장하지 않았어요. 내가 알아요."

박 형사는 문제의 다이아몬드의 행방이 확인되지 않는 한 살인은 계속될 수 있다는 충격적인 말을 하였다.

"선후씨, 그 블루베리 다이아몬드를 김 회장이 가지고 있답니다."

"어떻게 그런 의심을 하세요?"

"이수임이 그런 말을 했어요."

"뭐요?"

그 말은 전에 이수임을 조사하던 과정에서 나왔다. 이수임은 박인숙에게 맡겼던 다이아몬드를 찾아서 딸 미노에게 줬다. 그런데 김동민 회장이 아버질 죽인 이수임에게 복수를 하려고 하자 딸 미노에는 다이아몬드를 김 회장에게 주고 목숨을 구걸했다는 것이다. 김 회장은 다이아몬드를 받고 이수임을 살려주었다. 따라서 미노에도 김동민 회장의 복수에서 벗어날 수가 있었다.

그런데 홍콩 경찰이 블루베리 다이아몬드의 실체를 발표하였다. 이수임이 박인숙에게 맡겼는데 하인수가 쟁취했다가 하멜에게 빼앗겼다는 것이었다. 하멜과 김 회장이 가졌다는 두 개의 미스테리 중 무엇이 진실인가? 한국 경찰은 혼동을 일으키고 있었다. 그러나 박철 형사는 김 회장이 소지하고 있음에 무게를 실었다.

"미노에를 만나 조사를 해봐야겠어요."

"밝혀주세요."

박 형사의 추리였다. 김동민 회장은 문제의 다이아몬드를 미노에가 가지고 있는 것을 알고 그의 아들 하인수를 납치하여 지하 창고에 묶어두고 협박하였다.

"김 회장님, 왜 이러세요?"

"너의 외할머니가 내 아버지를 죽였다. 그래서 난 널 죽일 수 있다. "

"내가 그 일과 무슨 상관입니까?"

"그리고 난 네가 국제 마약단이란 것을 안다. 너를 경찰에 넘길 것이다."

"생사람 잡지 마세요."

"네가 살아날 방법은 하나 있다. 블루베리 다이아몬드를 내놔 라."

"난 그 다이아몬드를 모릅니다."

"시간을 주겠다. 48시간 내로 다이아몬드를 가져와라. 아니면 널 경찰에 넘길 것이다." 무서운 엄포였다. 하인수는 일본의 어머 니 미노에에게 전화를 걸었다. 미노에는 당장 김 회장을 만났다.

"좋습니다. 아들을 살려주세요."

"현명한 판단입니다. 블루베리 다이아몬드와 하인수의 생명을 바꿉시다."

미노에는 블루베리 다이아몬드를 김동민 회장에게 넘겨주고 자식을 구해 냈다. 그 후 김동민 회장은 하인수를 극진히 보호해 주었다. 그리고 김 회장의 비호 아래 바다목장을 경영했었다. 그 런데 하멜이 하인수를 납치하여 갔던 것이다.

"인수형이 오빠와 그런 음모를 꾸미고 나를 대했단 말이죠?"

"그래서 내가 하인수를 경계하라고 했잖아요." 박 형사는 신중 하게 말했다.

그리고 장씨가의 복수는 시작된 것이다. 그 후 미노에는 친아 들 하인수와 마린 장을 시켜 노동식과 노명신을 죽였다. 세상에 아무도 모르는 비밀이었다. 이야길 듣고 선후는 오빠를 만나려고 갔다.

"정말 블루베리 다이아몬드를 가지고 있는 거야?" 김동민 회장은 깜짝 놀라 선후를 바라보기만 하였다.

"누가 그딴 소릴 하는 거야?"

"그 블루베리 다이아몬드를 오빠가 가지고 있다는 것 세상이 다 알아."

"알고 있다니 말하지. 블루베리 다이아몬드가 내손에 들어왔어, 그런데 주인에게 돌려줬어."

"뭐, 주인에게 돌려줘, 주인이 누구야?"

"영국 엘리자베스 2세 여왕의 자손이지."

"거짓말, 오빠는 정말 나쁜 사람이야. 대체 정체가 뭐야."

잃어버린 다이아몬드를 주인에게 돌려주고 사업자금을 지원받았다는 것이다.

"빼앗은 거잖아."

"빼앗다니, 말 삼 가지 못해, 찾아서 주인에게 돌려줬어."

잃어버린 물건을 찾아 주인에게 돌려줬으니 얼마나 자랑스러운 일이냐고 우쭐댔다.

"오빠는 비겁한 위선자야, 박철 형사가 오빠를 조사해야 겠다고 하더라."

"못난 자식, 사사건건 내 일에 시비를 걸어."

김동민 회장은 문제의 다이아몬드를 주인인 영국(엘리자베스 여왕)에 돌려주고 막대한 자금을 후사 받았다. 그 돈으로 대조그룹을 확장시켰다.

"오빠의 진실이 뭐야?"

"내 말엔 거짓이 없다."

그런데 하멜이 홍콩 경찰에 잡혀 법정에서 사건의 전모를 고백했다. 아버지의 원수를 갚기 위하여 사람을 죽였다고, 그는 홍콩 법정에서 무기형을 받았다. 마치 장동원 사장이 홍콩 법정에서 처형당하던 것과 흡사했다. 홍콩 정부는 그를 조정했던 인물이 김동민 회장이란 사실을 알지만 여왕의 다이아몬드를 찾아준 대가로 그를 건드리지 않았다.

박철 형사가 김동민 회장 집무실로 찾아갔다.

"김 회장님을 살인 모사 혐의로 체포합니다" 박 형사가 영장을 제시하였다.

"뭐라? 살인 모사 죄? 누굴 모사했단 말이냐?"

"김태삼의 손자 하멜을 시켜 살인을 충동한 죄다."

"충동죄, 자네 미쳤어. 증거가 있나?" 완전히 부인했다.

박철 형사는 친구인 김동민 회장을 체포하여 날카롭게 심문하였다. 외국에 나가 사는 여·순사건 주역들의 자손을 한국으로 끌어들여 화해와 용서의 장을 열게 하려고 한 행각이 잘못이란 것이다. 그들에게 조부와 아버지들의 죄악을 폭로하고 분노를 사게 하여 복수심을 일깨웠다. 그들이 서로를 증오하며 원한과 복수로 이끄는 분위길 만들었다는 것이다. 그것은 완벽한 시나리오였다. 박철 형사의 추론이었다.

"증거를 대게." 김 회장이 비웃었다.

"죽은 자는 말이 없지만 언젠가는 그 사실들이 밝혀질 것이네."

"그땐 날 잡아넣게."

김동민 회장은 증거가 없어 석방되었다. 선후의 마음은 착잡하기만 하였다.

마침내 선후는 '여수의 추억'이란 소설을 마무리하고 출판을 하였다. 김동민 회장은 여동생의 출판기념회를 성대히 갖게 하였다. 출판기념회는 디오션호텔에서 전국의 문인들을 모셔놓고 열렸다.

김 회장은 출판기념회에 박동근 노시인을 초대하였다. 그리고 김해녕, 하미녕, 수잔이 초대되었다.

인사말에서 김선후 작가는 '복수의 끝'이란 말을 썼다. 그리고 초청된 박동근 시인은 축사에서 자신의 도피 생활을 '경계인'이란 조어로 표현하면서 좌익의 무리들은 죗값을 받고 사라졌다고 말하였다. 그리고 좌익에 피해를 본 우익의 승리이며 김영일과 박동근의 승리라는 취지로 말하였다. 그리고 작성해온 축사를 낭독하였다.

「나는 경계인이다.」

'나는 한국인인데 한국에 살지 못하고 이국을 떠도는 이방인이
되었다, 이쪽도 저쪽도 아닌 제3의 길에서 둥지를 잃어버린 새처
럼 불안하게 살아가는 경계인이었다. 이유가 뭔지 아는가? 빨갱
이라는 것입니다. 누명이었다. 목숨을 살려줄 테니 고국을 떠나라
는 실권자의 엄포에 난 빨갱이란 멍에를 쓰고 조국을 떠났다. 그
리로 74년을 외국에서 살았다.

이곳저곳을 헤매다가 호주에 정착했고 좋은 아내를 만나 그런
대로 편히 살았다. 그런 어느 날 나를 되돌아보았다. 한국인도 아
니고 호주인도 아닌 주변인으로 살아온 세월이 한없이 덧없고 슬
펐다. 왜 조국을 떠나 낯선 이국에서 도망자 신세로 살아야 하는
가. 이제는 돌아가야 한다, 다짐하지만 그것은 소리 없는 메아리
였다. 그러나 조국이 일방적으로 내몬 범법자란 사실과 그 사실에
변명할 기회조차 얻지 못한 것이 가슴에 울분으로 쌓여 있었다.

1948년 12월의 어느 날 밤의 공포, 칠흑 같은 어둠이 부두를 짓
누르는 밤이었다. 바다는 파문조차 일지 않는 고요 속에 잠든 밤,
빼곡히 정박한 배 중에 작은 발동선 하나가 조용히 물살을 가르며
사람의 눈을 피해 부두를 빠져나와 어둠 속으로 사라져 버렸다.
홍콩으로 가는 밀항선엔 20여 명의 도망자들이 숨을 죽이고 있었
다.'

박동근 시인은 축사를 낭송하다가 숨을 몰아쉬고 있었다. 잠시 진정한 후 다시 축사를 읽었다.

'그리고 고국에 와보니 전쟁은 끝나지 않았다. 아직도 고향에 선 무수한 복수의 혈전이 벌어지고 있었다. 그래서 다시 호주로 떠나려 한다. 이 출판기념회가 끝나면 난 다시 호주로 돌아갈 것이다. 오늘 김선후 소설가의 출판기념은 끝난 전쟁, 화해와 용서라고 하지만 난 아직 끝내지 않았다. 국가가 내몬 사람으로 살아가야기 때문이다. 그렇게 나의 운명은 경계인으로 살아야 하는 팔자인가 보다. 박동근 시인은 힘겹게 축사를 마쳤다.

출판기념회는 진지하게 거행되었다. 김선후 작가가 소감을 이야기하였다.

"나의 소설 '여수의 추억'은 화해와 용서로 여·순사건의 종결을 의미하는 것입니다. 그리고 이 소설은 내 아버지의 비망록이며 김씨가의 역사를 그린 것입니다. 이제 증오는 끝났습니다. 이 모든 것은 박동근 시인과 김동민 회장 그리고 박철 형사님의 고향 사랑의 노고라고 생각합니다. 감사합니다."

선후의 눈에 눈물이 촉촉이 고이고 있었다. 모든 것이 끝났다. 그러나 선후의 가슴엔 피해자 중 마지막 한 사람이 남아있었다. 김해녕 고모였다. 아버지 김우현을 죽인 어머니 한채연 때문에 한국에 오지 못한 김해녕 고모를 부를 생각이었다.

해녕의 바다

해녕이 영국에서 귀국하였다. 그녀는 딸 수잔이 지어준 금오도 소유실 캐슬에서 추억을 회상하며 소일하였다. 얼마나 그리운 고향인가, 그 고향에 돌아온 것은 꿈같은 일이었다. 아름다운 여수, 살아있는 바다, 생명이 숨 쉬는 갯벌, 볼거리 먹을거리 풍부한 여수의 아름다운 바다 소유실에서 그녀는 나비처럼 춤추고 있었다. 바다가 보이는 소유의 궁전은 수잔이 어머니를 위하여 지어준 저택이다.

그러나 그녀는 고향에 와서 행복한 여생을 꿈꾸었는데 1년을 채 못 살고 죽었다. 정말 아쉬운 운명이었다. 70을 넘긴 나이지만 아직 정정했는데 병마를 이기지 못했다.

선후는 그녀가 파란만장한 인생의 여정을 그나마 고향에 와서 마친 것에 감사하였다. 그녀가 죽고 꿈의 궁전 캐슬은 선후가 집필실로 쓰고 있었다.

쾌청한 날씨에 반짝이는 파도가 아름답다. 선후는 모터보트를 타고 찬란하게 눈부신 파고를 가르며 해녕의 바다를 누비고 다녔다. 생각하면 눈물이 난다. 수잔이 생각났다. '언니, 엄마가 생각나면 돌아올게, 오실을 지켜줘요.' 그녀에게 소유실의 바다는 문학의 산고였다.

수잔은 금오도 소유실에 어머니를 위한 집을 짓기로 하고 선후와 같이 금오도 소유실 해변으로 찾아가서 집터를 둘러보고 어머니의 옛집에 저택을 짓기로 하였다. 건물은 마치 거대한 배가 출항하는 것 같은 형상으로 설계도를 그렸다. 소유실小柳室 해변의 캐슬은 물목섬을 바라볼 수 있는 언덕에 궁전 같은 저택을 짓고 어머니를 모시고 와서 여왕처럼 살게 할 생각이었다.

어머니의 옛집은 버드나무가 많은 동네라서 유실이라 하였고 큰 마을은 대유실, 작은 마을은 소유실, 마을 입구에 커다란 바위가 거북처럼 목을 드러내서 오실鰲室이라고도 하였다. 오실은 어머니 김해녕이 태어난 집이다. 캐슬 궁전은 바로 거북의 등에 지을 것인데 멀리서 바라보면 거북이 무거운 짐을 지고 물속으로 잠수하는 모형이었다.

수잔은 어머니가 이곳에서 여생을 마칠 집이라고 생각하니 감개무량하였다. 작업은 신속하게 진행되고 있었다. 사람들은 작은 포구에 호텔을 짓는다고 생각하였다. 수잔은 일주일에 한 번씩 선후 언니와 같이 소유실에 와서 건축작업을 감독하였다.

"수잔, 여수에 와서 허망한 일 많이 봤지. 이젠 잊어야 한다."

"네, 그러나 한번은 겪어야 할 숙명 같은 일이었어요."

어머니가 고향에 오지 못하는 이유를 알았을 땐 가슴 찢어지는 아픔이었다. 그러나 이제는 감당해야 할 운명 같은 것으로 생각하였다.

"수잔, 우리 집안의 슬픈 역사를 잘 이해해 줘서 고맙다."

여수에서 가장 억울한 일을 당한 집안이었다. 재벌인 할아버진 부르조아라고 처형당했고, 아버진 할아버지를 죽인 빨갱이들을 잡으러 다녔고, 오빠는 사태 수습을 하려고 뛰어다녔다.

"알아요."

"집이 완성되어 고모님을 모시고 오면 내가 잘 돌봐줄게."

"고마워요, 선후 언니…"

토지를 매입하고 터를 닦아 공사를 시작한 지 꼭 1년 만에 유실의 언덕 3층의 궁전 같은 저택이 마련되었다. 선후는 캐슬 이름을 '오실鼇室'이라 지었다. 엄청난 규모의 고성 같은 집이었다. 수잔은 한국에 온 지 5년 동안 혼란스럽게 얽히고 설킨 역사의 소용돌이 속에서 연상되는 사고와 사건들이 너무나 고통스러웠다. 그러나 그 내막을 알고 뭔가 어머니를 위한 일을 하려고 하였다. 꿈의 궁전을 짓고 그토록 고집스러운 어머니를 여수에 모시고 와서 살게 한 것이 자랑스러웠다. 그보다 해양엑스포 전시관을 설계하여 세계적인 건축가로 인정받은 것과 신월리 해변에 디오선 웰빙 리조트를 지어 외국인 휴양소를 만든 것이 자랑스러웠다.

선후는 수잔과 같이 금호도에 짓는 캐슬의 건축 현장을 주일마다 찾아왔다. 자전거를 타고 아름다운 유실의 해변을 트래킹 하였다. 그리고 해변 카페에서 차를 마시며 웅장하게 틀을 잡고 올라서는 건물을 바라보며 마냥 즐거워하였다. 수잔은 일생일대의 건축물을 만들어 어머니께 선물하려고 하였다.

"수잔 벨리, 불후의 명작이 탄생되는구나."

"언니, 저택이 완성되면 어머니를 한국으로 모실 거예요."

"정말 잘 생각했다. 정말 좋아하실걸."

"헌데 문제는 어머니가 쾌히 한국행을 받아들일까 걱정이에요. 외할머니 장례도 외면하신 분이잖아요"

"이해는 되지. 너무나 큰 상처여서 아물지 않은 거야."

해녕 고모는 어머니를 만나려고 한국에 왔다가 어머니 죽음을 맞았다. 화가 난 해녕은 어머니 장례조차 치르지 않고 영국으로 돌아가버렸다.

"부모가 자길 버린 상처와 원망이 그 정도 일 줄은 몰랐어."

"그러나 지금은 후회하고 있어."

"아무튼 모시고 와라. 오시면 내가 잘 돌봐드릴게."

선후는 싸늘하게 돌아서는 해녕 고모의 모습에서 슬픈 여수의 비극을 회상했다. 수잔은 한국을 떠나기 전에 어머니를 위한 불후 명작을 안겨 드리고 싶어 했다. 그래서 어머니가 자란 고향에 장소를 물색하여 꿈의 궁전 설계도를 완성했다. 역시 수잔은 세계적인 건축가였다. 설계도만 보아도 바다를 향하여 웅장한 거선처럼 버티고 서있는 저택의 위상은 고성의 캐슬 같았다. 수잔은 고향을 그리는 어머니의 향수를 집대성하였다. 어머니가 미워하고 저주하던 바다를 사랑으로 채워주었다.

어머니 여생을 편히 살게 할 생각으로 금오도 소유실에 큰 저택을 지었다. 마침내 캐슬이 완공되었고 수잔은 어머니를 설득하여 한국으로 모시고 왔다. 수잔은 어머니와 같이 소유실 캐슬에 머물렀다.

"이 나이에 한국에 가서 어떻게 살아?"

"걱정하지 말아요, 제게 어머니를 위하여 꿈의 궁전을 만들었어요."

"집을 지었어?"

"네. 금오도 소유실에 집을 지었어요. 소유실은 어머니가 자란 곳이라면서요."

"지긋지긋한 곳이야. 그런데 어떻게 그곳이 엄마의 고향인 줄 알았어?"

"동민 오빠, 선후 언니가 말해줬어요."

"큰 집에서 나 혼자 어떻게 살아?"

"미녕 이모와 같이 살아요."

그렇게 해녕은 영국 가계를 정리하고 고향인 금오도로 왔다.

선후와 미녕이 그녀를 보살펴 주기로 하였다. 정말 낯설고 불편해서 살 것 같지 않더니 시간이 흐를수록 옛 정취를 되삭임하였다. 그녀는 오실의 캐슬에 앉아 먼바다를 응시하거나 바다에 나가서 갯것을 하며 소일했다. 그리고 저녁엔 취미인 그림 그리기에 몰두하며 시간을 보내고 있었다. 바다는 꿈과 환상의 나라였다. 바다에 서면 세상 근심 걱정이 다 사라진 평화로운 자유를 만끽할 수 있었다. 금오도 소유실 해변은 아름다운 풍치를 자아내는 신선의 나라 같은 바다를 지니고 있었다.

아침 햇빛이 유난히 찬란하게 바다 위에서 반짝거렸다. 유실의 아침은 늘 보석 같은 빛으로 시작된다. 오늘은 파도가 잔잔하고 물빛이 곱고 맑아서 물질하기 좋은 날이었다. 수잔은 어머니처럼 선후 언니와 같이 해변에 앉아 물목섬을 바라보고 있었다. 물이 갈라져서 섬이 드러나는 시간을 기다리고 있었다. 물목섬은 하루에 두 번씩 갈라져서 섬이 되었다가 육지가 되기를 반복한다. 썰물 땐 물목섬은 육지와 연결된다. 100여 미터 하얗게 드러난 모래톱 섬은 밀물 땐 사라져 버린다. 이렇게 4시간여 하얗게 모래톱을 드러냈다가 밀물이 들면 어느새 모래 등은 물속으로 사라져 버린다. 바다가 갈라져서 모래 등이 자라목처럼 드러난다고 하여 물목섬이라고 하였다.

"엄마, 저 물목섬 말이야. 참 아름답지." 수잔이 물었다.

"아름답긴, 난 어릴 때 이곳에서 탈출하게 해달라고 기도했다."

"왜?"

"지긋지긋한 바다 일하기가 싫었단다."

그 말이 어쩐지 서글프게 느껴졌다. 어머닌 물이 갈라지는 섬을 바라보았다. 파도가 밀려나면서 모래섬이 드러났다. 어머닌 콧노래로 흥얼거렸다.

"오, 파도여! 금빛 모래여! 행복했던 시절이여. 아름다운 인생이여! 그리고 어머니…" 그 소린 바다를 향하여 퍼져 나갔다.

멀리 바닷물이 천천히 갈라져서 모래 등이 허옇게 사구를 이루면서 물목섬이 드러나더니 육지로 연결되었다. 물 나간 사구의 물 웅덩이에 갇힌 물고기가 퍼덕인다. 썰물 때 물목을 넘지 못한 물고기들은 여지없이 모래톱에 갇히고 만다.

선후는 꿈의 궁전 집필실에 앉아 멀리 물목섬을 바라보며 해녕 고모와 담소를 나누었다. 무엇보다 기쁜 것은 때마침 여·순사건이 국회를 통과하여 진상규명과 보상책이 마련된다고 한다. 74년 한이 풀어지는 것이다. 부역자란 죄명과 누명에서 벗어날 것이다. 그것은 살아생전에 받는 선물이며, 평생 짊어진 불명예가 회복될 것이라고 말씀드렸다.

그렇게 고향에 온 것을 좋아하시며 호사스러운 나날을 사시더니 고향에 온지 1년 만에 돌아가셨다. 그리고 수잔도 떠나고 이제 선후가 캐슬을 지키며 글을 쓰고 있었다.

해녕 고모의 모습이 선하다. '선후야, 내 생전에 이런 호사는 없

었어, 내 조국 내 고향에서 혈육의 정과 사랑을 받다니 고맙다.'
'아무 걱정하지 마시고 편히 지내세요.' '생각하면 모진 인생이었
어. 그럴 수밖에 없었던 시대의 불행인데 부모까지 미워한 것이
후회스럽다.' '고모, 이젠 그 불명예를 벗어날 수 있어요. 여·순사
건 때 억울한 죽음과 불명예를 해소해 준답니다.'

해녕 고모는 여·순사건의 피해자 중에 유일하게 생존한 2세였
다. 해녕 고모가 죽고 수잔이 한국을 떠나던 날 미녕 고모는 해녕
고모의 어린 시설 이야기를 해주었다. 어릴 때 해녕 고모는 이 바
다에서 저 모래톱에 갇힌 물고길 주워 담으며 지냈다는 것이다.

'엄마, 물고기 잡기 싫어요. 다 먹지도 못하고 팔지도 못하면서
왜 물고길 잡아요.' '문둥이 가시내가 무슨 말이 그렇게 많냐. 팔
데가 생길지 누가 알아, 방물장수 아저씨가 올 때 팔면 되잖아.'
'방물장수 아저씨가 오려면 닷새는 지나야 해요.' '잔소리 말고 줍
기나 해라.' 어머니 한채연과 딸 김해녕의 대화였다. 할머니 한채
연은 어린 딸 해녕을 바다에 내보내 일을 시켰다.

해녕은 열심히 거두어도 결국은 썩어서 그냥 내 버리곤 하는
고기잡이를 왜 하느냐고 투덜거렸다. 한 달에 두 번 정도 방물방
수가 온다. 그땐 건어물로 만들어 헐값에 판다. 언제부터인지 모
르나 어머닌 생선을 건어물로 만들어 파는 것을 알았다. 건어물은
여수 서정 시장에 내다 팔았다. 서정장터엔 어머니 목판이 있었
다.

모래 목 사구엔 엄청나게 많은 물고기가 갇힌다. 썰물 때 탈출구를 찾지 못한 물고기들이 사구 안 물웅덩이에 갇혀 퍼덕이다가 모래 등에 허옇게 죽어 나자빠진다. 숭어, 농어, 우럭, 장어, 참돔 할 것 없이 물고기가 지천이었다. 그러나 지금은 물목섬에 방파제가 생기면서 모래 등이 거의 없어져서 걸리는 고기가 없었다.

선후는 어느 날 해녕 고모와 미녕 고모가 다투는 것을 보았다. 그것은 금오도에 와서도 해녕고모가 어머니에 대한 화를 풀지 않았기 때문이었다.

"언니, 이제는 어머니를 용서해야 한다."

"나를 버린 엄마야. 열 살 먹은 나를 버렸다고."

"오죽했으면 그랬겠어."

"뭐가 오죽이야, 빨갱이기 때문에 그런 짓을 한 거야."

"알아, 자식보다 목숨이 중했겠지."

"내가 창피한 것은 내 엄마가 남로당, 빨갱이. 여·순사건의 주인공이란거야."

"다 지난 일이야."

"아니야. 그 여자는 내 아버지를 죽였어."

사실이었다. 그녀는 자길 살려준 남편을 죽였다. 해녕이 어머니 한채연을 증오한 이유였다. 미녕은 언니의 마음을 돌이키려고 해도 언니는 묵묵부답이었다.

"미녕, 다시는 어머니 이야길 꺼내지 마라." 해녕은 정색하고 경고하였다.

그런대로 해녕은 소유실 캐슬의 환경에 적응해 가고 있었다. 그러나 항상 먼 바다를 바라보는 습관적인 태도는 버리지 못했다. 그녀는 아무도 모르는 속병을 앓고 있었다.

오늘도 해녕은 바다로 나갔다. 어린 날처럼 사구에 갇힌 고길 잡고 있었다. 70이 넘은 나이다. 예전 같으면 모래 등에 갇힌 물고기가 지천인데 요즈음은 모래 등이 낮아져서 물고기가 그렇게 많지 않았다. 사구에 갇힌 물고긴 버둥대다가 강렬한 햇빛에 하얀 비늘을 드러내고 죽어갔다. 날쌘 놈들은 물이 갈라지기 전에 이곳을 통과하지만 느린 물고기는 여지없이 사구에 갇혀 버린다.

해녕은 해녀 복을 입고 바다에 나가 고길 잡다가 해녀복을 홀랑 벗어 버렸다. 아무도 보지 않는 해변에서 그녀는 발가벗고 20대 아가씨처럼 몸매를 뽐내 보았다. 예쁘다, 날씬해, 아직은 쓸만해, 라고 자찬해 본다. 이 시간은 그녀만의 자유이며 낭만이었다. 걷다가 멈춰 서서 자신의 몸매를 훑어보았다. 70이 넘은 나인데도 큰 키에 꼿꼿하게 세운 몸매와 오목 볼록 드러난 육체의 곡선이 아름다웠다.

그녀는 팔짝팔짝 사구를 뛰어다니며 놀았다. 큰 농어 한 마리가 웅덩이에 갇혀 있었다. 그녀는 농어를 잡아들고 외쳤다. 옛날 생각이 났다.

'어머니, 농어예요. 쌀 한 되는 바꿀 수 있는 큰 놈입니다.' 그때 한채연 어머니 목소리가 멀리서 들렸다. '다 큰 가시내가 옷을 벗고 야단이람.' '옷을 벗고 물질을 하라면서요?' '누가 본다, 어서 옷을 입어라.'

그때 해녕이 대꾸하였다.

'옷을 벗고 갯것을 하라면서요?'

'옷을 벗어라. 갱물이 묻으면 옷이 삭는다.' 어머닌 갱물에 옷을 적시면 삭는다고 늘 그렇게 말했다. 그래서 그녀는 어머니 말씀대로 발가벗고 물고길 잡곤 하였다.

해녕은 발가벗은 채 사구를 뛰어다녔다.

'난 자유인이다. 왜 옷이 필요해, 이렇게 좋은 것을…' 나체로 물고길 잡는 별난 재미였다. 아무도 그녀의 그런 모습을 보는 사람이 없었다.

다음 날 아침 피곤해서 늦게까지 자고 있었다.

"언니, 오늘 생합(홍합) 따는 날이에요." 미녕이 잠을 깨웠다.

"그래, 오늘 생합 따러 가는 날이지?"

물목선 벼랑은 물이 깊어서 김, 다시마, 청각 같은 신선한 해산물이 번식하기 좋은 곳이었다. 특히 파래, 톳은 질 좋기로 이름나 있었고 갯가 벼랑엔 홍합이 무리 지어 생식하고 전복이 군락을 이루었다. 바위에 뿌리박은 홍합이나 해초를 따고 물 밑 바위가 깊이 드러날 때 해삼과 전복과 소라, 키조개를 딴다. 물질하기 참 좋은 날씨였다. 미녕이 그림자처럼 따라다니며 보살폈다.

"언니, 오늘은 물이 깊이 빠져서 생합이 많을 겁니다. 욕심내지 말고 적당량만 따야 합니다."

해녕은 공기 주머닐 띄워놓고 물속으로 들어갔다. 한 시간여 물속을 들랑거리며 홍합과 전복을 채취하였다.

"미녕아, 전복과 홍합이 실하고 탄탄하다."

"역시, 언니는 어머니처럼 물질하는 재주가 있다니까. 큰 것만 잡아요."

"어릴 때 어머니가 가르쳐준 기술이야. 내 별명이 물개였다."

소유실의 홍합은 씨알도 굵고 맛도 좋았다. 물질은 2시간 만에 끝냈다. 그녀는 잡은 홍합을 삶아서 건어물 덕장에 널었다. 덕장은 홍합과 전복 등 여러가지 해초를 말리는 곳이었다. 배를 갈라 편 감성돔과 참돔이 햇볕에 고들고들 잘 마르고 있었다. 그녀는 물고기를 뒤집어 놓고 삶은 홍합을 덕장에 곱게 펴서 널었다. 이렇게 작업하는 시간이 그녀에게 가장 행복한 시간이었다. 옛날 어머니가 하던 그대로 생선과 해초를 말려 질 좋은 건어물을 만들어 영국의 자식들에게 부쳤다.

잘 마른 홍합을 뒤적거리고 있을 때 갑자기 어머니의 모습이 떠올랐다. 어머닌 늘 갯벌에 나가면 쎄게, 쎄게, 빨리 빨리라고 닥달을 하였다.

'뭘 꾸물대고 있어. 빨리 따라오지 못해. 물 들면 갯것(갯벌일)을 못 한단 말이다. 갯것은 돈이야. 돈을 벌어야 곡식을 사서 먹지.' 어머닌 늘 어린 딸에게 일을 못 한다고 꾸짖었다. 어린 해녕은 갯것 둥주릴 짊어지고 어머니를 따라다니며 해물을 거두고, 거둔 생선과 해산물은 덕장에 말리는 일을 하였다.

손발이 부르트고 갈라져도 어머닌 아랑곳하지 않고 어린 딸에게 일을 시켰다. 마치 의붓딸처럼 부렸다. 그래야 생계를 이을 돈이 나오기에 황소처럼 일을 시켰다. 어머니가 해물과 바꾸어 오는 식량은 그런대로 한겨울을 날 수 있었다. 그러나 해녕은 물질하기 싫어서 섬을 떠나는 것이 소원이었다.

오늘은 해녕 언니가 홍합요릴 해준다고 하였다.

"언니, 무슨 요리를 하려고?"

"네덜란드식 홍합 요릴 하려고 해."

"국물을 내서 양념을 하나요?"

"네덜란드식은 홍합찜이야. 세계 10대 요리란다."

영국에선 네덜란드식 홍합 요리를 즐겨 먹었다. 재료는 뉴질랜드 산 초록홍합이었다. 그런데 여러나라 홍합을 먹어봐도 한국의 금호도 소유실 홍합만큼 맛있는 것은 없었다.

해녕은 1959년 사라호 태풍때 아버지를 잃고 유실을 떠났다. 사라호 태풍이 불던 날 아버진 폭풍의 파도 속에 휘말려 허허바다로 떠밀려 시신조차 찾지 못했다. 악마의 바다는 그렇게 아버지를 앗아 갔기에 다시는 그 바다를 찾지 않으려고 했는데 아버지가 너무 그리워서 찾아온 것이었다. 소유실에 온 이유였다.

어머닌 두 딸을 데리고 육지로 나가서 외삼촌 댁에서 살다가 해녕을 두고 미녕만 데리고 어디론가 떠나버렸다. 해녕은 외삼촌 집에서 자라다가 영국으로 입양되었다. 아버진 평생 어머니 앞에선 숨조차 크게 쉬지 못하고 바닷물에 절어 살았다. 왜 그렇게 어머니 앞에서 쩔쩔 맸는지 모른다. 어머닌, 어머니대로 아버지는 의식하지 않고 쉴 틈 없이 갯일을 했다. 아버지가 물질로 따온 자연산 홍합을 삶아 깨끗하게 말려 놓으면 어머닌 육지로 나가서 팔아 쌀을 구해 오곤 하셨다.

차츰 해녕의 한국 생활은 즐겁게 정착되어갔다. 요즈음 해녕의 일상은 낮엔 바다 낚시와 물질로 해산물을 거두어 말리고 밤이면 그림을 그리며 소일했다. 따라서 신경쇠약증과 우울증이 나아갔다. 그녀는 아무도 알지 못하는 악성 신경쇠약증을 앓고 있었다. 잠이 오지 않으면 그녀는 이젤 앞에 앉았다. 그림을 그리는 순간엔 복잡한 심우尋牛를 잊는다. 그녀의 화폭에 유실의 해안 풍경이 그려지고 있었고 멀리 내려다보이는 지평선 끝 바다에서 걸어오는 구릿빛의 근육을 가진 건강한 사나이가 그려져 있었다. 김우현 아버지였다.

작업하다가 그림이 잘 안 되면 그만 붓을 놓고 해변으로 나가서 미친 듯 뛰어다녔다. 칙칙한 소금기가 피부에 와 닿을 때마다 차가운 냉기가 느껴졌다. 그녀는 어두운 밤에 물목섬으로 내달리고 있었다. 그리고 외쳤다. 아버지, 아버지. 대답 없는 바다, 파도는 사납게 사구를 무너뜨리며 물목섬을 덮고 있었다. 그녀는 어두운 바다를 향하여 다시 소리쳤다. '아버지 물이 들어와요.' 그래도 아버진 바다에 서 있었다. 그런데 그녀의 눈엔 아버지가 아닌 어머니의 허상이 보였다.

금오도 소유실은 어린 해녕에겐 무서운 감옥이었다. 여·순사건으로 어머닌 이곳에서 숨어 살았다. 검은 섬, 바람과 파도가 거칠어서 사람이 살 수 없는 섬이었다. 이 섬에서 누구도 이 아이의 아픈 마음을 헤아려 주지 않았다.

그러나 지금의 금오도는 천혜의 바다 풍경을 관조할 수 있는 낭만의 섬이다. 특히 비렁길은 삶에 지친 현대인에겐 최고의 힐링 장이었다. 여수에서 배를 타고 함구미항에 내려서 좌우를 살펴보면 오른쪽은 서남으로 가는 비렁길, 왼쪽은 북동으로 가는 물목길이란 푯말이 보인다. 비렁길은 거북의 배 부분으로 트래킹 코스다. 해안을 따라 걸으며 비렁의 절경을 체험할 수 있다.

물목길은 최상의 드라이브 코스이다. 함구미에서 거북의 목 등인 송고를 거쳐 여천항을 지나 버드나무 해변 숲을 달려가면 유송리에 이른다. 유송리는 대유실과 소유실이 있는데 소유실에서 우학리까지 최상의 드라이브 코스였다. 이 도로를 한참 달리며 물목섬에 이른다.

그녀가 화실에 앉아 있는 시간은 지친 머리와 육체의 피로를 푸는 시간이었다. 싸아, 싸아, 바윗돌에 부딪히는 파도 소리가 오

케스트라처럼 들려온다. 그녀의 눈빛은 어둠의 바다에 꽂혀 있었다. 어둠의 바다에서 뭔가 찾으려는 절규 어린 감정이 소용돌이치고 있었다.

사실 해녕이 유실을 떠난 것은 아버지 죽음 때문이었다. 1959년 9월 19일 사라호 태풍이 남해안을 초토화시켰다. 악마로 변한 바다는 그녀의 아버지를 앗아갔다. 열 살 때 겪은 악몽이었다.

외국으로 입양된 후 해녕은 금오도 유송리 소유실을 잊고 살았다. 그런데 지독한 향수병에 걸려서 정말 돌아가고 싶지 않은 고향을 찾았다. 영국인 남편이 죽고 자식들이 다 성장하여 출타한 후 그녀는 혼자 살고 있었다.

두 자식은 다 출타하고 남편 없는 집에서 홀로 지내다가 지독한 향수병에 걸리고 말았다. '날 한국으로 보내줘라. 고향에 가고 싶다.' 딸 수잔에게 부탁을 하였다.

'정말 고향에 가고 싶어요?' '그래 한국에 가서 여생을 편히 지내고 싶어, 여수 금오도 소유실의 해변 바다가 그립구나, 가고 싶다.' 수잔이 향수병에 걸린 엄마를 그냥 볼 수가 없어서 고향으로 모시고 오려고 하면 '안돼. 난 고향에 갈 수 없는 사람이야.' 하면서 한사코 거부했다.

수잔이 엄마의 속마음을 안 것은 한국에 와서였다. 어머니가 여·순사건의 죄인이라는 것이었다. 그러나 어머니가 태어난 소유실에 캐슬을 지어 살게 했던 것이다.

돌상어가 오르는 시절이었다. 해녕은 동생 미녕을 불렀다.

"돌상어가 먹고 싶다. 우리 돌상어 낚시가자."

"해녕 언니, 돌상어 낚시를 하려면 먼 소리도로 가야 해요."

"소리도 가자."

미녕은 낚시 도구를 챙겨 싣고 바다목장이 있는 소리도로 갔다. 소리도는 그녀의 양어장이 있는 곳이었다. 해녕은 어머니 모습을 떠올리기 싫어 소리도를 피했지만 미녕은 그녀를 데리고 갔다. 돌상어가 자주 출현하는 길목에 그물을 치고 진종일 기다려도 돌상어는 걸리지 않았다. 게다가 파고가 거칠어서 입질조차 안 했다. 갑자기 물살이 거칠어지면서 해풍이 차갑게 얼굴을 스쳤다. 몸이 이상했다.

"우리 어머니 집에 가서 쉬었다가 가자." 미녕이 조심스럽게 말했다.

"싫어, 내가 그곳에 왜 가? 오실로 가자."

"지금 상태가 안 좋아 몸이나 풀고 가자고."

"너 혼자 가라. 난 소리도가 싫어."

할 수 없이 소유실의 오실 집으로 돌아왔다. 차가운 바닷바람을 오래 쐬어선지 폐렴 증상이 발발하였다. 낚시를 다녀와서 그녀는 크게 앓아눕고 말았다. 몸이 몹시 약해진 탓이었다. 여수로 나가서 병원에 입원하여 치료를 받고 나니 나아졌다.

기침이 잦아들고 폐렴기가 사라지자 그녀는 다시 해변으로 나가서 건조대에 말리는 고길 뒤집었다. 너럭바위에 비스듬히 세워진 대발 위에 건어물과 해초들이 따사한 햇빛을 받아 잘 건조되고 있었다. 그녀는 건어물을 뒤집어 놓고 작업실로 올라와서 그림을 그리고 있었다.

해녕의 바다, 바다 위에 아버지가 서 있었다. 김우현, 여수 경찰서장, 그리운 아버지. 그녀는 바다를 보면 울먹였다. 그런데 이 바다에서 아버지를 잃었다. 아버지의 그 원망스러운 눈빛, 어머니의 원한에 찬 저주의 눈빛, 어머닌 겉으론 좋은 것 같지만 항상 경계하고 살았다. 왜 그러는지, 왜 아버지를 죽였는지 그 사정을 몰랐다. 그래서 용서할 수가 없었다. 그녀가 소유실로 온 것은 어머니에 대한 복수였다.

화실에서 그림을 그리다가 해녕은 선후를 불렀다.

"선후야, 나를 보살펴 줘서 고맙다. 용서해라, 난 김씨가를 망친 후손이다."

"아닙니다. 김씨가의 명예를 지켜 준 어른이십니다."

"잊지 말아라. 절대 빨갱이 한씨를 용서하지마라." 결연한 부탁이었다.

해녕은 혼자 우두커니 바다를 보는 것이 습관이었다. 그리움이 물결을 친다. 아버지… 아무튼 바다는 외로움을 가중시키고 죽음을 유혹한다. 푸른빛이 주는 중압감이라고 할까, 바다가 육지인 것 같은 착각에 빠진다. 넓은 바다를 내달리고 싶은 충동이 이는 것이다.

  마음이 답답해졌다. 해녕은 물목섬으로 나갔다. 바다가 갈라진 사구를 한창 걷고 있노라니 마음이 후련해졌다. 잔잔한 파도가 평화롭게 밀려오다가 갑자기 요동을 치는 것이다. 그것은 자신의 마음 같았다. 그녀는 사구에 서서 눈을 감았다. 갑자기 폭풍이 일 것같이 눈앞이 깜깜해졌다. 폭풍이 한바탕 불어 닥칠 저 바다에서 어머니 한채연이 성난 얼굴로 다가오고 있었다.

  '이 썩을 년아, 밥을 먹었으면 밥값을 해야 할 게 아니냐. 갯것은 물때를 놓치면 못 하는 것 알잖아. 전복은 오래 두면 녹아버리고 홍합은 늙으면 쫄아버린다. 날 좋고 물 좋을 때 빨리 거두는 것이 돈이다.' 어머닌 늘 그렇게 열 살 난 어린 딸을 물목섬으로 내몰았다. 그때는 엄마가 미워서 빨리 죽었으면 좋겠다고 생각하였다. 고향을 떠나 영국으로 입양 가던 날, 외삼촌은 해녕을 불러 세웠다.

  "네게 꼭 이룰 말이 있다."

  "무슨 말 하려는지 알고 있습니다."

  "알고 있었다고, 뭘?"

  "어머니가 아버지를 죽인 것을 내 눈으로 똑똑히 보았습니다."

  "내 입으론 차마 말할 수 없구나."

  어머니가 아버지를 죽인 것은 여·순사건의 후유증이었다. 어머닌 사라호 태풍을 이용하여 남편에게 복수하였다. 경찰인 남편이 남로당 빨치산인 한재수와 그 가족을 죽였다. 아버지는 한채연을 사랑했다. 빨치산 여전사인 그녀를 체포했으나 살려주었다. 그리고 전쟁이 끝나고 아버진 사랑하는 한채연을 찾아와서 결혼을 하였다. 그렇다고 어머닌 아버지를 용서한 것은 아니었다.

군부 내 좌익 군인들의 여·순 반란으로 무고한 여수 시민이 학살당했다. 남로당 여성 위원 연맹장인 한채연은 반란군을 따라 지리산으로 갔다가 진압군에 잡혔다. 반란 진압 과정에서 무수한 민간인이 무참히 학살당했다. 진압군은 잔당 소탕에 나섰다. 계엄군은 여수 시민을 거의 다 빨갱이라고 간주하고 무자비하게 가담자 색출과 부역자 색출로 무고한 여수 시민을 학살하였다. 이승만 대통령은 1940년 10월 25일, 여수·순천에 암거하는 남로당 세력을 소탕하라는 재차 탈환 작전을 명령했다. 바다에서 함정이 대공포로 여수 시내를 강타하였다. 장갑차, 박격포의 지원을 받은 4개 대대 전차대와 항공기, 경비정이 동원된 포위전을 폈다. 그러나 이미 반란군의 주력은 빠져나가고 극소수의 반란군이 남아서 대항하였다.

해녕은 그날을 기억하고 있었다. 사라호 태풍이 불던 그날 밤, 어머니는 부엌칼로 아버지의 가슴과 목을 찔러 폭풍의 바다에 밀어 넣었다. 그렇게 어머니는 아버지를 죽이고 폭풍이 몰아치는 바다로 뛰어들었다. 악몽 같은 기억이 떠올랐다.

밤바다를 헤매고 돌아와서 이젤 앞에 서서 덮어 놓은 그림을 들추어 작업을 시작하였다. 그녀는 화폭에 물감을 뿌렸다. 섬은 하얀 백색에서 푸른색으로 변하더니 이젠 검은 섬으로 변했다. 그리고 물목섬 갯바위 뒤에 앉아 있는 어머니에게 검은 물감을 퍼부었다. 화폭은 어느새 검은 물감으로 덮여 버렸다.

'어머니, 난 당신을 용서할 수 없습니다.'

해녕은 어머니의 데스마스크에 물감을 붓고 외쳤다. 검은 섬이 된 것이다. 그녀는 오랫동안 그리던 그림을 그렇게 뭉개버렸다. 그리고 이젤의 화폭 앞에서 쓰러졌다. 창을 통해 보이는 물목섬의 검은 비렁을 파도가 세차게 두들기고 있었다. 바다가 갈라지고 있었다. 물목섬이 육지와 연결되어 허옇게 사구를 드러내고 있었다.

아침에 미녕이 언니의 작업실로 올라왔다. 싸늘하게 죽은 그녀를 발견하였다.

"언니, 언니." 미녕은 그녀를 붙들고 울부짖었다. 해녕은 고국에 온 지 1년 만에 그렇게 죽고 말았다. 수잔이 영국에서 날아왔다. 장례를 마치고 수잔이 미녕 이모에게 말했다.

"이모, 엄마는 희귀병을 앓고 있었어요."

"희귀병?"

"엄마는 붉은 색을 싫어 하는 병에 걸렸어요."

"붉은 색의 공포. 언니가 그런 병에…"

해녕은 병든 몸으로 고향에 왔다. 진정으로 이 바다를 사랑했다. 그런데 사구에 갇힌 고기가 되었다. 물목섬 사구는 생명을 죽게 하는 자연의 그물이었다. 이곳을 지나는 물고기는 모래 목에 갇혀 오도 가지도 못하고 죽었다. 어머닌 고향에 와서 그렇게 죽었다. 장례를 치르고 수잔은 선후 언니를 불렀다.

"선후 언니, 이 캐슬을 언니께 드리겠어요."

"내가 왜, 난 관리 못 해."

"어머니의 김씨 유산입니다. 집필실로 쓰세요."

"알겠다. 캐슬은 관리는 해주마. 엄마가 생각나면 언제라도 오너라."

수잔은 오실 캐슬에 수족관을 만들고 형광물고기를 넣어 주었다. 형광물고긴 한채연 할머니가 개발한 물고기였다.

'형광물고기, 살에 색광을 넣는다고 원색이 달라지나, 위선 떨지 말아요. 빨갱이…'

해녕이 수족관 앞에서 뱉은 말이다. 그날 밤 해녕은 죽었다.

선후는 해녕 고모의 화실로 올라가서 먼 바다를 응시하였다. '고모님, 한채연 할머닐 용서해 줘요.' 물목섬에 물이 갈라지고 있었다. 어느새 하얀 모래 목이 드러났다. 그 모래 위를 걸어가는 해녕 고모의 모습이 보인다. 해녀복을 입고 물질 장비를 둘러멘 그녀의 모습이 너무나 아름답고 섹시했다. 해녕의 바다였다.

'잘 가요. 고모님, 생각이 많이 날 겁니다. 선후는 고모를 사랑했습니다.'

"선후야, 난 캐슬을 관리할 수 없구나. 네가 맡아주면 좋겠다."

"알겠습니다. 제가 맡아서 관리하겠습니다."

미녕은 소리도로 돌아갔다. 선후는 소유실 캐슬을 인수하였다. 수잔이 어머니를 위해 유물같이 남겨준 캐슬은 해녕 고모의 영혼이 숨 쉴 곳이다. 고모는 김씨가의 자존심을 지킨 분이시다. 선후는 관리인을 두고 집안을 정리하고 유실의 캐슬에 '해녕의 바다'란 간판을 내걸었다. 그리고 옥상엔 자신의 집필실을 만들었다. 선후는 물목섬이 훤히 보이는 집필실에 앉아 해녕 고모의 얼굴을 떠올렸다. '해녕의 바다' 이제야 편히 글을 쓸 것 같다. 그리고 과거의 모든 일과 사람들을 여수의 추억으로 묻어버리로 하였다. 해녕 고모, 내가 고모의 바다를 지켜 줄게요.